Didier Decoin
de l'académie Goncourt

Le nageur de Bizerte

roman

Stock

Couverture : Julia Bourdet

ISBN 978-2-234-08423-0

À Chantal, ma femme, auprès de qui je voudrais nager jusqu'à la fin des temps…

Où irons-nous demain ? Je ne sais pas, mes très chers, je ne sais pas.
Nous allons là où nous trouvons des rails…

Primo Levi, *La Trêve*

1

Bizerte (Tunisie)
Janvier 1921, aux environs de midi

Allongé sur l'eau lisse, il nage une brasse coulée, limpide, qui ride à peine la surface. Quand il ne fend pas les eaux de la lagune, Tarik Aït Mokhtari est *bouchkara* sur les quais de Bizerte, en français homme au sac, surnom quelque peu dédaigneux pour désigner les dockers indigènes du grand port tunisien. Lui s'en moque, du dédain : aujourd'hui il nage, et quand il nage il est bien, quand il nage il se sent pleinement homme, et même un peu plus, il ferme les yeux à cause de l'eau salée qui les brûle et alors il rêve, il se rêve poisson, genre espadon pour l'élégance du rostre, pour les vingt-cinq mètres par seconde de vitesse de pointe, et pour les immenses pupilles bleues capables de repérer des proies à des profondeurs où il fait nuit même à midi.

Voilà plus d'une heure que Tarik lance ses bras en avant, qu'il fend la surface de la mer pour aller chercher l'eau loin devant lui et la ramener vers sa poitrine, tandis que ses jambes s'ouvrent en larges ciseaux avant de se rassembler en une détente nerveuse qui projette son corps vers l'avant. Alors son visage émerge, sa bouche grande ouverte engloutit tout l'air qu'elle peut. Il avale de l'eau, qu'il recrache aussitôt parce qu'elle lui déchire la gorge : encore trop saumâtre, il faut attendre le cœur de l'hiver pour que la lagune s'adoucisse d'avoir reçu en abondance les eaux du lac Ichkeul.

Tout en remplissant ses poumons d'air, Tarik bat des cils. Les siens sont noirs, longs, ourlés, la nature s'est montrée généreuse avec lui, mais le jeune bouchkara ne s'en contente pas, il lui faut encore les enduire d'un cosmétique de son invention, mi-crème mi-pâte, à base de suif et de cire d'abeille (pour des raisons économiques évidentes, la composition qu'il malaxe contient beaucoup plus de suif que de cire d'abeille) destiné à protéger ses yeux des gouttes d'eau qui ont tendance à s'y agglutiner et à brouiller sa vision.

Il a beau savoir que la plupart des bateaux de pêche sont à quai, que le bac de Zarzouna ne circule jamais à cette heure-ci et qu'il ne risque donc pas d'être heurté par son étrave ni déchiqueté par son hélice, ça n'est pas une raison pour nager sans se soucier de sa position. Il s'est d'ailleurs tracé un itinéraire précis : pour couvrir dix kilomètres en eau libre en moins de trois heures et ainsi pouvoir endosser le maillot de la société sportive La Musulmane ou celui du Stade nautique bizertin, chaque mètre gagné peut être déterminant, aussi Tarik a-t-il planifié une trajectoire qui tient compte des moindres courants qu'il espère identifier grâce à la caresse plus ou moins fraîche des filets d'eau sur sa nuque et ses épaules.

L'automne avait été exécrable, la neige s'était abattue en bourrasques sur les hauteurs de Souk el-Arba, du Kef et d'Aïn Draham ; à proximité de Bizerte, depuis le Djebel Hakima, on avait observé que les deux cornes de la lune pointaient vers le bas, signe qu'une grande quantité de pluie s'était amassée dans l'atmosphère, prête à tomber en cataracte à la moindre chute du baromètre.

Mais à l'aube de ce lundi, le vent était revenu au sud, disloquant la couche nuageuse et laissant enfin percer le soleil dont la caresse réjouissait Tarik au point qu'il lui arrivait de casser sa nage pour faire le chat, c'est-à-dire rouler sur lui-même en offrant son ventre à la chaleur des rayons. D'autres fois, il imitait le dauphin : cambré à la limite de la douleur, d'un coup de reins il sautait hors de l'eau, s'élevait dans la lumière et tournoyait sur lui-même avant de retomber en faisant jaillir des murailles d'écume crépitante couronnées d'arcs-en-ciel. Il devinait alors, sous son corps, la fuite des poissons de la lagune, et, au-dessus de lui, des passages d'oiseaux de mer sidérés par les cabrioles de cette créature fuselée, qui, bien qu'apparemment privée d'ailes et de nageoires, semblait à son aise dans le ciel comme dans l'eau.

Dans ce paysage maritime languissant où évoluait Tarik, univers horizontal d'un calme absolu (depuis qu'il avait doublé la bouée constituée par un gros potiron évidé mis à flotter entre la nappe d'eau toujours un peu tiède de la plage Rondeau et les eaux plus fraîches de la lagune, seul le bourdonnement des hydravions Nieuport de la base de Karouba venait troubler un silence parfait), dans ce monde impassible qu'on eût dit à la dérive, comme séparé du reste de la Tunisie, se produisit soudain quelque chose d'inouï : alors que le jeune homme sortait la tête de l'eau pour prendre sa respiration, il découvrit, dressé d'aplomb juste devant lui, proche à s'y fracasser, un obstacle d'une verticalité si haute qu'il n'en voyait pas la fin – il ne la devinait même pas, le barrage aurait tout aussi bien pu s'élever comme ça jusqu'au septième ciel, là où un hadith rapporte que le Prophète, au cours de son voyage nocturne à travers les cieux, rencontra Abraham qui se tenait le dos appuyé contre la Maison très fréquentée, *al-Bayt al-Maamour*, dans laquelle, chaque jour, soixante-dix mille anges entrent pour prier.

Cette muraille qui lui fermait tout à coup l'horizon, si sombre qu'en la fixant on aurait cru la nuit tombée, ou du moins l'un de ces crépuscules d'hiver à l'heure où le loup l'emporte sur le chien – cette muraille n'était pas là l'instant d'avant, Tarik en était certain, il n'y avait alors devant lui que la mer à perte de vue, même si cette mer n'était en réalité qu'une vaste lagune enchâssée dans un écrin de poussière grise et de sable d'où émergeait par à-coups une confusion d'arbustes, de maisons boiteuses, de terrasses écrasées de chaleur, de ruelles blanches et de brumes bleues.

L'apparition de la muraille (muraille, oui, Tarik n'avait pas trouvé de mot plus précis pour qualifier l'obstacle) n'avait été précédée d'aucun signe annonciateur, c'est tout juste si le nageur avait soudain senti sur sa nuque le heurt d'une série de vagues plus massives, plus lourdes. Il en avait déduit qu'il venait de rencontrer l'un des nombreux courants sillonnant la lagune, recoupement qu'il avait espéré car il s'agissait là d'une aide précieuse pour apprécier sa position.

Ce n'était pas que Tarik eût peur de se perdre : à l'exception du canal par lequel elle communiquait avec le port de Bizerte, la lagune était fermée de tous côtés ; aussi, quel que fût l'axe selon lequel on la traversait, on finissait toujours par toucher terre – mais au prix de quel essoufflement si la malchance avait voulu que, pour atterrir, on eût été contraint de franchir le plan d'eau dans sa diagonale la plus longue…

Dans ce vaste couloir d'eau libre dépourvu de balisage, mais où l'on devait compter avec le sirocco, les vagues croisées, les atteintes d'hypothermie, les crampes et les maux de tête provoqués par les ardeurs du soleil, sans oublier la dérive due au simple fait de tirer davantage sur un bras ou de détendre une jambe plus énergiquement que l'autre, le plus expert des nageurs pouvait couvrir, à son insu, plusieurs dizaines de mètres en plus de la distance prévue.

Mais Tarik savait comment nager vite et bien.

C'est Ghaleb, le *reis*[1], qui l'avait initié. À voir la taie bleuâtre qui avait peu à peu éteint la vivacité de ses petits yeux noirs, on n'aurait jamais soupçonné que le vieux capitaine des pêcheurs pût encore jouir d'une vue qui, associée à sa connaissance parfaite des phases de la lune, faisait de lui un connaisseur privilégié des us et coutumes de ces dizaines de milliers de poissons qui, en bancs serrés, se ruaient chaque mois dans le goulet reliant la lagune à la mer. De jour comme de nuit, le reis embouchait alors sa cornemuse en peau de

1. Ancien titre d'officier, de dignitaire ou de capitaine de navires corsaires porté naguère chez les Barbaresques.

chèvre, son *mezoued*, pour convier les habitants de la ville à une pêche miraculeuse, du moins ceux qui étaient assez proches pour entendre les notes aigrelettes et précipitées de l'instrument. Bientôt, et pour plusieurs heures, le parfum alléchant des mulets, des pagres ou des mankous grillés flotterait au-dessus de la ville.

Ghaleb connaissait l'eau comme personne : pour lui, tout ce qui avait capacité à s'immerger était soumis aux mêmes lois, la mer ne faisant pas de différence entre le corps élastique d'un garçon comme Tarik, les poissons qui passaient le goulet, ou la plateforme rigide du bac à vapeur cramponné à une chaîne sous-marine.

Mais Ghaleb ignorait le nom des courants : ses amis les poissons du goulet s'en souciant comme d'une guigne, et lui-même ne sachant pas nager, il n'avait jamais éprouvé le besoin de les identifier. Ils étaient pourtant précieux pour se situer, notamment ceux qu'on avait baptisés d'après les oueds dont ils étaient les prolongements : l'oued el-Merazig, le Tindja, l'el-Haïma ou le Kocéine ; d'autres avaient été nommés d'après un amer remarquable : un minaret, une grue à vapeur désaffectée, les ruines d'un moulin à huile.

Dommage, pensait Tarik, de ne pas connaître le nom du flot qui, l'ayant poussé jusqu'à la paroi de fer contre laquelle il butait, continuait de lui pétrir le haut du dos ; dans le doute, il opta pour celui de la Cigogne – conclusion hâtive qui lui avait été inspirée par la vue d'un échassier qui s'était arraché lourdement de son nid : le jeune bouchkara n'avait entrevu le volatile qu'une fraction de seconde, le temps de prendre sa respiration, mais ç'avait été suffisant pour se dire que si c'était le courant de la Cigogne qui l'entraînait, alors il avait dévié de sa route bien plus qu'il ne le pensait.

Gardant sa jambe droite immobile, il pistonna furieusement de la gauche pour tenter de rectifier sa course en l'orientant davantage au sud-ouest.

Il longea ainsi l'étrange muraille dont il ne s'expliquait pas l'apparition subite.

Seule certitude : elle était en métal, et dans son ensemble assez lisse bien qu'elle hébergeât des colonies de petites moules et de longues chevelures d'algues, et qu'elle fût hérissée çà et là de gros rivets entre lesquels le revêtement, une peinture d'un gris très foncé semblait-il, se desquamait en libérant des sortes d'épluchures raides et coupantes. Tarik avait d'ailleurs dans la bouche le goût métallique de ces ébarbures de fer contre lesquelles le flot le brutalisait et avait écorché ses lèvres.

Dégourdies par le vent, les vagues déferlaient à présent en rangs plus serrés. Elles plaquaient le nageur contre la muraille, l'empêchant de faire jouer ses bras qui, d'avoir été sollicités depuis maintenant plus de deux heures, manquaient de force pour contrer la pression du flot.

Il tenta de se dégager en battant des jambes avec une énergie supposée compenser la faiblesse des bras, mais cette manœuvre, loin de le libérer, le rapprocha davantage de la paroi au point de l'y épingler comme un papillon.

En réussissant tout de même à se déplacer latéralement de quelques mètres, Tarik se retrouva face à une espèce d'œil de verre encastré dans la paroi, et qui, frappé de plein fouet par le soleil, lui renvoyait un faisceau de lumière d'un blanc éblouissant. Aveuglé, le nageur lança une main en avant pour écarter cet œil qui blessait sa vue. Mais lorsque ses doigts heurtèrent la prunelle qui émettait le rayonnement agressif, il constata que l'œil était en réalité un hublot situé légèrement au-dessus de la ligne de flottaison de ce qui, par déduction, devait donc être un navire.

2

Pour surgir et s'immobiliser dans un silence aussi parfait, le bateau avait dû battre en arrière puis stopper sa machine bien avant de débouquer du chenal à hauteur de Ras ech-Charaa, de façon à finir sa course dans la lagune en mourant sur son erre. Une manœuvre exécutée avec une telle maîtrise qu'aucun officier n'avait eu besoin d'élever la voix – du moins le jeune bouchkara n'avait-il rien entendu. Tout s'était passé comme si ce bâtiment, dont Tarik évaluait tout de même le déplacement à plus de dix mille tonnes, avait évolué en parfaite autonomie, sans solliciter la moindre intervention humaine. À la façon de ces vaisseaux fantômes dont on disait qu'ils couraient les mers sans personne à leur bord, ou alors montés par des équipages constitués de squelettes.

Sa coque noire marbrée de plaques brunes, en réalité des zones de métal nu attaqué par la rouille, ne suffisait pas à établir qu'il s'agissait d'un bateau de guerre. C'était pourtant l'hypothèse la plus probable. Que ferait un navire de commerce aussi haut sur l'eau, aussi pansu et ventripotent, en plein lac de Bizerte, à l'écart de tout appontement où décharger sa cargaison ?

Mais Tarik était trop enfoncé dans l'eau pour se faire une opinion sérieuse, il lui manquait un point d'appui pour se hausser suffisamment au-dessus de la surface et avoir une vision cohérente du pont et des superstructures du bâtiment.

Seule certitude : si le port avait attendu un cargo de fort tonnage, tous les dockers eussent été appelés en renfort. Or Tarik n'avait été prévenu de rien. En revanche, il se souvenait de s'être arrêté rue de l'Amiral-Courbet, que tout le monde appelait ici la rue des Arabes, pour se faire raser dans un café où, au milieu de consommateurs accroupis jouant aux dames ou aux dominos, officiait aussi un barbier. Au lieu d'être confortablement installé sur un fauteuil du genre de celui qu'il avait lui-même, quelques jours auparavant, débarqué du *Varthema*, il avait dû se contenter d'une caisse renversée autour de laquelle le barbier circulait comme un bourreau autour de son chevalet de torture.

Le rasoir mal aiguisé faisait un bruit de grillon en raclant les mentons et les joues. Mais le barbier savait en apaiser le feu, et traiter discrètement les estafilades en usant d'une serviette chaude, de talc et d'un pulvérisateur d'eau de fleur d'oranger. Tout cela se payait, bien sûr, et les dix minutes que durait l'opération représentaient une dépense déraisonnable pour quelqu'un comme Tarik. Mais après avoir observé que les pêcheurs décapaient à vif les flancs de leurs felouques afin de les débarrasser des algues qui freinaient leur glisse, il en avait déduit qu'il devait en être de même pour un nageur dont le corps rencontrerait d'autant moins de résistance dans l'eau qu'il serait parfaitement lisse et imberbe.

C'est pendant sa séance de rasage qu'il avait entendu Farouja, la serveuse, se réjouir de l'arrivée prochaine de bateaux de guerre en provenance de Turquie ou d'Albanie, ou peut-être de Malte, Farouja ne savait pas exactement, mais elle était déjà électrisée à la pensée que les jeunes cadets, les *midships*, les *grumetes*, les *aspirantes* et autres *marinai*, auraient tôt fait de mettre de l'animation dans les ruelles endormies de Bizerte en hiver. Et Farouja, des bateaux gris plein ses yeux noirs, n'avait jamais versé d'aussi haut un thé à la menthe aussi brûlant, ni aussi parfumé, ni aussi sucré. Même, elle était excitée au point de faire comme si elle ne voyait pas trois ou quatre consommateurs en train de se défiler sans payer, ce qui, quand on connaissait Farouja, était un signe qui ne trompait pas : Bizerte allait vivre des heures sans pareil – tragiques ou éblouissantes, on n'en savait encore rien, mais ce serait à coup sûr des heures d'exception.

Un profond silence, à présent, isolait le vaisseau dans une sorte de cocon, comme un insecte s'enveloppe de toute la soie qu'il bave.

Sans la pulsation lointaine que percevait Tarik lorsqu'il touchait du front la muraille métallique, sans les halètements d'une des chaudières qui éructait par intermittence d'épaisses bouffées de fumée brune que la brise de mer rabattait aussitôt sur le plan d'eau, on aurait pu croire qu'il s'agissait d'une épave embossée là depuis longtemps.

Sauf que quelques instants auparavant la mer n'était qu'un miroitement de bleu étoilé d'une multitude de mouchetures brillantes, sans rien qui ressemblât à un grand bateau de guerre.

Pourtant, Tarik n'aurait pas été trop surpris d'en croiser un : quand ils envoyaient un de leurs navires en réparation à l'arsenal de Sidi-Abdallah, les Français profitaient souvent de son transit par la lagune pour entraîner son équipage à tirer des obus ou à lâcher des torpilles d'exercice sur de vieux chalutiers désarmés qui servaient de cibles. Ainsi, des oliviers et des haies de cactus de la colline de Sidi-Yahia aux maisons blanches et aux minarets de Menzel Jemil, il n'y avait pas un habitant des bords du lac qui ne sût reconnaître au premier coup d'œil les silhouettes du cuirassé

Condorcet, de la canonnière *Mignonne* ou du contre-torpilleur *Rapière*.

Mais la muraille de fer à laquelle se heurtait Tarik semblait issue d'un matériau très différent des plaques de blindage que forgeait l'arsenal ; c'était à croire qu'elle venait d'un autre univers, tels ces bolides qu'on pouvait voir certaines nuits strier le ciel de traînées de feu avant de s'abîmer dans les eaux de la lagune de Bizerte ou du lac Ichkeul. En fait le jeune homme n'avait jamais rien observé de tel, mais il est vrai qu'il n'était pas du genre à aller le nez en l'air, sa démarche reproduisait plutôt celle de son père Abdul-Salam, celle de tous les dockers qui, des années après avoir quitté les quais, gardaient le front bas et les épaules voûtées comme encore sous le poids des charges transbahutées sur d'étroites passerelles de bois où il suffisait de lever les yeux vers le ciel pour trébucher et tomber à la mer. Mais nul besoin d'avoir vu un aérolithe pour y croire : à l'époque ancienne où Bizerte s'appelait Hippo Diarrhytus, l'une de ces pierres célestes, de couleur noire, avait été considérée comme un dieu et conduite à Rome pour y être vénérée dans un temple bâti tout exprès pour elle ; en dépit de sa nature divine, la météorite n'avait pu empêcher sa mystérieuse autodestruction en même temps que l'effondrement du temple qui lui était consacré.

Après avoir soufflé pour chasser l'eau de mer de son conduit nasal, Tarik retrouva peu à peu ses sensations olfactives ; le verdict de son nez était sans appel : même si chaque bateau de guerre français possédait son odeur *sui generis*, les travailleurs portuaires savaient qu'il existait un remugle commun à tous les navires de l'escadre de Méditerranée, composite de suie grasse, de peinture fraîche, de friture, de café, de crésol, à quoi se mêlait parfois, porté par le vent d'été, le parfum des térébinthes ou des fleurs de fell ; or le bâtiment contre lequel Tarik, au sens propre du mot, avait manqué se casser le nez, exsudait à travers sa cuirasse, ou plus exactement par les interstices de ses trappes, hublots, sabords, dalots, brèches volontaires ou fissures de guerre, une senteur de choux, de fruits aigres, de sueur, et peut-être aussi un relent d'angoisse et de détresse absolues.

De ce bateau-là émanait de surcroît une senteur déconcertante – ou plutôt une association de senteurs inexplicables, avec une dominante fauve, senteurs qui se repoussaient l'une l'autre, qui semblaient se refuser, se fuir pour finir en un magma virtuel mais visqueux et noir.

Les vieux pêcheurs qui l'avaient reniflé depuis les quais disaient qu'il devait être *maskoun*, hanté, habité par un djinn.

L'aspect de sa muraille, son toucher, le fait qu'il fût en partie colonisé par des balanes, des anatifes, des patelles et des touffes d'algues calcaires, tout ça plaidait pour la réalité de son existence. Mais n'empêche, la brutalité de son apparition avait mis Tarik mal à l'aise.

Quand il était enfant, à cause de phrases sans queue ni tête qu'il prononçait (paraît-il) en dormant – alors il s'agitait beaucoup, son corps se couvrait de transpiration, sa bouche bavait une mousse de salive blanche comme celle des ânes et des dromadaires –, on l'avait soupçonné d'être maskoun lui aussi.

Pour l'affranchir de l'emprise du djinn, on avait récité sur lui les noms et les attributs d'Allah, on l'avait fait boire dans un bol de santé qui portait des versets du Coran ciselés sur son pourtour, et la créature maléfique avait fini par se retirer, elle avait quitté le corps de Tarik en sortant par les orteils – la voie habituelle des djinns, avaient précisé les devins.

3

Tarik ne possédait pas de montre, mais, comme la plupart des ouvriers travaillant à l'extérieur, il lui suffisait d'observer la position et l'éclat du soleil pour connaître l'heure presque aussi précisément qu'avec une montre. Et donc, voici qu'il était midi moins dix minutes, et qu'il s'apprêtait à faire à la nage, pour la troisième fois, le tour du navire dans l'espoir de percer son identité – il avait remarqué une inscription en relief soudée sur l'arrondi de la poupe, une calligraphie en arc de cercle, ample et altière, mais composée de lettres de fer qui, tout en ayant des points communs avec l'alphabet des Français, s'en éloignaient parfois au point que certains caractères comme le Ж, le Ф ou le Ю, lui étaient incompréhensibles.

Il était pourtant sûr d'avoir déjà vu cette écriture quelque part, probablement peinte au pochoir sur l'une des innombrables caisses rôtissant au soleil, abandonnées sur les quais suite à l'un ou l'autre des mouvements de protestation qui agitaient régulièrement les dockers de Bizerte, mais il ne parvenait pas à préciser davantage son souvenir.

Et il y eut soudain un éclatement sec, une explosion qui fit frémir les tôles cuirassant le navire, trahissant le jeu de certains rivets qui se mirent à grelotter dans leurs logements.

Le grand bateau frissonna.

À moins que ce ne fût Tarik lui-même qui avait affreusement froid à présent que l'épuisement avait interrompu sa nage et qu'il se contentait de remuer bras et jambes, mais mollement, juste assez pour se maintenir à flot.

D'instinct, il se recroquevilla dans l'eau comme il le faisait dans son lit pour se réchauffer les nuits où du givre s'attachait aux carreaux de sa chambre – sauf qu'ici le drap qui recouvrait Tarik jusqu'au menton était un suaire de cent vingt kilomètres carrés d'eau glacée dévalée des oueds, ce qui ne laissait au jeune bouchkara aucun espoir de jamais pouvoir lui emprunter la moindre de ses calories.

Ramenant les genoux contre la poitrine, les serrant entre ses bras et gonflant les poumons pour continuer à flotter sans s'exténuer, il chercha à identifier ce bruit qui avait claqué comme un violent coup de fouet. Quand il en saurait davantage, quand il saurait presque tout sur tout, alors il verrait bien si son heure avait sonné.

La détonation formidable qui avait ébranlé le bâtiment était venue d'un immense pavillon qui, prenant le vent, s'était épanoui de lui-même sur un mât incliné d'environ quarante-cinq degrés à la poupe du navire.

Ses dimensions étaient telles que son battant fouettait la crête des vagues.

Tandis que l'ombre de la grande étamine frappée d'une croix bleue de saint André dansait sur son visage, Tarik s'étonna de l'austérité de cet emblème : du dragon rouge du pays de Galles aux pattes griffues du lion des Flandres, des quatre têtes de Maures du drapeau sarde en passant par le lion solaire de la Perse impériale, la plupart des bannières flottant sur les bâtiments de combat relâchant à Bizerte foisonnaient de symboles autrement plus opulents que ce drapeau blanc simplement frappé d'une croix bleue, dessin étriqué si on le comparait à la complexité des superstructures du vaisseau qui l'arborait – du moins de ce que le nageur pouvait en discerner depuis le ras de l'eau où il pataugeait : superstructures dignes d'une forteresse médiévale, excroissances de fer, encorbellements, ressauts, bretèches, casemates, barbettes et autres redents débordant des œuvres mortes[1], tout cela résonnant d'ordres lancés dans une langue chantante où

1. Parties du navire situées au-dessus de la ligne de flottaison. Les parties immergées sont appelées œuvres vives.

roulaient les *r*, au milieu d'une cacophonie de sifflements de vapeur, de klaxons enroués et de claquements de culasses renforçant l'hypothèse qu'il s'agissait bien d'un bateau de guerre.

Tarik connaissait ce type de navire pour avoir aidé à charger des obus sur des cuirassés français comme le *Saint-Louis*, le *Gaulois* ou l'*Henri IV*, lorsque l'arsenal, sur la rive sud-ouest du lac, recrutait des supplétifs.

Sans doute le bâtiment autour duquel le nageur évoluait avec ce mélange de liberté et de respect d'un poisson-pilote caracolant sous le ventre d'un squale était-il un navire de premier rang – le jeune bouchkara avait identifié trois tourelles doubles de 305 mm et, dans les embrasures de la coque, au moins six affûts pour des canons de 152 mm. Peut-être s'agissait-il d'un croiseur de bataille, voire d'un des rares cuirassés survivants de la flotte impériale russe.

On évoquait quelquefois, parmi les dockers des quais de Bizerte, la révolte qui avait éclaté sur un cuirassé russe. Que ces rébellions se soient déroulées dans des pays lointains, ce qu'était la Russie pour des travailleurs tunisiens, *des pays dont on n'a même pas idée* comme aimaient à le dire ces hommes qui se flattaient pourtant d'avoir des idées sur tout, les rendait encore plus romanesques. Pour cette raison ou pour une autre, l'affaire du cuirassé russe était restée dans toutes les mémoires. C'était à Odessa, sur la mer Noire, il n'y avait pas si longtemps de cela, dix ou douze ans peut-être. Un détail particulièrement sinistre avait marqué les bouchkaras : après avoir vainement ordonné aux mutins de se ressaisir, et avoir abattu (semblait-il) l'un des meneurs d'un coup de pistolet, le second du navire, un capitaine de frégate du nom de Guiliarovski, avait réclamé une bâche, signifiant par là que la contestation était terminée et que l'heure du châtiment était venue. En cas d'insubordination dans la Marine impériale russe, il était en effet de tradition de faire jeter une grande bâche sur les mutins avant de les fusiller en tirant dans le tas.

Tarik ne se souvenait plus de ce qui avait mis le feu aux poudres. Mais à force de renifler les émanations fétides qui suintaient du grand navire immobile le long duquel il nageait, et surtout les coulées de vomi qui, dégoulinant le long de sa coque, avaient formé en séchant des à-plats vert asperge, mastic, ocre jaune, passe-velours, qui rappelaient les peintures géométriques dont les pionniers du camouflage affublaient les navires au début de la guerre, la genèse de l'incident lui revint en mémoire : n'était-ce pas une sordide histoire d'asticots surpris à grouiller sur la viande destinée à l'équipage, si tant est qu'on pût encore qualifier de viande des morceaux de charogne en décomposition ?

Et le nom du vaisseau n'était-il pas *Potemkine* ?

Ô Dieu ! se pouvait-il *vraiment* que ce géant biscornu qui avait jeté l'ancre dans la lagune de Bizerte fût le fameux cuirassé *Potemkine* ?

Pour en avoir le cœur net, Tarik se remit à nager. Il rejoignit l'arrière du bateau, leva les yeux vers les lettres de fer vissées sur l'arrondi de la poupe.

Elles étaient étranges, certaines ressemblaient à des P, des A, des O, mais il y avait aussi des N aux jambages inversés et des д qui ne voulaient rien dire. Mises bout à bout, ces lettres ne formaient pas de mots intelligibles – des bredouillis, des borborygmes tout au plus.

À défaut d'en comprendre la signification, il décida de compter les caractères pour voir s'il y en avait autant que dans *Potemkine*.

C'était le cas.

Bon, mais ça ne prouvait rien : il y avait forcément plusieurs mots de neuf lettres dans la langue du pays d'où venait ce bateau.

Tarik en était là de ses réflexions lorsque le claquement tout proche de deux paires de souliers fit naître un nouveau mystère ; car ces souliers étaient manifestement chaussés par des femmes, c'est du moins ce qu'il pouvait déduire du bruit retenu que faisaient leurs pointes en touchant le pont, aussitôt suivi du son plus fort, comme un point d'exclamation, qu'émettaient les talons se posant à leur tour.

Tarik chercha à voir leurs visages, mais le bombé de la coque l'en empêchait. Il ne put que deviner, en tendant l'oreille, qu'elles s'étaient rapprochées du bastingage pour échanger quelque confidence ; et il lui sembla que ce qu'elles avaient à se dire était sérieux, profond, presque grave – il en eut l'intuition à la qualité du silence qui avait envahi la place où elles venaient de s'arrêter, un silence qui se faisait plus dense de seconde en seconde, de même que s'épaissit l'obscurité d'une salle de spectacle au fur et à mesure qu'approche l'instant où le programme va commencer, Tarik en avait été frappé le soir où son père l'avait emmené à Tunis pour assister, sur la terrasse d'une pâtisserie de Bab El Khadra, à sa première séance de cinéma.

Il s'agissait de documentaires muets accompagnés de sous-titres. Les caractères blancs et un peu baveux sur fond noir défilaient trop vite pour que Tarik, qui en était encore à ânonner le français, eût le temps de les déchiffrer, mais les spectateurs les lisaient à haute voix, en chœur, et grâce à eux c'était un peu comme si le film était devenu parlant.

Il n'y avait que quelques rangées de chaises pliantes réservées aux personnes âgées, les autres spectateurs s'asseyant là où ils pouvaient. Les images sautillaient sur le mur qui fermait la terrasse, un mur badigeonné de blanc, ceux qui n'étaient pas familiarisés avec le cinéma s'étaient collé le nez sur cette manière d'écran – *plus nous serons près, mieux nous verrons* –, mais dès la fin du premier film, dès qu'ils avaient pu se relever sans se faire rappeler à l'ordre au prétexte qu'ils gesticulaient dans le faisceau du projecteur, ils s'étaient dépêchés de reculer à cause du mur dont la base sentait trop fort l'urine, surtout après avoir rôti au soleil tout l'après-midi. On avait alors entendu les spectateurs plus avertis qui se moquaient d'eux – ils riaient, oui, bien que le film qu'on venait de projeter fût ce reportage pathétique tourné par Samama-Chikli (d'ailleurs présent ce soir-là) sur le tremblement de terre de Messine et ses cent mille morts, ils riaient : fallait-il être naïf pour aller s'accroupir tout contre un mur qui, lorsqu'il ne servait pas d'écran de cinéma, était utilisé comme pissoir par les hommes et les chiens.

Aux inflexions de sa voix, Tarik comprit que l'une des femmes accoudées au bastingage du grand navire était encore très jeune, tandis que l'autre, au timbre grave et un peu éraillé, devait avoir passé la soixantaine.

Elles s'exprimaient dans cette langue pleine de *r* qui roulaient, ce langage inconnu que le nageur avait déjà surpris tout à l'heure quand un officier du navire avait donné sèchement des ordres à un matelot. Ce qui est sûr, pensa Tarik, c'est qu'il devait s'agir du parler d'un pays froid dont les habitants roulaient les *r* pour se réchauffer la langue et les lèvres, de même que nous autres, bouchkaras, frappons dans nos mains et agitons nos bras pour recouvrer un peu de chaleur corporelle après avoir pendant de longues heures déchargé des blocs de beurre congelé d'un cargo australien, ou remonté des carcasses de viande des cales de l'*Orient*, l'un des plus grands navires frigorifiques du monde, monstre glacé de la ligne de Nouvelle-Zélande.

Tarik ne comprenait évidemment rien à l'échange entre les deux femmes, mais il n'en resta pas moins à faire du surplace à l'aplomb du navire car il y avait quelque chose d'envoûtant à écouter parler la plus jeune, c'était un peu comme lorsque Habiba chantait la nuit sous les étoiles, Habiba Msika qui modulait ses chants comme la mer plie et déplie ses vagues, Tarik ne l'avait entendue qu'une seule fois mais il avait su qu'il ne l'oublierait jamais, c'était dans les ruines d'Utique, il avait alors douze ou treize ans, il accompagnait son père qui conduisait trois ânes chargés de sacs de ciment destinés au site archéologique. Alors qu'on allait toucher au but, un âne s'était écarté de la route pour brouter des chardons dans un fossé.

Tout en se régalant, il s'était frotté aux épines, déchirant deux des sacs qui pendaient sur ses flancs et répandant le ciment parmi les chardons. Le père de Tarik, de peur d'être accusé d'avoir détourné une partie de la batelée, avait voulu récupérer le plus de ciment possible, mais lui et son fils n'avaient que le creux de leurs mains pour le ramasser. Alors la collecte du chargement, rendue déjà pénible par la prolifération des chardons et l'agressivité de leurs épines, les avait occupés jusqu'au crépuscule, et il faisait nuit quand ils étaient enfin parvenus sur le site avec leur cargaison à peu près reconstituée.

Là, à la lueur de grands feux qu'on avait allumés dans les ruines du théâtre impérial, Habiba Msika, jeune femme du quartier juif de Tunis, chantait un air traditionnel tunisien, le *malouf*, accompagnée par une vièle, un violon, et deux tambourins.

Son corps androgyne dénonçait la sensualité à la fois la plus innocente et la plus troublante. Entre chaque chant, la foule, qui ne s'y trompait pas, appelait la bénédiction d'Allah et du Prophète sur celle qu'on surnommait la Bien-Aimée, la Belle des belles, la Tigresse aux yeux verts.

Les deux femmes s'adossèrent au bastingage. Alors Tarik vit leurs reflets sur la mer. La plus jeune était vêtue d'une blouse à guimpe blanche, d'une longue jupe plissée elle aussi toute blanche, et d'un chapeau cloche de même blancheur, mais quelle folie que tout ce blanc ! pensa Tarik qui savait par expérience qu'à part les locomotives, il n'existait pas d'environnement plus graisseux, plus salissant qu'un navire.

Comme un joli nuage indifférent à la grisaille du ciel qu'il traverse, la jeune personne à la guimpe blanche se sépara de sa compagne, s'éloigna, se perdit dans la foule des passagers. N'ayant pratiquement rien vu de son visage, Tarik n'avait pu retenir d'elle que la blancheur de sa robe et le son de sa voix qui lui rappelait celle d'Habiba Msika, une voix caracoulant des mots inconnus aux accents modulés comme des coulées de miel de Kairouan.

Le nageur se retourna sur le dos et, lentement, brassant l'eau le plus silencieusement possible, il s'écarta du bâtiment. Au fur et à mesure qu'il s'en séparait, l'arrondi de la coque diminuait, son bombé s'aplatissait, retrouvait sa verticalité, et il n'y avait plus de fausse perspective pour tromper le regard.

Il s'agissait bien, comme l'avait supposé Tarik, d'un cuirassé d'environ dix mille tonnes, long d'un peu plus de cent mètres ; un cuirassé qui avait dû être impressionnant lors de son lancement, mais qui accusait bien son âge à présent qu'on l'avait délesté de son artillerie, ce qui pouvait le mettre en péril de chavirer, car il allait désormais naviguer à lège, en tout cas très au-dessus de ses lignes d'eau, risquant de rouler dangereusement s'il se retrouvait travers à la lame.

Autant il paraissait encore majestueux et dominateur ainsi posé sur l'eau à peu près tranquille de la lagune, autant il avait dû, au cours de sa traversée, malmener son équipage et ses passagers civils ; car après s'être pressé les poings sur les yeux pour en évacuer l'eau salée qui les brûlait, Tarik avait pu constater que le bateau de guerre regorgeait de désenchantés – soldats désarmés, femmes, enfants, ecclésiastiques, personnes âgées, infirmes. Non seulement ils occupaient toute la place disponible sur le pont, mais leur foule ne cessait de s'augmenter de nouveaux contingents qui surgissaient des profondeurs du navire comme des colonnes de fourmis ailées montant à l'assaut d'une brioche.

L'hypothèse du grand bateau solitaire pénétrant dans la lagune en courant sans bruit sur son erre ne tenait pas la route. En vérité, Tarik devait s'être assoupi, la tête sur un rouleau de cordage en guise d'oreiller, quand, aux premières lueurs du jour, deux ou trois remorqueurs de haute mer avaient engagé le vaisseau dans le goulet de Bizerte pour le diriger vers ce mouillage provisoire ; et le bouchkara n'était sans doute toujours pas réveillé quand la plupart des passagers, à la fois impatients et anxieux de découvrir ces rivages d'Afrique qu'ils n'auraient jamais imaginé voir un jour, s'étaient précipités sur le pont en y traînant tout leur fourniment.

Les heures avaient passé, et ils étaient toujours affalés parmi un fourbi de valises aux couvercles ligotés à grand renfort de ficelles goudronnées, de ceintures de cuir, de rubans de taffetas, voire de longs bas noués bout à bout, au milieu de panières dégorgeant d'aliments battus en bouillie par les paquets d'eau de mer que le grand bateau avait essuyés, d'objets hétéroclites qu'on identifiait vaguement à leur empreinte sur l'envers de la toile, du feutre ou du carton détrempés dont on les avait enveloppés.

Pour ces gens, ces pauvres gens harassés, il y avait eu pire que la promiscuité, pire que le froid et l'humidité, pire que le mal de mer qui avait pourtant réduit nombre d'entre eux à l'état de bêtes : il y avait eu ce sentiment d'être ballottés dans des crépuscules si incertains qu'il leur arrivait de les prendre pour l'aurore, et alors ils n'en revenaient pas de ne jamais voir la lumière s'épanouir – il n'était donc jamais midi sur la mer ?

Repoussés de Petrograd à Moscou, puis de Moscou à Briansk, Ounetcha, Gomel et Kiev, tournant en rond de la toundra à la taïga, de la taïga à la steppe, rêvant d'Odessa comme de la Terre promise, et plus tard la fuyant comme on s'évade de l'enfer, ils avaient croisé, talonné, laissé passer, rattrapé, dépassé des trains sans savoir d'où ils venaient ni où ils allaient, ils les avaient vus filer à grande vitesse, et déferler sur la plaine qui tremblait et sonnait sous leurs essieux à croire qu'ils traversaient un autre monde que le leur.

D'autres convois s'étaient arrêtés sans qu'ils sachent pourquoi, ils entendaient encore – ils entendraient toute leur vie – le grincement suraigu des freins serrés en rase campagne ou au cœur des forêts sans fin, et le chant plaintif des roues bloquées patinant sur les rails.

La Russie saisie par l'hiver, embourbée dans les neiges sanglantes de la guerre civile, était devenue une immense gare de triage.

4

République socialiste fédérative soviétique de Russie,
zone frontière entre la Russie et l'Ukraine
Octobre 1920

Les voyageurs racontaient que lors des haltes dans les forêts de pins, de bouleaux et d'érables, des bêtes sauvages, sans cesser de se surveiller mutuellement (dans ces années-là, même parmi les cerfs et les loups gris, personne ne faisait confiance à personne), s'approchaient des wagons immobiles pour épier à travers les vitres le provodnik, l'employé préposé au samovar. C'était le parfum du thé noir, la vapeur odorante liée à la présence de l'homme qui s'échappait par la vitre légèrement baissée, qui attirait les animaux vers le train, mais sitôt le samovar à court de combustible, les bêtes retourneraient dans les taillis.

Puis, très vite, viendraient la nuit, la neige, le froid.

Si le convoi restait trop longtemps stationné en pleine forêt, des unités paramilitaires de paysans révoltés ne tarderaient pas à l'encercler en faisant danser des drapeaux ukrainiens et en criant *Zemlja vsja naša, toute la terre est à nous !* Puis viendraient des détrousseurs de cadavres, des charognards, ce qui restait d'un groupe de quelque trois cents hommes aux ordres d'un certain Mokroousov, un matelot déserteur qui s'était autoproclamé commandant de l'armée insurrectionnelle de Crimée. Équipés des terribles PM 1910 qui tiraient leurs six cents coups par minute sans s'enrayer, les mercenaires de Mokrooussov « nettoyaient » à leur profit les villages qu'ils avaient eux-mêmes transformés en scènes de cauchemar.

Alors commencerait le mitraillage systématique du train Oural n° 15 que les grands propriétaires terriens, les *pomesciki* dont les domaines pouvaient s'étendre sur des dizaines de milliers d'hectares, avaient réquisitionné afin d'évacuer leurs familles contre lesquelles la Révolution s'apprêtait à « lancer le Coq rouge », c'est-à-dire à allumer des incendies simultanément en plusieurs points des riches propriétés, privilégiant les bâtiments d'habitation et opérant de nuit pour diminuer les chances de survie des occupants que le feu, accompagné de hurlements éraillés évoquant les cris d'agonie des coqs qu'on égorge, achevait d'épouvanter.

Le rituel de mise à mort était toujours le même : le convoi recevait d'abord une longue salve latérale, de droite à gauche, qui visait les fenêtres de façon à doubler l'orage de plomb par une grêle de verre. Puis les servants des Maxim faisaient aussitôt pivoter leurs mitrailleuses dans l'autre sens, de gauche à droite cette fois, en orientant leurs museaux de façon que la seconde rafale plombât le bas de caisse des wagons pour s'assurer que les plus madrés des voyageurs qui, se fiant aux premiers impacts, avaient pu croire se soustraire au massacre en roulant sous les banquettes, n'échappent pas au châtiment réservé aux contre-révolutionnaires : ils mourraient à plat ventre, le nez dans les crachats qui constellaient le plancher des wagons.

Le samovar continuait à bourdonner tandis que, dans les taillis, porteurs de drapeaux rouges et capotes vert-de-gris s'invectivaient à voix basse, ni les uns ni les autres ne parvenant à régler le système de refroidissement d'une des Maxim, ce qui risquait de mettre son canon hors d'usage après seulement cent à cent cinquante cartouches tirées.

De grands animaux, en silence, tremblaient sous les arbres.

Parmi tous les convois pétrifiés à travers l'empire, figés sous la coiffe de leurs fumées trop engourdies pour monter dans le ciel glacial, le train Oural n° 15 s'était immobilisé le long d'une plateforme grossière faite de planches clouées sur des pilotis vermoulus – le quai privé du domaine de Smoliatchko, d'après l'inscription délavée peinte sur la pancarte accrochée à la colonne de fonte d'une manche à eau.

À bord de la voiture de tête, un wagon lambrissé de lattes de bois blond auquel la vapeur brûlante qui s'y infiltrait à chaque halètement de la locomotive donnait des allures de sauna, une jeune fille enveloppée d'une pelisse militaire bordée de fourrure interpella le provodnik qui remontait le couloir en proposant des saucisses avec du raifort râpé.

« Pourquoi sommes-nous arrêtés ? demanda-t-elle à voix basse comme si elle craignait de réveiller une voyageuse assoupie de l'autre côté d'un abattant en noyer sur lequel, parmi les longues épluchures d'un concombre, les éclats de coquille de deux ou trois œufs durs et quelques graines de coriandre tombées d'un pain de seigle, gisait un numéro édité à Lausanne de *La Revue ukrainienne*, resté ouvert sur un article consacré à *Soborianié*, le roman très discuté de Nikolaï Leskov.

– Notre mécanicien dit que nous devons laisser passer un train sanitaire. Il paraît qu'il y a eu une bataille féroce, là-haut dans le Nord. Beaucoup de blessés. »

La voyageuse vêtue avec une élégance quelque peu fanée qui s'était étendue sur la banquette face à la jeune fille ne devait somnoler que très légèrement car les chuchotis du provodnik la firent aussitôt réagir :

« Et comment pourrions-nous le laisser passer ? Nous roulons sur une voie unique, la même voie lui et nous…

– Ne vous tourmentez pas, tante Sofia. Il y a sans doute des aiguillages pour nous diriger provisoirement vers une voie de garage. Oui, on aura forcément prévu un dispositif permettant à deux convois de se croiser, et nous…

– Oh, je t'en prie, Yelena, je t'en prie ! l'interrompit la femme en dévissant le couvercle d'un pot à fard qui, malgré la toute récente (et inexplicable à ses yeux) interdiction d'emporter des produits de beauté lors d'un voyage en chemin de fer, contenait un onguent gras et luisant, d'un rouge profond, dont elle imprégna la pulpe de son petit doigt avant de s'en frotter les lèvres, parfumant d'une odeur de cerises mûres chaque mot qui sortait de sa bouche. Si les aiguillages fonctionnaient comme il se doit, reprit-elle, on pourrait prévoir ce qui va survenir, on ne se retrouverait pas à Bataysk quand on avait l'intention de descendre à Tikhoretsk, et notre malheureuse Russie n'en serait pas là !

– Pardonnez mon insolence, *vasha svetlost'*[1], intervint le vieil homme, mais le réseau ferroviaire n'est pas toute la Russie, il n'est que ce qui permet d'en faire tenir ensemble quelques-uns des morceaux. Une immense charpente rampante, c'est comme ça que je vois les choses. Tenez, les terres qui nous entourent sont contrôlées par les Rouges, un peu aussi par les Verts, et il en sera ainsi jusqu'à ce que nous ayons passé la gare de Dobrouch, mais être tirés par une locomotive nous permet de les traverser impunément bien que les six voitures de notre train soient en majorité occupées par des personnes telles que vous.

– Telles que moi, en vérité ? tressaillit la femme à l'onguent cerise. Parce que, selon toi, quelle sorte de personne suis-je ?

– Ça, je ne le sais pas précisément, concéda le provodnik. Et comme je ne voudrais pas vous faire offense en vous attribuant un rang inférieur à celui qui est le vôtre, alors je dirai simplement : une grande dame, oui, c'est cela, vous devez être une très noble personne. Du genre que n'aiment guère ceux-là qui sont dehors », ajouta-t-il en plissant les yeux pour mieux voir de l'autre côté de la vitre embuée.

Croyant que le provodnik avait aperçu quelque chose de menaçant dans la nuit, la plus jeune des

1. Votre Grâce.

deux femmes se leva précipitamment. Sa sévère pelisse militaire s'entrouvrit, révélant le haut d'une robe très blanche avec des manches ballon et un corsage décolleté presque jusqu'à la naissance des seins – ce genre de toilette qu'on met pour aller danser, pas pour voyager en chemin de fer.

En voulant contourner l'obstacle de l'abattant, la jeune personne le heurta de la hanche, laissant échapper un couinement de douleur – comme ces poupées sont douillettes ! songea le provodnik qui, pour avoir passé l'essentiel de sa vie à courir d'un bout à l'autre de la voiture dont il avait la charge, s'était déjà blessé de toutes les façons possibles, y compris en se brûlant gravement lors d'un déraillement qui avait jeté sur lui le samovar rempli d'eau bouillante.

Se frottant la hanche, la jeune fille vint se blottir contre la voyageuse élégante. Là, elle fondit en larmes.

Pour preuve que jusqu'alors la vie avait dû se montrer douce avec elle, elle ne savait pas pleurer : chacun de ses hoquets propulsait un peu de morve hors de ses narines, sous forme de perles incolores qui rejoignaient les deux sillages de ses larmes, tout cela en une glisse lente et sans heurt. Le vieil employé du chemin de fer, qui n'avait encore jamais vu une femme verser des pleurs à la fois par les yeux et par le nez, jugea que c'était là un spectacle très triste mais très beau, dans le droit fil de la Révolution.

La locomotive lança un bref coup de sifflet, ébranlant la couche neigeuse recouvrant les branches en forme de raquettes qui surmontaient la voie ferrée.

« Train ne devrait pas tarder à repartir », annonça le provodnik en guettant l'effet qu'allait avoir sur les occupants de la voiture de tête le fait de n'avoir pas mis d'article devant *train*.

Cela peut sembler un détail sans importance, mais voilà un employé de l'administration des Transports qui, bien qu'il gagnât moins de dix roubles par mois, prenait son travail tellement à cœur qu'il avait passé une partie de la nuit précédente à s'interroger sur la bonne formulation : lors de ses annonces aux voyageurs, devrait-il dire *votre train*, *notre train* ou *le train* ?

Votre train laissait supposer que le provodnik considérait les six voitures constituant le convoi Oural n° 15 comme propriété collective de ses usagers ; politiquement parlant, pas un bolchevik ne pouvait trouver à y redire puisque la Révolution abolissait la propriété privée, mais la situation se compliquait du fait que les occupants de ces voitures étaient tous des bourgeois, d'irrécupérables bourgeois en fuite devant le raz-de-marée bolchevique – certains, comme la jeune fille qui pleurait et la dame âgée qui l'accompagnait, semblaient même appartenir à l'aristocratie ; encore que la qualité du vêtement de la demoiselle (ne parlons que de sa robe qui paraissait de bonne coupe à défaut d'être vraiment raffinée, et de ses souliers qui avaient une certaine joliesse ; la pelisse militaire, elle, ne valait pas tripette) la désignât comme une personne noble, mais de petite noblesse : à coup sûr, sa famille n'avait pas dû s'élever au-dessus du dixième ou neuvième *tchin* de la Table des Rangs[1]. Mais cela suffisait pour qu'aucun Rouge ne puisse admettre qu'on concédât à ces réactionnaires une miette de propriété, même virtuelle et temporaire, sur des voitures de chemin de fer, une locomotive et un tender qui étaient désormais le bien du peuple.

Quant à la formulation *notre train*, elle trahissait, de la part du provodnik, l'idée d'une appropriation collective, un concept des plus louables en ces temps de dogmatisme bolchevique, mais en décidant cela de lui-même, n'outrepassait-il pas sa fonction ?

Restait *le train*.

Allons au plus simple, pensa le provodnik, et puisqu'un des buts de la Révolution est de libérer le peuple de toute forme d'assujettissement, passons-nous de l'article défini comme de l'adjectif possessif : *train* tout court fera l'affaire.

---

1. Créé par Pierre le Grand, ce tableau donne la hiérarchie des quatorze degrés (*tchin*) de noblesse.

À dire vrai, dans les six voitures d'Oural n° 15, personne ne prêtait attention aux bougonneries politico-grammaticales du vieil homme. Seule importait pour les voyageurs l'annonce que le train sanitaire en provenance du nord, après avoir subi l'onde de choc des bombes larguées par les avions bolcheviques, s'était couché sur le flanc à une trentaine de verstes en amont.

Dès qu'ils en avaient été avertis, le mécanicien d'Oural n° 15 et son aide avaient aussitôt complété la provision de charbon de la locomotive par du bois de frêne et de bouleau prélevé sur la forêt à grands coups de hache et de *han !*, et le convoi avait repris sa course en direction de la Crimée, vers Sébastopol, Yalta, Feodossia, Soudak et Kertch. Autant de bastions de l'Armée blanche solidement défendus par des milliers d'hommes équipés de chars d'assaut, d'une aviation de combat et d'une puissante artillerie, sans négliger d'anciennes mais toujours robustes fortifications érigées par les Turcs, et des défenses naturelles constituées de sables mouvants et de marécages putrides.

Le général baron Piotr Nikolaïevitch Wrangel, à la tête des armées blanches depuis le mois d'avril, n'avait-il pas parié que dans vingt ans les bolcheviks en seraient encore à piétiner devant la forteresse Crimée ? Piotr Nikolaïevitch sait ce qu'il dit, se rassuraient entre eux les voyageurs de l'Oural n° 15. Et il valait mieux qu'il en fût ainsi, sinon que deviendraient-ils, une fois repliés à Sébastopol ou à Yalta, si l'isthme de Perekop, point de passage obligé entre le continent et la péninsule de Crimée, tombait entre les mains des Rouges ? Des milliers de réfugiés se retrouveraient alors dos à la mer, n'ayant d'autre alternative que de se laisser massacrer ou gagner le large – mais sur quels navires ? et pour trouver quoi ? quelle autre terre ? quelle autre vie ?

La jeune fille avait cessé de pleurer. Tout en lui tamponnant doucement les yeux avec un mouchoir roulé en boule, la femme à l'onguent cerise adressait des sourires de connivence aux autres voyageurs comme pour les prendre à témoin des tribulations de sa protégée – qui devait être sa nièce, songea le chef de wagon en tisonnant le poêle à charbon adossé à l'une des parois de la voiture, puisque tout à l'heure, quand le ton était légèrement monté entre elles à propos d'un aiguillage qu'Oural n° 15 avait abordé avec une vitesse peut-être un peu excessive, la petite demoiselle Pleurniche – ainsi que l'avait surnommée le provodnik – s'était blottie contre sa compagne : « Ô tante Sofia, comme ce train roule vite ! Nous courons l'enfer, ma chère tante, n'entendez-vous pas comme nos roues grincent et hurlent dans les virages ? Et si l'une d'elles venait à se détacher ?

Ne voyez-vous pas que nous penchons comme un voilier sur le point de chavirer ?... »

Mais de même que l'annonce du départ imminent du train Oural n° 15 n'avait soulevé aucun enthousiasme parmi les passagers (s'ils ne risquaient plus d'être percutés par le train du Nord, bien d'autres périls pouvaient être embusqués sur la voie), de même les sourires de la tante Sofia n'éveillèrent aucune sympathie particulière pour elle ni pour sa nièce. Leurs compagnons de voyage n'avaient peut-être pas tort de se méfier : rien ne prouvait que ces deux-là fussent des aristocrates contraintes à l'exil, elles pouvaient tout aussi bien être deux prostituées – on en croisait de plus en plus dans les gares et les trains, qui faisaient penser à des insectes affolés par le coup de pied dans la fourmilière qu'avait donné la Révolution, et qui s'éparpillaient en désordre sur l'immensité de la terre russe. Le voyage de ces deux femmes se résumait peut-être (et même sûrement) à la punition d'une jeune prostituée récalcitrante qu'une maquerelle transférait d'une confortable maison de plaisirs de Petrograd à un sinistre bordel des bas-fonds de quelque ville portuaire où la mijaurée serait matée avec sévérité ; ce qui pouvait justifier son air désolé et les larmes morveuses qu'elle avait versées.

On se désintéressa d'elles. En vérité, il y avait mieux à voir : après avoir lancé plusieurs coups de sifflet, le convoi avait donc repris, haletant, sa course dans la nuit, et c'est alors qu'on avait pu admirer à travers les bouleaux un second coucher de soleil encore plus empourpré et brasillant que le premier.

Plus le convoi prenait de la vitesse, plus le reflet de ce nouveau soleil, que le défilement hachuré des arbres animait à la façon d'un cinématographe, semblait couler sur la vitre.

Il fallut plusieurs minutes aux voyageurs pour comprendre qu'il s'agissait de la réverbération d'un incendie. Le village avait d'abord été pillé par Mokrooussov et sa bande de matelots révoltés. Puis, en jetant leurs torches sur les toitures d'écorces de bouleau, ils avaient débusqué trois sous-officiers de l'armée monarchiste qui fuyaient les Rouges. Mokrooussov les avait aussitôt punis en leur clouant leurs épaulettes à même la chair et l'os, un clou dans la clavicule, un autre dans la tête de l'humérus.

Et maintenant, là-bas, brûlait Nesterovska.

5

Lagune de Bizerte (Tunisie)
Janvier 1921

Sur le pont du cuirassé, des officiers en uniforme émergeaient de la foule des gisants. Prévenus que de hauts gradés de la Marine française devaient monter à bord, ils avaient endossé leur tenue de sortie avec médailles pendantes, fait étinceler l'aigle impérial à deux têtes couronnées qui ornait la cocarde de leur casquette. Ils s'efforçaient d'observer une attitude exemplaire, mais, exténués par la violence des hommes et des éléments qu'ils affrontaient depuis Sébastopol, en réalité depuis leur déroute en Tauride trois mois auparavant, défaite sanctionnée par la perte de cinq trains blindés dont cent wagons chargés d'obus et de millions de cartouches, et le drame de quelque cent quarante mille réfugiés éperdus jetés vers l'inconnu, ils peinaient à conserver la raideur qui convenait au garde-à-vous. Beaucoup n'y parvenaient qu'en adossant leur carcasse (pouvait-on parler de corps ?) secouée de tremblements à un pied de mât, une tourelle de tir ou une manche à air.

Parmi les objets en chaos sur le pont, sous l'aiguille d'un phonographe à pavillon géant tournait un disque, un poème symphonique de Nikolaï Miaskovski, *Le Silence*, inspiré d'Edgar Poe, musique d'autant plus obscure et terrifiante pour Tarik qu'assourdi par les vagues qui éclataient contre la coque et ses maxillaires douloureux à force de se crisper sous l'effet du froid de la mer, il n'en saisissait que des lambeaux nasillards, sans suite ni harmonie.

Une chose était sûre : ce n'était pas aujourd'hui qu'il remplirait les conditions exigées d'un nageur pour porter les couleurs du Stade nautique ou de La Musulmane. Dans d'autres circonstances, il se serait senti profondément humilié d'avoir échoué. D'autant que ce n'était pas qu'un demi-fiasco : il n'avait pas besoin d'attendre le verdict du chronométreur (c'était aujourd'hui Taïeb el-Fani qui officiait à la bouée d'arrivée pour le compte des deux clubs) pour savoir qu'il avait largement dépassé le temps moyen qu'on lui avait assigné sur un parcours de dix kilomètres en eau libre.

Tarik préféra donc ne pas insister. Il reprit pied sur le rivage à hauteur de la plage des Temporaires, au sud du lac, entre des jardins défleuris par l'hiver et un vaste champ d'oliviers. Sous l'effet des pluies des jours précédents, le sable de la plage s'était assombri ; comme caramélisée, sa surface devenue croûteuse se craquelait sous les pas. Tout en se séchant sommairement grâce à des feuilles mortes encore assez souples pour être froissées en tampons, le jeune docker constata qu'il avait faim.

Quand ils descendaient dans l'atmosphère brûlante et ténébreuse du ventre des cargos, Wassim, Marouen et Tarik faisaient comme certains mineurs de fond : chacun emportait en guise de talisman un souvenir du dehors, un échantillon du monde des quais où il faisait grand jour, et le plus souvent grand beau. Khalil, quant à lui, ne manquait jamais d'apporter, enveloppés dans une feuille de papier journal, sept ou huit *bambalounis* que lui avait préparés sa femme – sortes de beignets si aérés, si vaporeux, si légers que Khalil prétendait que s'il commettait l'imprudence de les laisser sans surveillance, ils s'envoleraient par l'ouverture des panneaux de cale. C'était une plaisanterie, bien sûr, d'ailleurs Khalil avait l'œil qui frisait, mais Tarik ne laissait jamais passer une blague sans l'exploiter d'une façon ou d'une autre.

Un jour où Khalil avait délaissé ses bambalounis pour participer avec les autres bouchkaras au déchargement d'un navire, Tarik, après avoir donné le change en massacrant quelques rats à coups d'aviron, avait subtilisé deux ou trois beignets qu'il avait dévorés à toute vitesse. Quand Khalil s'était penché à nouveau sur le cornet de papier journal devenu translucide à force de s'imprégner du gras des pâtisseries, il avait remarqué que des bambalounis manquaient à l'appel. Pour en être sûr, il avait compté, recompté et rerecompté les beignets survivants. Alors il était devenu comme enragé et avait crié au voleur.

« Écoute, mon ami, lui avait paisiblement déclaré Tarik, j'étais là et j'ai tout vu. Personne ne t'a volé. Les rats auraient pu, on les connaît ces saligauds, et d'ailleurs quelques-uns ont essayé, mais il est arrivé ce que tu avais prédit : les bambalounis de ta femme sont si admirablement travaillés… »

Alors Khalil, le coupant et glapissant :

« Je te crois qu'ils sont travaillés ! Adma les pétrit à trois reprises pendant quinze minutes, puis elle les cuit en deux fois, deux bains d'huile, chacun dans une poêle différente et…

– … et c'est précisément ce qui explique qu'ils ne pèsent presque rien du tout, avait conclu Tarik d'un ton placide. Tes beignets, c'est du nuage. Aussi, dès que tu les as quittés des yeux, ils se sont envolés comme des papillons, et ils ont filé par le panneau de cale, dare-dare sous le nez des rats. »

Du menton, le jeune docker désignait l'ouverture à glissière pratiquée dans le pont du bateau. Elle donnait sur le ciel dont elle encadrait une découpe d'un bleu parfait. Et il n'y avait rien d'autre à voir. Tarik n'en fit pas moins semblant d'accompagner du regard l'échappée belle des bambalounis, se tordant le cou comme lorsqu'il guettait la fuite des cailles des blés aux ailes rondes et courtes quittant leurs hivernages africains pour regagner l'Europe – à la mi-février, à hauteur du cap Bon, on pouvait, pendant une dizaine de nuits d'affilée, observer la migration des oiseaux grâce à cette sorte de crépitement, de pointillisme précipité que produisaient leurs toutes petites ombres en passant devant la lune, et à leur cri *paie tes dettes*, *paie tes dettes*, dont la famille Aït Mokhtari s'était fait une devise en mémoire, disait-on, de lointains ancêtres qui auraient été serviteurs à la cour de Sheshonq Ier, pharaon berbère, auprès de qui ils auraient acquis une réputation d'honnêteté et de franchise telle qu'elle avait traversé près de trois millénaires.

Les autres dockers s'étaient groupés autour de Tarik, et eux aussi inclinaient la tête sur le côté en écarquillant les yeux comme pour mieux accompagner du regard le vol imaginaire des bambalounis de la femme de Khalil.

Nul doute que Zennuba, la mère de Tarik, aurait su fricasser des beignets tout aussi croustillants et savoureux, et même bien meilleurs que ceux de l'épouse de Khalil. En toutes choses, Zennuba était la meilleure ; mais depuis son veuvage, elle devait être à la fois au four et au moulin – et le plus souvent au moulin, en sorte qu'elle n'avait plus le temps de mitonner ces bambalounis qui exigeaient d'être pétris à trois reprises, puis par deux fois rissolés dans les bains d'huile de deux poêles différentes. De toute façon, Zennuba n'avait pas l'intention d'investir près de vingt francs dans l'acquisition d'une seconde poêle en fonte. Celle qu'elle possédait suffisait largement aux besoins de la cuisine : bien qu'ayant fait partie de son trousseau de mariage, elle était à peine bosselée ; certes, après plus de trente ans de bons et loyaux services, son manche s'était mis à branler, mais Tarik avait réussi à le rafistoler, et la vieille poêle avait encore de beaux jours devant elle. Il le fallait, d'ailleurs : depuis le décès du père, ce que gagnaient Tarik et sa sœur Chadia, lui sur les quais et elle à coudre des chemises pour le compte de la boutique Al Arfaoui, représentait désormais la seule source de revenus de la famille.

Et même si la tradition musulmane ne l'y avait pas naturellement poussé, le jeune bouchkara avait pour sa mère une telle dévotion et un si profond respect qu'il n'aurait jamais permis qu'elle quittât le domicile à l'aube, pendant que Chadia et lui dormaient encore, pour aller s'abîmer les mains et estropier son dos en travaillant pour un colon.

Le halètement saccadé des marteaux-piqueurs sur les chantiers de Ferryville et les bruits de ferraille qui ricochaient dans les formes de radoub couvraient le battement de la mer et les stridulations des insectes abusés par ce jour de soleil qu'ils prenaient pour le prologue d'un nouvel été.

Tarik fut tenté de se retourner pour essayer de revoir, parmi les centaines de silhouettes minuscules agglutinées sur le pont du cuirassé, celle à qui appartenait la voix qui lui rappelait à s'y méprendre celle d'Habiba Msika. Mais même si cette voix avait quelque chose d'une friandise, elle n'apaiserait pas la faim qui tenaillait le nageur depuis sa sortie de l'eau. Et surtout, il devait songer à protéger sa vue : le soleil venait d'atteindre son point de culmination, juste à la verticale du grand navire, et il était à présent d'une blancheur trop douloureuse pour Tarik qui, malgré sa jeunesse, avait déjà altéré sa vision à force d'exposer ses yeux à la lumière crue et aux tourbillons de sable du sirocco. Depuis quelque temps, il ressentait sous ses paupières comme la présence d'un corps étranger, avec parfois une impression de brûlure.

Signe de son origine berbère, la couleur de ses iris hésitait entre la matité profonde mais un peu terne de l'indigo et l'éclat de surface d'un vert au contraire d'une extrême brillance – un vert transparent, presque liquide, dans lequel semblaient flotter d'infimes particules d'orpiment, de pétales de boutons-d'or, de pigments d'un blanc nacré. Il suffisait d'une émotion forte pour que le regard de Tarik passât instantanément d'une nuance à l'autre. Plus sensibles que des yeux ordinaires, les siens étaient aussi, d'après l'infirmier de la Marine qui avait examiné le jeune homme lorsque celui-ci avait demandé le laissez-passer l'autorisant à travailler dans l'arsenal, susceptibles d'affections comme *el jarab* (le trachome, avec risque potentiel d'une évolution vers la cécité), le *dhabab* (la vision comme dans un brouillard) ou l'*echaar el munqualib* (la chassie).

C'est aussi parce qu'il avait les yeux fragiles que Tarik avait choisi la nage en eau libre plutôt qu'en piscine où l'hygiène était plus précaire qu'au cœur du grand brassage marin ; et c'était encore pour protéger ses yeux du soleil qui profitait de sa position dominante tout là-haut dans le ciel pour inonder les cales de sa lumière éblouissante que Tarik chaussait des lunettes pour aviateur, des Persol fabriquées à Turin, dont il avait trouvé une paire échouée sur une plage suite à l'accident d'un avion de reconnaissance italien. En plus d'être équipées de verres sombres, elles avaient été généreusement rayées par le sable, ce qui diminuait d'autant leur perméabilité aux rayons solaires.

Proéminentes et ovales, les Persol donnaient au docker un faciès d'insecte, un air de cigale ou de criquet aux yeux exorbités, surtout quand les pans de son chèche descendaient comme deux ailes sur ses épaules.

6

Tarik récupéra la jebba de son père sur le rocher où il l'avait étendue dans l'espoir que cette fois-ci serait la bonne, que le soleil et le vent réussiraient enfin à la débarrasser de l'odeur huileuse qui l'imprégnait depuis l'accident.

Abdul-Salam Mokhtari la portait en effet lorsqu'il avait fait une chute mortelle dans la cale du *Sidi Fethallah*, un vraquier de la CCC, la Compagnie carthaginoise de cabotage, qui remontait de Monastir avec une cargaison d'olives. Si le navire avait chargé des fruits d'une autre variété, le père de Tarik eût peut-être survécu. Mais la cargaison du *Sidi Fethallah* se composait de chemlalis, une spécialité d'olives caractérisées par leur douceur et leur parfum, et surtout par leur nanisme : une chemlali ne pesait guère plus de 0,15 gramme, soit le poids d'un petit hanneton malingre.

Alors qu'il se tenait au bord de la cale, Abdul-Salam avait dû sentir qu'une de ses jambes le lâchait, devenait molle sous lui, flasque, floue, flottante, comme désossée, alors il s'était appuyé dessus, pesant sur elle pour vérifier qu'elle était toujours dans le prolongement de sa cuisse, il avait voulu l'obliger à résister à l'engourdissement mais sa jambe n'avait pas compris le message, elle s'était dérobée davantage, se ramollissant encore et encore, jusqu'à perdre toute consistance, alors il avait basculé en avant, il était tombé, ou plus exactement il avait chaviré la tête la première dans les olives.

Sous l'impact du corps d'Abdul-Salam, des centaines et des centaines de milliers de ces olives miniatures avaient ripé les unes sur les autres, ouvrant dans leur masse un entonnoir au plus profond duquel le docker avait été attiré, emporté comme sur un roulement à billes. Après l'avoir englouti, la montagne de chemlalis s'était aussitôt reconstituée, comblant le vide où venait de disparaître le malheureux.

Grâce à l'huile odorante des olives qu'il avait broyées dans sa chute, le corps du docker avait pu être récupéré quelques heures après l'accident. Saturé d'oléolat, son cadavre exhalait les arômes d'amande verte, d'herbe fraîche et de figue sèche, spécifiques aux chemlalis : il avait suffi de lâcher le chat mascotte du bord que son addiction aux olives avait aussitôt conduit au plus près de la zone où le malheureux Abdul-Salam, en glissant et en se débattant, avait transformé les chemlalis en une bouillie particulièrement émoustillante pour l'odorat du petit félin.

Tarik n'avait pas une idée précise du temps pendant lequel il avait barboté autour du cuirassé, mais il était conscient d'être trop resté dans l'eau. À présent qu'il avait retrouvé la terre ferme, il ressentait, sans vraiment souffrir du froid, la glisse de l'air (on ne pouvait pas encore appeler ça du vent, mais ce n'était déjà plus une caresse) sur sa peau. Son épiderme se contractait, ses muscles se crispaient. Il éprouvait un besoin de chaleur pour son corps et de réconfort pour son esprit désorienté par l'apparition de ce bateau de guerre au nom indéchiffrable.

Il s'engagea dans la rue de l'Amiral-Courbet, plus communément appelée Nahj el-Arab, la rue des Arabes. En fait de rue, c'était un triangle d'environ deux cents mètres de côté, composé d'immeubles bas, de maisons récentes aux murs chaulés de frais – Ferryville, sorte de « ricochet » de Bizerte, nommée en mémoire de Jules Ferry, n'affichait pas vingt-cinq ans d'âge – et de gourbis cabossés où s'installaient tant bien que mal les centaines d'ouvriers maghrébins, siciliens, soudanais, érythréens, venus contribuer à l'édification de la cité nouvelle et à celle des ateliers de la Marine, et qui, au terme de ce double chantier, avaient choisi de rester sur place et de s'investir dans de petits commerces de quartier – les Tunisiens se réservant les boutiques de fruits et légumes, de poissonnerie et de pâtisserie, les Djerbiens se répartissant les épiceries obscures aux casiers débordant d'épices, les Israélites vendant, coupant, cousant et brodant des étoffes, les Italiens régnant sur les salons de coiffure, les Français enfilant la blouse blanche du pharmacien ou du médecin ; et tous, que ce soit comme patrons, serveurs ou simples consommateurs, animaient bruyamment les innombrables cafés, bars et restaurants de Bizerte et de Ferryville.

Bien qu'ayant ses habitudes dans l'estaminet où travaillait Farouja, il avait suffi à Tarik de flairer certaines senteurs de cuisine qui s'échappaient d'une gargote et dansaient au milieu de la rue en un petit tourbillon alléchant, pour trahir le thé à la menthe et aux pignons de son amie Farouja et franchir le rideau de perles bleues d'une buvette jusque-là inconnue de lui, à croire qu'il s'en créait une par jour à Ferryville – qui, il est vrai, s'était acquis la réputation de « ville la mieux abreuvée de Tunisie ».

Si Tarik avait pu aller au bout de ses rêves, il aurait aimé être inventeur de danses (il ne connaissait pas encore le mot chorégraphe), de danses gourmandes où il aurait fait s'enlacer le parfum anisé des fenouils avec celui, acidulé, de la coriandre, rythmé un pas de deux entre la feuille de *molokheya* au goût poivré et l'ail noir, réglé le pas de biche du romarin des garrigues du Maghreb et des fleurs du bigaradier.

Lui-même ne manquait d'ailleurs pas d'une certaine grâce naturelle. Svelte, agile, alerte et léger malgré la charge d'une jarre d'huile sur une épaule, il épousait le balancé de la planche étroite et dangereusement ondoyante qui tenait lieu de passerelle entre le quai et le bateau. S'il lui arrivait de vaciller, surpris par le mugissement d'une sirène, il lui suffisait d'un rapide « ballonné glissade » (il ignorait qu'il s'agissait d'une figure de danse, ce n'était pour lui qu'un pas de sauvegarde qu'il exécutait d'instinct) pour retrouver son équilibre. Alors il riait, le front légèrement rejeté en arrière. Pelotonnés à l'ombre tiède d'un empilement de casiers à langoustes, des anciens l'approuvaient en dodelinant de la tête.

Quelques jours auparavant, un homme vêtu d'un costume à carreaux était descendu d'une torpédo jaune canari dont les roues à rayons faisaient comme des soleils quand elles tournaient dans la lumière. Avec l'autorité d'un explorateur prenant possession d'une terre nouvelle, il avait posé sur le quai le trépied griffu d'une chambre photographique.

Issu d'une famille juive émigrée aux États-Unis, Agustin Ottomar était un personnage longiligne, avec un visage chevalin orné d'une moustache rousse aux extrémités noircies qui avait tout à fait l'air d'avoir survécu à un incendie. S'exprimant dans un sabir fait de grec mâtiné de français, d'italien, d'arabe et d'hébreu, le tout rehaussé d'anglais, il voyageait à travers le Maghreb pour le compte d'un éditeur de cartes postales qui tenait boutique dans Cleveland Street, à Pueblo (Colorado).

Agustin avait déjà consacré une quarantaine de plaques à Bizerte et il pensait en rester là quand son informateur lui avait parlé d'un jeune bouchkara qui avait une sœur plutôt attirante, et surtout assez dégourdie pour accepter de prendre des poses un peu... voyons, comment qualifier ce genre d'attitudes ?... désinvoltes n'est pas assez précis, friponnes l'est un peu trop... eh bien, disons suggestives, oui, suggestives est le mot.

À condition d'être chaperonnée par son frère aîné (auquel Ottomar devrait s'engager à verser une somme qui, conséquente pour un Arabe, ne serait qu'aumône et faribole pour un citoyen américain), la jeune fille ne refuserait certainement pas de servir de modèle pour un ou deux clichés « suggestifs », c'est-à-dire qu'elle consentirait à dévoiler l'amorce d'un sein comme si une bouffée de sirocco avait malicieusement écarté sa tunique, laissant apparaître une courbe de chair – mais si vague, si estompée, si confuse, si fondue, si imprécise en somme qu'il faudrait un œil exercé pour la différencier des plis du vêtement.

Quand Agustin Ottomar travaillait sur un nu féminin, il ne manquait jamais de faire cadeau à la jeune femme qui l'avait inspiré d'un exemplaire de son portrait, mais dans une version qu'elle pourrait montrer sans rougir. Pour ces tirages exceptionnels, le photographe « rhabillait » en effet son modèle à l'aide de gouaches dans les tons de brun et de rose qu'il étalait grassement sur chaque partie dénudée. Il utilisait alors exclusivement un pinceau en martre en raison de l'exquise douceur de sa glisse sur la reproduction du corps de la femme, se donnant ainsi l'illusion de lui prodiguer une caresse – mais ce détail, bien sûr, il était le seul à le connaître.

Pourtant, ni l'offre d'une rémunération plus qu'honorable, ni le serment d'Ottomar de limiter à quelques dizaines seulement le nombre de clichés non retouchés qui seraient mis en circulation n'avaient convaincu Tarik d'autoriser que l'arrondi du sein gauche de sa sœur Chadia (« et encore, avait pourtant juré Ottomar, ne verra-t-on même pas l'arrondi, mais seulement *l'ombre de l'amorce* de l'arrondi… ») figurât sur des tourniquets de cartes postales.

Agustin Ottomar était un homme tenace, mais cette fois, en matière de résistance et d'obstination, il avait trouvé son maître. Pour ne pas perdre tout à fait la face, il avait alors promis à Tarik d'oublier tout ou partie du sein gauche de Chadia si, à titre compensatoire, le jeune homme acceptait de se laisser photographier – lui, cette fois, lui seul et pas sa sœur – dans quelques-unes de ses postures de bouchkara les plus spectaculaires.

« L'agilité, avait expliqué le photographe, l'aisance, l'élasticité, la virtuosité des gestes, mais aussi leur élégance naturelle – rien d'artificiel, surtout, rien de calculé –, voilà les thèmes récurrents de mes clichés. Je voyage pour en découvrir et en saisir le plus possible, et les conserver à jamais par la magie de la photographie. Oh, il n'y a rien de tel que la grâce ! Dis-moi, cela te plairait-il de regarder quelques-unes de mes photos ? Juste pour te faire une idée de mon travail… »

Tarik avait acquiescé, espérant secrètement que l'Américain, pour l'appâter, glisserait une image « suggestive » parmi ses échantillons. Le docker n'avait jamais rencontré de difficultés pour satisfaire ses pulsions, mais il était conscient qu'une sexualité épanouie devait certainement comporter davantage de fantaisies que ne lui en accordait Odette, une prostituée française dont il avait fait sa partenaire habituelle.

Le lendemain, comme il était occupé sur une felouque, il vit la torpédo de l'Américain venir à sa rencontre. Sur le siège du passager avant se trouvaient deux grands cartons à dessins fermés par des liens en toile et contenant des agrandissements photographiques : un funambule marchant sur un fil tendu entre deux gratte-ciel, des danseuses balinaises avec des ongles interminables, une contorsionniste dont on se demandait comment elle allait se sortir de la situation inextricable où elle s'était fourrée, un chien faisant du monocycle, deux *wingwalkers*[1] debout sur l'aile supérieure d'un biplan où ils disputaient un match de tennis endiablé tandis que leur petit avion exécutait des figures de voltige soulignées par des émissions de fumée...

Tarik avait surtout été fasciné par une douzaine de clichés aux noirs profonds, aux blancs légers comme du tulle, des photos sur le thème de la danse classique, si envoûtantes qu'il croyait entendre l'orchestre accompagnant les prouesses des danseurs : dans sa tête, la musique décrivait un monde à la fois inaccessible et proche, inaccessible parce que ces artistes, les décors dans lesquels ils évoluaient, la splendeur du théâtre, tout cela était hors de sa portée, et y resterait sans doute à jamais ; mais c'était en même temps très proche de lui parce que, sans

1. Acrobates aériens, littéralement « marcheurs d'ailes ».

qu'il pût se l'expliquer, des ballerines hantaient souvent ses rêves, et alors il se réveillait apaisé, inondé de joie et de certitude, parfois aussi d'une coulée de sperme qui sentait l'amande.

Pourtant, au plus loin qu'il pouvait remonter dans sa mémoire, Tarik ne se rappelait pas avoir jamais assisté à un spectacle de ballet. Du moins *in vivo*, car il se souvenait d'une autre séance de cinéma sur la terrasse de la pâtisserie de Bab El Khadra dont le programme comportait un film de quelques minutes qui, sous prétexte de vanter les plaisirs de la vie parisienne, montrait des images d'une soirée à l'Opéra où l'on voyait un danseur qui, tout en pirouettant sur lui-même, soulevait de terre une ballerine dont le buste émergeait d'une sorte de corolle blanche d'où s'échappaient deux jambes longues, minces, qui palpitaient au rythme d'un cœur battant, reliées par le croissant satiné d'un fond de culotte.

Tarik n'en avait pas cru ses yeux, si bien qu'il les avait fermés comme pour les punir de lui mentir – et quand il les avait rouverts, le film avait changé.

Mais l'image des jambes frémissantes et du pont de satin brillant (sous lequel se nichaient quelles moiteurs, quelles délices ?) avait creusé dans sa mémoire une blessure adorable qu'il s'employait à raviver par des attouchements et des onomatopées, le soir en s'endormant – si du moins ces satanées images et les sensations qu'elles accompagnaient lui permettaient de dormir...

Voyant l'émotion qu'éprouvait le jeune homme devant ses photos, Agustin Ottomar s'était mis à les commenter d'abondance, magnifiant ce qu'il savait, inventant ce qu'il ignorait.

Il n'aurait pourtant pas eu besoin d'enjoliver, l'histoire qui avait le plus enthousiasmé Tarik se suffisant à elle-même.

Michel Victor Marius Alphonse Petipa, danseur, maître de ballet et chorégraphe, avait vécu l'essentiel de sa vie en Russie où il était arrivé à l'âge de vingt-neuf ans, enveloppé dans trois cache-nez tant cet enfant de la Canebière redoutait les frimas des bords de la Moskova, et il était mort soixante-trois ans plus tard dans sa résidence d'été de Gourzouf, en Crimée, en laissant croire aux Russes que c'étaient eux, et non pas lui, qui avaient révolutionné l'art du ballet.

« Le 4 février 1877, avait raconté Agustin Ottomar, au soir de la première de *La Bayadère* au Théâtre impérial Bolchoï – et ce n'était pas rien que ce théâtre-là, d'ailleurs *bolchoï* veut dire grand, et quand les Russes disent grand, alors c'est encore plus grand que grand –, il y eut un pur moment de féerie lorsque Petipa fit apparaître son danseur étoile sur le dos d'un authentique éléphant, tandis qu'un tigre du Bengale, tout ce qu'il y a de plus vrai lui aussi, traversait la scène en feulant. Sans parler du dernier acte avec sa débauche d'effets spectaculaires : un orage apocalyptique, un tremblement de terre et, pour finir, l'effondrement d'un palais sur ses occupants. Cette mise en scène nécessitait tellement de techniciens parmi les meilleurs que Petipa dut la supprimer lorsque la Révolution russe éclata, car les machinistes et éclairagistes du Bolchoï désertaient les uns après les autres pour rejoindre les émeutiers.

– Et les danseuses ? s'était enquis Tarik.

– La plupart firent allégeance aux bolcheviks. Le Bolchoï n'a pas fermé ses portes. Tout a continué comme si de rien n'était. Aujourd'hui encore, on règle ses comptes, on accuse, on arrête, on condamne – et tiens, on peut même exécuter d'une balle dans la nuque –, mais seulement en coulisses : sur scène, ça doit rester tout aussi magique et somptueux que d'habitude. *The show must go on*, comme on dit chez nous. Les spectateurs continuent d'affluer, de plus en plus nombreux, on se bouscule pour entrer. Salle comble tous les soirs. Ce n'est pas tant que les gens bavent d'envie de voir jouer *Rouslan et Ludmila* ou *Aïda*, c'est juste qu'ils sont mieux là, sous le lustre géant du grand théâtre plutôt que dans les rues sous la neige si froide. Pour sûr que l'assistance est moins élégante qu'avant les événements, paraît que c'est même franchement pouilleux, avec des vrais poux je veux dire, qui sautillent partout. Après ça, étonne-toi qu'ils aient des épidémies de typhus. Un autre problème, artistique celui-là, c'est les ventres.

– Les ventres ?

– Les bedaines », dit Agustin Ottomar en se tapotant la panse. Et aussitôt il ajouta : « C'est la famine à Moscou. Presque tous les ventres reprochent.

– Reprochent ?

– Gargouillent, si tu préfères. Alors, deux mille cinq cents ventres qui grognassent tous en chœur, ça fait une sacrée musique. Au point de masquer la vraie, la grande. Mais ça, les bolcheviks, ça ne les a pas effleurés. On dit pourtant que Lénine aime la musique, la grande musique...

– Alors vive Lénine, était convenu Tarik, même si je ne vois pas trop qui c'est. Et d'ailleurs, Lénine ou pas Lénine, tout ça ne me dit pas combien il y a de danseuses au Bolchoï. C'était ça, ma question.

– Eh bien, avait répondu Agustin Ottomar, je n'en suis pas tout à fait sûr, mais je crois qu'il y a à peu près autant de danseuses que de danseurs. Je dirai donc une centaine. »

Tarik Aït Mokhtari avait eu la vision fulgurante de cent petits ponts de soie, ou de satin, ou de dentelle, ou peut-être tout simplement de coton, reliant entre elles deux cents cuisses adorables.

Il avait senti un vertige le gagner, mais c'était peut-être parce qu'il était resté trop longtemps tête nue au grand soleil ; toujours est-il qu'il avait dû se retenir à l'antenne[1] de la felouque pour ne pas vaciller.

« Et maintenant, avait conclu Ottomar, si on faisait ces photos de toi ? Débarrasse-toi de ta chemise et fais jouer tes muscles. Avec une rigole de sueur coulant entre tes mamelons pour aller se perdre dans tes poils, ce sera parfait. »

---

1. S'agissant d'un gréement latin, on appelle *antenne* la vergue longue et mince qui porte la voile triangulaire et qui croise le mât en oblique.

7

Après être sorti de l'eau et avoir endossé, toute brûlante d'être restée en plein soleil, la jebba de son père, Tarik quitta la plage des Temporaires et se dirigea vers le Petit Angelvin, un café maure particulièrement apprécié des dockers pour sa proximité avec la voie du chemin de fer, ce qui permettait aux ouvriers du port de finir tranquillement leur boisson entre l'apparition des premières volutes de fumée noire annonçant la locomotive un peu souffreteuse et le coup de sifflet qui lançait le train vers Tunis.

Annexe indigène du très respectable établissement bizertin qu'était le Grand Hôtel Angelvin, le Petit Angelvin était un cabanon en planches dont la coupe en demi-lune rappelait celle des hangars d'aviation. Constituée de brassées de palmes desséchées, sa toiture se mettait à trembloter et à craqueter au moindre souffle d'air qui se glissait sous les rameaux ; plutôt que de subir le bruit d'osselets de cette danse macabre, les dockers préféraient se tenir à l'extérieur, accroupis sur des tapis jetés à même le sol ou assis sur des bancs dont une moitié avait été offerte par l'église catholique Saint-Joseph et l'autre par l'école communale Jules-Ferry. De là ils pouvaient voir les pêcheries hérissées de pieux et de filets d'où montait une épaisse odeur de saumure, et, au-delà, à travers les troncs des eucalyptus, les maisons blanches et les ombres mauves de la Bizerte arabe.

La lumière avait déjà beaucoup baissé quand Tarik rejoignit Khalil, Wassim et les autres au café maure où ils étaient convenus de se retrouver pour fêter le chronomètre plus que prometteur que, pensaient ses amis, Tarik avait dû réaliser en eau libre – ils n'en parlaient plus au conditionnel, ils étaient absolument certains du résultat, et à peine leur champion eut-il passé le seuil qu'ils se mirent à gesticuler joyeusement autour de lui.

Les autres consommateurs se joignirent à eux, flairant l'aubaine ; et ils ne se trompaient pas : « *Boukhra*[1] pour tout le monde, cria quelqu'un, le futur gagnant du dix kilomètres en eau libre offre une tournée générale ! »

1. Eau-de-vie de figues, distillée depuis la fin du XIXe siècle. Spécialité tunisienne.

Tarik ne protesta pas. Mais au lieu de lever les bras en l'air comme il convient à un vainqueur, il les garda le long du corps, raides, les mains lourdes, les doigts crispés. Pressentant que quelque chose n'allait pas, Marouen lui mit sous le nez la paume de sa main qui débordait de dattes :

« Vas-y, Tarik, pioche là-dedans, régale-toi, c'est tout pour toi, j'ai pensé que tu aurais besoin de refaire tes forces. »

Tarik enfouit son visage dans la main grande ouverte, et grogna :

« J'ai juste encore un peu froid. Pour le reste, ça ira. »

Il aspira deux ou trois petits fruits dans sa bouche, les fit rouler entre ses molaires pour en chasser les noyaux qu'il cracha dans la nuit en plagiant le sifflement chuintant d'une torpille quittant son tube de lancement.

Une imitation si réussie que ses camarades éclatèrent de rire.

Parodier les bruits de la vie, et principalement les sons mécaniques, était un des talents de société du docker, qui s'était fait l'oreille en nageant à proximité des installations militaires.

Il avait ainsi mis au point toute une série de bruitages retraçant le naufrage et les tentatives de renflouement du sous-marin *Farfadet* coulé par onze mètres de fond dans le lac de Bizerte alors qu'il sortait de la darse de Sidi-Abdallah.

L'émotion était toujours à son comble lorsque Tarik, avec le seul recours de sa langue qu'il torsadait et faisait sonner contre la voûte de son palais, mimait les chocs des outils des sauveteurs sur la coque du petit *Farfadet*, et les coups de plus en plus faibles par lesquels leur répondaient les quatorze hommes prisonniers de l'épave. Tout cela en imitant à s'y méprendre les crises de suffocation dues à l'hypoxie qui gagnait irrémédiablement tout l'équipage.

L'agonie du sous-marin et l'échec de son sauvetage s'étaient prolongés neuf jours durant alors que la traduction bruitée qu'en donnait Tarik n'excédait guère trois ou quatre minutes – au-delà, c'était lui qui manquait d'air –, mais elle était si suggestive qu'on avait, en l'écoutant, l'impression de partager l'étouffement progressif dont avaient été victimes ceux du *Farfadet*.

Le répertoire sonore du bouchkara ne s'arrêtait pas là, il pouvait également simuler le décollage d'un hydravion ou les jappements étranglés des sirènes des torpilleurs.

« Il y a quelle distance, demanda-t-il après avoir partagé brièvement l'hilarité de ses camarades, entre la plage Rondeau et celle des Temporaires ? »

Ahmed le dévisagea avec étonnement :

« Trois kilomètres, peut-être quatre. Eh ! c'est toi le spécialiste des distances…

– De toute façon, je n'ai même pas nagé le quart des dix kilomètres règlementaires. Est-ce que quelqu'un pourrait m'apporter un café ?

– Un thé, ça vaudrait mieux, dit Khalil, un thé très sucré, tout le monde sait que le sucre après l'effort…

– L'effort ? Quel effort ? l'interrompit Tarik. Je te répète que je n'ai fait aucun effort. J'ai nagé en rond, sans forcer. Juste assez pour rester à flot. Et regarder. Mes yeux, oui, ont fait des efforts. Pour comprendre. Et ils n'ont rien compris du tout. »

Il fixa les hommes qui faisaient cercle autour de lui.

« Ce soir, il y aura du monde sur la corniche. Des phares de voitures braqués sur la lagune. Pleins feux sur le grand bateau. À moins qu'il n'ait déjà levé l'ancre. Et disparu. »

Il se tut un instant, reprit :

« Je l'ai touché, je me suis écorché les mains dessus, et pourtant je ne suis pas sûr qu'il soit vrai. Les vaisseaux fantômes, ça existe, et fantômes aussi les gens qui sont dessus. Des paquets de gens qui se retiennent les uns aux autres comme s'ils allaient tomber, à croire qu'ils n'ont plus de muscles, plus d'os. Même qu'on pourrait penser que s'ils étaient… »

Le cercle des hommes se resserra davantage, comme s'ils pressentaient que Tarik allait baisser la voix – il la baissa en effet, et en même temps le vent se levait, une longue et gémissante bouffée de sirocco passa au-dessus du Petit Angelvin :

« … enfin, s'ils étaient des morts, ça serait la même chose, conclut le bouchkara.

– Comment ça, la même chose ?

– Pareil que s'ils avaient quitté leurs tombes pour monter à bord de ce bateau. Ils sont tous si pâles ! Sur le pont, quand ils se déplacent pour essayer de trouver un endroit où s'asseoir, c'est à tout petits pas. Même les enfants. Et pourtant, les enfants, ça ne s'arrête jamais de courir…

– Parce qu'il y a des enfants ?

– Beaucoup, oui. Oh, bien habillés, pour ça y a rien à dire. Certaines filles, tu dirais des petites princesses. Mais en même temps, tout ça est terriblement défraîchi. Et souvent souillé. Beaucoup se sont vomi dessus, et là je ne parle plus seulement des enfants. »

Il se tut, dans l'espoir que ceux qui l'écoutaient profiteraient de cet instant de silence dégoûté pour se créer des images mentales à partir des quelques mots qu'il venait de prononcer. Car il constatait, non sans désarroi, qu'il était incapable d'en dire davantage, incapable de décrire plus précisément ce qu'il avait vu en nageant autour du navire. Son récit lui apparaissait à présent aussi peu cohérent que ces rêves qu'on s'obstine à raconter au matin, la bouche encore pâteuse, et dont on s'aperçoit en parlant qu'on en a déjà oublié les pièces maîtresses, qu'il n'en reste plus que des effilochures devenues impossibles à raccorder.

L'instant d'avant, il aurait pu dessiner de mémoire les silhouettes de certains passagers du cuirassé – religieux à barbe buissonneuse, officiers émaciés, livides, si efflanqués qu'ils évoquaient les squelettes en uniforme qu'ils avaient failli être – qu'ils seraient peut-être demain –, femmes à chairs blanches, tout en rondeurs dans leurs châles gris comme des pintades dans leur plumage, et, entre les chandelles du bastingage, le visage d'un gosse angineux dont la toux rauque se perdait parmi les piailleries des mouettes. Mais à son quatrième alcool de figues, tout cela s'était brouillé, fondu en un camaïeu façon tapis *alloucha* à points noués, en laines épaisses de couleur native – du blanc sale au noir terni, en passant par le gris-beige et le marron.

« C'est un navire de guerre, un cuirassé, déclara Tarik en sirotant maintenant un café turc. Ça c'est sûr. Mais je ne sais pas d'où il vient. Ni où il va. »

On lui répondit que, tôt ce matin, des dockers avaient vu ce navire emprunter le goulet, passer la chicane des pêcheries et s'engager lentement dans la lagune. Il ne devait pas avoir d'intentions hostiles car les marins français qui traînaient sur le quai l'avaient suivi des yeux avec indifférence.

« Puisque tu l'as approché de si près, tu as bien dû voir comment il s'appelait ? »

Pour toute réponse, Tarik vida dans une soucoupe le fond de café qui restait dans sa tasse, veillant à retenir l'excès d'eau pour ne laisser subsister que le marc humide. Il étala celui-ci sur toute la surface de la petite assiette, et il attendit quelques instants que l'évaporation de l'eau résiduelle donne au marc un peu plus de consistance. Puis, à la façon d'un graveur, il dessina de la pointe de son couteau les г, les й, les ѣ et les д, tous ces caractères dont il n'avait cessé de se représenter les formes en pensée pour être sûr de les mémoriser.

Avec la silhouette et la voix de la jeune femme tout de blanc vêtue, ils étaient la seule chose dont il se souvenait avec une absolue certitude.

« Voilà, fit Tarik, son nom ressemble à ça.

– C'est une écriture que j'ai déjà vue, dit pensivement Jalil en se penchant sur la soucoupe. Ici même, je l'ai vue. Mais je ne me rappelle plus qui écrivait comme ça. »

Mohamed Jalil avait des excuses : il n'était âgé que de sept ans lorsqu'un cuirassé russe, l'*Empereur Nicolas*, avait fait escale à Bizerte.

« En tout cas, ajouta-t-il, je suis sûr que ce n'est pas du japonais. Je crois plutôt que c'est de l'hindou. »

Ayoub se mit à rire. Pour ne pas noyer ses camarades sous les postillons qui fusaient entre ses dents écartées, il leva la tête au ciel :

« C'est du grec, affirma-t-il en orientant la soucoupe vers un brasero qu'on venait d'allumer. Oui, une espèce de grec. »

Khalil, Wassim, Achraf et les autres confirmèrent que ce ne pouvait être en effet que du grec ; certes un grec calligraphié, un grec fleuri, orné, enjolivé, un de ces grecs qu'on ne rencontre pas tous les jours, mais un grec incontestable : bien que n'ayant jamais appris à déchiffrer cette langue, ils la reconnaissaient formellement.

Et ils regardaient, fascinés, les caractères gravés en creux dans le marc de café, et qui, à la lueur du brasero, prenaient des allures de rigoles d'or en fusion.

8

La quatrième prière de la journée commença à l'instant où disparaissent les dernières lueurs du soleil qu'on avait pu observer quelques minutes après que l'astre se fut enfoncé sous la ligne d'horizon. Une nappe d'obscurité s'étendit sur la ville, alors que des oiseaux chantaient encore.

Moins d'un quart d'heure après avoir achevé la prière, les hommes des quartiers arabes, frileusement enveloppés dans leur burnous, quittèrent leurs logis avec la même fébrilité inquiète qu'ils mettaient, les nuits d'orage, à sortir de chez eux pour surveiller les convulsions du ciel, la turgescence des nuées pleines de lueurs ambrées s'enroulant les unes sur les autres jusqu'à crever le nuage qui les portait pour s'échapper en grondant dans les ténèbres.

Mais ce soir la nuit était claire, d'une pureté parfaite, rien n'arrêtait le regard, rien n'altérait la propagation des ondes – il en était souvent ainsi l'hiver à Bizerte.

De la lagune jusqu'ici silencieuse montaient les sirènes d'une ou plusieurs formations de petits navires, couinements de patrouilleurs, mugissements de corvettes, feulements des avisos. On aurait pu croire qu'ils échangeaient entre eux, alors qu'en réalité chacun meuglait ou nasillait pour son propre compte, chacun selon son tonnage, selon son tirant d'eau, chacun muré dans sa partition.

Ils étaient trop nombreux pour qu'on pût dissocier leurs appels, leurs cris rauques, et les compter. Malgré leurs équipages sur le qui-vive et les protections en tout genre pendouillant sur leurs flancs – bouées, matelas, voiles ficelées en épais ballots –, ils s'étaient bousculés à l'entrée du chenal où, roulant bord sur bord à cause des vagues engendrées par leurs hélices emballées, ils n'avaient pu éviter de se cogner, de se cabosser avec des bruits sourds qui sonnaient comme des jurons, faisant jaillir des geysers qui s'abattaient sur les quais dans une débauche d'écume.

On avait dû, pour ramener l'ordre, faire intervenir trois remorqueurs de la Marine française qui étaient allés bourdonner autour des bateaux, faisant glapir leurs cornes de brume pour les rameuter jusqu'à ce qu'ils s'alignent en colonne et embouquent le chenal menant à la lagune.

Là, d'autres bateaux de servitude les attendaient pour les conduire aux mouillages que l'Amirauté leur avait assignés.

Tout le monde avait fini par comprendre qu'un des pivots de cette géométrie était le grand cuirassé à proximité duquel, sur la partie ouest du plan d'eau, les navires de moindre tonnage se balançaient mollement au gré des vagues que généraient leurs sillages, attendant les ordres avec des nonchalances de chameaux agenouillés dans la cour d'un caravansérail.

La plupart de ces navires n'ayant pas encore mis bas leurs feux, leurs cheminées continuaient de cracher des volutes de fumée brune qui saturaient l'atmosphère d'une odeur de charbon brûlé que le sirocco rabattait sur la ville.

Dévalant de leurs maisons blotties au pied du vieux fort espagnol, les habitants se hâtaient vers le lac. La pierraille roulait sous leurs pas, provoquant la fuite des rats qui croyaient pouvoir profiter de l'obscurité tombée d'un seul coup pour déchiqueter les ballots de marchandises empilés sur les toits plats en attendant d'être descendus dans les souks.

De mémoire de Bizertin, on n'avait jamais assisté à une arrivée aussi massive de bateaux étrangers. Ils étaient plus de trente à se bousculer dans le goulet, disait la rumeur, plus de soixante, corrigeaient ceux qui avaient des yeux pour voir, plus de cent, affirmaient les enfants des quais qui ne savaient rien – et surtout pas compter jusqu'à cent. Mais tous étaient d'accord pour prédire que ce n'était qu'un début, que d'autres navires allaient venir. Et ils employaient les mêmes mots apeurés que lorsqu'ils parlaient des criquets qui se regroupaient en nuages avant de déferler et de tout dévorer.

La plupart des bâtiments mouillant dans la lagune avaient dû être d'orgueilleux bateaux de guerre, fierté de la nation qui les avait armés ; mais ils avaient perdu de leur superbe, ils exhibaient à présent des blessures pathétiques : manches à air descellées dans lesquelles le sirocco s'engouffrait en leur arrachant des plaintes navrantes, passerelles disloquées, cheminées effondrées par où, malgré l'extinction des feux, continuaient de s'échapper de longs rots de vapeur, mâts de charge mutilés dont les moignons balayaient dangereusement les ponts ; à la distance où se tenaient les curieux, aucun d'eux n'aurait pu dire si ces lésions qui geignaient, sifflaient et grinçaient avaient été causées par les excès de la mer et du vent ou par les hommes en guerre.

Face au lac où ne cessaient de se masquer et de se démasquer les ombres chinoises de tous ces navires, une petite foule s'était répartie sur le flanc d'un tertre pelé dont les plissements rappelaient les gradins des théâtres antiques, allant jusqu'à reproduire la hiérarchie qui présidait jadis à la répartition du public.

La partie la plus basse, qui descendait presque au niveau de la lagune, et d'où l'on avait la meilleure vue, évoquait la *proédrie* réservée autrefois aux spectateurs de marque. Elle avait été investie par les représentants du résident général de France, les officiers de l'état-major du vice-amiral Darrieus, alors préfet maritime de Bizerte, et par les médecins militaires des hôpitaux complémentaires n° 1 et n° 2 qui, ce soir-là, n'étaient pas d'astreinte. Plus haut, à mi-pente, des Prépondérants et leurs familles – ainsi appelait-on les colons les plus influents, industriels, commerçants ou entrepreneurs enrichis – occupaient la partie centrale de ce faux théâtre tandis que les petites gens s'étaient approprié la partie la plus élevée du monticule hérissée d'une herbe drue, coupante et poussiéreuse.

En quittant le Petit Angelvin, Tarik et les bouchkaras s'étaient eux aussi dirigés vers ce balcon sur la lagune, version naturelle de la *summa cavea*[1] où se pressaient autrefois la plèbe et les esclaves.

---

1. Galerie supérieure d'un théâtre antique, les places y sont moins chères parce que plus éloignées de la scène.

Malgré leur désir de voir de plus près la flotte énigmatique qui avait investi leur lac, les dockers s'étaient retenus de descendre vers le bas de la petite colline.

Ils auraient pourtant pu traverser sans être inquiétés l'étage intermédiaire où les marchands bedonnants avaient étalé sur le sol des exemplaires de *La Dépêche tunisienne*, d'*Es-Sabah* ou d'*El Ouazir* sur lesquels ils étaient assis dos à dos comme des serre-livres pour se soutenir et éviter que leur embonpoint ne les fasse dévaler jusqu'en bas du mamelon.

Mais les hommes des quais avaient pour principe de se tenir à l'écart. La nature même de leur métier : se casser en deux, soulever, hisser, porter, perdre souffle sous la charge écrasante, trébucher, tomber, se relever, reprendre le fardeau, repartir éreinté, brisé, les yeux dilatés, les lèvres blanches de bave grasse, les assimilait, dans l'esprit des Prépondérants, au collectif des chômeurs, des miséreux, des vagabonds, des hommes cabossés – alors ils jouaient le jeu.

La vérité éclata juste comme la lune apparaissait.

Enfin l'une des deux lunes, car cette nuit-là, en cet instant précis, il y en eut deux, une fausse et une vraie, mais semblables à s'y méprendre.

La première n'était qu'une illusion de lune produite sur la rade par un croiseur français allumant son projecteur de combat nocturne pour guider quelques petits bateaux qui continuaient d'arriver. Puis, au ras de l'horizon, le disque lunaire, le vrai cette fois, commença à s'élever dans le ciel. Pendant plusieurs minutes, les deux lunes cohabitèrent, la vraie plus terne que la fausse à cause de la réfraction, de la diffusion et de l'absorption atmosphérique qui, déformant ses couleurs, la faisait paraître d'un gris chagrin heureusement rattrapé par une légère touche abricot.

Comme la plupart des musulmans, Tarik aimait la lune. Non pas d'une affection molle, non, il l'aimait en vérité. N'avait-elle pas permis à Mohammed d'apporter une preuve irréfutable de la grandeur de Dieu et de l'authenticité de la parole de son Prophète ? En effet, une nuit où des habitants de La Mecque mettaient en doute ses prophéties, Mohammed avait supplié son Seigneur d'accomplir un prodige pour le justifier aux yeux de ces dindons qui le traitaient de menteur, d'affabulateur, de poète. Allah avait alors fendu la lune en deux, et positionné chacune des parties de l'astre au-dessus d'une des montagnes entourant La Mecque.

Puis, rapprochant les deux blocs, Allah les avait ressoudés.

D'après ce que Tarik savait de la vie de Mohammed, l'histoire de la lune miraculeusement partagée en deux puis recollée avait dû se produire environ huit ans avant l'hégire car c'était l'époque où le Prophète, raillé et couvert d'injures par les Mecquois qui refusaient de voir en lui le Messager d'Allah, ne pouvait plus parcourir les rues sans recevoir des crachats au visage.

Des siècles plus tard, non plus à La Mecque mais à Bizerte, par une nuit d'orage, le capitaine d'un cargo venant de La Valette avait autorisé Tarik à observer dans l'oculaire de son télescope portatif les feux de Saint-Elme qui palpitaient à l'extrémité des mâts de charge de son navire. Quand les nuées s'étaient déchirées, une lune d'une rare beauté était apparue. C'était une pleine lune de périgée, plus opulente que d'habitude. Aussi discrètement que possible, car il ne voulait pas vexer le capitaine maltais, Tarik avait alors détourné l'oculaire des halos de Saint-Elme pour le braquer sur la lune.

Fabriqué à Londres en 1753 et signé J. Scott, ce télescope était un instrument archaïque qui restituait des images aussi rayées que si on les avait passées au papier de verre. Peut-être une de ces rayures avait-elle abusé Tarik, mais le fait est qu'il avait cru repérer sur la lune une longue cicatrice boursouflée qui pouvait témoigner de la réunion par Allah des deux morceaux de l'astre ; peut-être n'était-ce qu'une des griffures infligées aux lentilles du télescope, mais peut-être pas.

Quoi qu'il en soit, le jeune docker en avait été profondément ému.

Les cris aigus d'une bête en souffrance déchirèrent la nuit. Tarik reconnut ceux du chacal doré, plus proche du loup ou du coyote que des autres familles de chacals. Si l'animal se rapprochait ainsi des hommes, c'était le signe qu'après ces quelques heures trompeuses de soleil et de tiédeur qu'on venait de vivre, l'hiver allait sérieusement pousser son offensive. La froidure de la mer risquait alors de contraindre le docker à différer son entraînement sur dix mille mètres. Mais cette nuit, la température était encore assez élevée pour un mois de janvier. Pas besoin de manteau, ni de foulard autour du cou. À l'exception des vagues engendrées par les navires qui manœuvraient, la mer était comme engourdie.

Sur fond de palmiers auréolés d'or par les projecteurs de la flotte, les feux de position des navires et les lumières rouges et vertes des phares et balises scintillaient comme ces premières guirlandes lumineuses piquetées de petites ampoules qu'une compagnie d'électricité américaine venait de mettre en vente pour les fêtes de fin d'année.

Adossés à des eucalyptus aux troncs blanchis à la chaux, les bouchkaras surveillaient les crânes chauves qui, devant eux, soulignaient l'ourlet du rivage : tous ces hommes – car il n'y avait pas de femmes dans l'assemblée, à l'exception de quelques dames juives qui, faisant partie d'une noce, avaient escaladé la colline-théâtre dans l'espoir d'être les premières à voir les trois étoiles dont l'apparition signifiait qu'on pouvait sortir du jeûne de Tevet[1] – étaient venus chapeautés, qui d'un melon, qui d'un panama ou d'un canotier, qui encore d'une casquette galonnée, mais ils les avaient ôtés en s'asseyant et s'en servaient à présent pour s'éventer le visage.

De ces crânes nus, français et italiens pour la plupart, Tarik et ses compagnons attendaient la vérité sur l'ébouriffante concentration de navires de guerre que rien ni personne n'avait annoncée – à l'exception de Farouja qui, tout en servant ses thés à la menthe, disait avoir vu en rêve, plusieurs nuits de suite, les rues de Bizerte et les terrasses des cafés de Ferryville envahies par des midships en uniforme blanc ; mais tout le monde savait ce que valaient les songes prophétiques de Farouja qui n'avait jamais été fichue de prédire un seul score exact de l'équipe de foot du Stade maritime de Bizerte.

1. Le 10 Tevet est un jour de deuil et de jeûne que les Juifs observent en mémoire du siège de Jérusalem par les armées de Nabuchodonosor.

La vérité tant attendue finit par sortir de la bouche d'un enseigne de vaisseau qui remontait vers les hauteurs du tertre, piétinant l'ourlet de son pantalon à pont qui, allez savoir pourquoi, était beaucoup trop long, ce qui obligeait le pauvre garçon à multiplier les arrêts pour dégager ses talons de la retombée d'étoffe où ils se prenaient ; et à chaque halte, trop obnubilé par son problème vestimentaire pour maîtriser le cours de ses pensées, il se laissait aller à des confidences :

« Des Grecs ? Qu'est-ce qui vous fait dire qu'il s'agit de bateaux grecs ? Mais non, ce sont des Russes, voyons !... Notre préfet maritime, le vice-amiral Darrieus, en a eu confirmation par un télégramme officiel, il semblerait d'ailleurs que la Royale[1] y soit pour quelque chose... En tout cas, ces bateaux-là sont russes, on ne peut plus russes, et russes aussi, forcément, les gens qui sont dessus – mais ceux-là, impossible de savoir ce qu'ils viennent chercher ici, impossible même de les compter, il faudrait pour ça qu'ils se tiennent tranquilles, mais non, ça remue, ça grouille, ça s'agite... Le vice-amiral estime qu'ils sont au moins cinq ou six mille, et qu'il en viendra jusque fin février... »

---

1. Le ministère de la Marine se trouvait alors place de la Concorde, avec un accès par la rue Royale – ce qui avait contribué à surnommer la Marine nationale « la Royale ».

Au fur et à mesure de la révélation du mystère, un bourdonnement s'amplifiait. Cinq mille Russes, c'était déjà presque une invasion, au point que d'aucuns s'étonnaient de pouvoir encore distinguer des espaces d'eau libre entre tous ces bateaux. Si leur nombre augmentait, comment justifierait-on leur présence sur la rade de Bizerte ?

« Des Russes, lieutenant ? Mais d'où sortiraient-ils donc, vos Russes ?

– Mon Dieu, madame, mais d'où voulez-vous que... mais de Russie, bien sûr ! »

Une évidence pour ce jeune officier : un navire, et *a fortiori* un navire de guerre, arbore le pavillon de son pays ; or le fameux drapeau blanc frappé d'une croix bleue qui, après avoir claqué comme un coup de canon en se déployant tout à l'heure, et qui, depuis, ondulait à la poupe du grand cuirassé, avait été identifié avec certitude comme étant la croix de Saint-Georges, emblème de la Marine impériale russe.

Emblème qui semblait valoir sauf-conduit et assistance aux yeux des autorités maritimes du Protectorat, ainsi qu'en témoignaient les innombrables petites embarcations armées par des matelots français, qui, comme un essaim de lucioles, papillonnaient d'un bâtiment à l'autre pour échanger des documents, délivrer des médicaments de première urgence et permettre à des médecins et infirmiers militaires de monter à bord prêter main-forte à leurs homologues russes pour procéder aux premières vaccinations ou délivrer des certificats de décès – il y avait, disait-on, une cinquantaine de morts répartis à bord des navires, de vieilles personnes gravement malades qui n'auraient jamais dû embarquer, d'autres qui étaient décédées durant la traversée depuis Constantinople à cause des mauvaises conditions de navigation, de la houle qui n'avait cessé de secouer les bateaux, provoquant des chutes graves parmi les passagers vacillant sur les ponts détrempés, butant contre les surbaux, s'obstinant à descendre les échelles de fer comme s'il s'agissait d'escaliers. On comptait aussi de très jeunes enfants victimes d'infections, et les suicides de deux officiers subalternes.

À présent que les navires avaient jeté l'ancre, les passagers s'enhardissaient. Société sans gouvernement, ils se répandaient sur les ponts, se croisaient, se heurtaient, se dévisageaient, se palpaient du bout des doigts à la façon des insectes qui, par de fébriles touchers d'antennes, se communiquent des informations sur leurs maraudes, puis ils se séparaient pour regagner mollement la casemate d'artillerie ou la batterie qu'ils venaient de quitter.

Des matelots tentaient de leur faire réintégrer l'intérieur des navires, mais ils ne tenaient aucun compte des tentations qu'on leur faisait miroiter

– on allait sous peu servir du thé et des *petchenie ovsianoe* au mess des officiers, et une liturgie serait célébrée par Son Excellence l'évêque Veniamin dans l'antichambre du commandant (la place y étant limitée, il était clair que tout le monde ne pourrait pas entrer, mais il serait possible de suivre l'office depuis la coursive où l'on allait installer des bancs), sans oublier, à 19 heures dans le poste d'équipage, la projection d'extraits du film *La Défense de Sébastopol* réalisé à la demande de Nicolas II – le nom du tsar assassiné avait été salué par un lancer de chapkas, ouchankas et autres chapeaux à visière et par quelques aboiements de sirènes. On n'avait pas retrouvé l'intégralité de la production d'Alexandre Khanjonkov, mais on en présenterait quelques scènes parmi les plus héroïques, tels la mort de l'amiral Kornilov, la bataille d'Inkermann et l'assaut final sur la ville.

Par chance, les bouffées d'un sirocco de plus en plus chargé de sable avaient contribué à discipliner les émigrés et à les persuader de regagner leurs quartiers.

Après quoi, un silence relatif s'installa sur la lagune.

Tarik tendit l'oreille. Qui sait si le vent chaud n'allait pas porter jusqu'à lui la voix de la jeune femme mélancolique qu'il avait remarquée à bord du cuirassé – mélancolie qui n'était peut-être qu'une sorte d'ornement dont elle se parait comme elle l'eût fait d'un collier, d'un bijou destiné par la noirceur de sa pierre à rehausser la blancheur de sa toilette ?

9

Domaine de Zagoskine (Ukraine),
à environ 96 verstes de Kiev
Octobre 1920

C'était un soir de neige à l'ouest de Kiev, à Zagoskine où, depuis plusieurs jours, tout était enfoui sous une chape roide et blanche.

Le capitaine Piotr Antonovitch Kalakine conduisait un détachement de l'Armée rouge composé de quelques dizaines d'*achotniki*[1] sibériens glissant sur leurs skis et d'une douzaine de cavaliers aux montures aussi disparates que leurs uniformes. Cette formation avait pour mission de rejoindre les éléments avancés de l'Armée rouge chargés d'établir

1. Chasseurs éclaireurs. Ces soldats d'élite pratiquaient le ski sans s'aider de bâtons de façon à pouvoir faire usage de leur fusil à baïonnette dans toutes les circonstances.

une tête de pont destinée à favoriser la pénétration du bolchevisme en Europe de l'Ouest.

Partie de Kiev, la colonne devait atteindre Lviv (Lemberg en autrichien) qui avait été récemment proclamée capitale de la République populaire d'Ukraine occidentale.

Réduite à une immonde pataugeoire, la route était bordée de congères encrassées par les fumées du chemin de fer courant en parallèle. Les achotniki eux-mêmes n'en pouvaient plus de cette bouillasse glacée, de la neige qui tombait sans discontinuer, à gros flocons mous et tenaces dont certains si volumineux qu'ils occultaient les yeux en s'y collant à la façon d'un monocle retenu entre l'arcade sourcilière et le pli de la pommette, jusqu'à ce que la chaleur du visage les fît fondre et ruisseler sur les joues.

Malgré la visibilité exécrable, le capitaine Kalakine avait repéré, sur une colline, des bâtiments dont l'ordonnancement laissait espérer un domaine susceptible d'offrir aux hommes un abri où ils pourraient se sustenter, et aux chevaux le réconfort d'une nuit au sec. Mais plus on approchait, plus l'officier avait le sentiment d'une propriété désertée, car, en dépit du froid mordant, aucun filet de fumée ne s'élevait des nombreuses cheminées hérissant les toits, et aucune lumière ne palpitait derrière les fenêtres. Certaines d'entre elles étaient d'ailleurs brisées, et presque tous les volets du rez-de-chaussée pendaient sur leurs gonds. Piotr Antonovitch était trop éloigné de l'habitation pour dire si ces volets avaient été enfoncés par des assaillants ou arrachés par les occupants de la maison s'enfuyant sous l'emprise de la terreur.

En dépit des murmures d'excitation qui couraient parmi ses hommes et l'effervescence des chevaux kabardins que leurs cavaliers cabraient dans leur impatience à violer cette résidence, à en parcourir les galeries au galop, à sauter avec leurs montures par-dessus les tables et les lits, l'officier ne comptait plus guère trouver dans la demeure de quoi réconforter sa troupe.

Il commençait à avoir l'habitude des habitations abandonnées : palais ou humble métairie, quel qu'ait été le rang qu'elles avaient tenu sous l'ancien régime, mieux valait ne pas trop compter y faire bombance.

C'était d'ailleurs, au regard de Kalakine, l'un des points faibles de la Révolution naissante : comme si celle-ci était incrédule devant la rapidité merveilleuse avec laquelle elle gagnait les territoires et les populations de l'immense Russie, il semblait parfois qu'elle eût peur de son irrésistible élan, peur de s'emballer, notamment quand il s'agissait d'expulsions ou de saisies au nom du peuple ; on laissait toujours trop de temps aux réactionnaires pour déguerpir, ce qui leur permettait de cacher ou d'emporter avec eux des biens qu'on leur avait pourtant officiellement confisqués. N'était-ce pas pour n'avoir jamais tergiversé, jamais montré la moindre mollesse, que la Révolution française avait mérité, elle, d'être appelée la Grande Révolution ? Surtout quand il avait faim (ne parlons pas de sa soif : il avait parfois l'impression de traverser des régions que n'avait même pas effleurées l'antique et merveilleuse invention de la vodka) et que ses orteils macéraient dans la neige fondue au fond de ses bottes, Kalakine doutait que la révolte des bolcheviks soit jamais qualifiée de grande. De prophétique, fougueuse, enthousiaste, romanesque, oui, peut-être ; mais il lui manquait l'ampleur, la démesure, en un mot la folie sanglante que la France avait su mettre dans la sienne. Le comparatif était éloquent : à ce jour, la France l'emportait avec un différentiel de quelque treize mille huit cents têtes coupées.

Il faisait si froid et ses hommes étaient tellement affamés que Piotr Antonovitch les avait autorisés à piller à condition que leur butin ne ralentît pas la progression du détachement – tout devrait être consommé sur place et dans l'instant, sans perdre de temps à ficeler de nouveaux paquetages.

Lui-même avait fait main basse sur une paire de *valenki*[1] dont le feutre brun valorisait le noir de sa

1. Bottes en feutre de laine de mouton, souvent portées avec des galoches afin de limiter leur usure. Très populaires, elles étaient bon marché (environ deux roubles la paire en 1917).

longue capote caucasienne. Pour les avoir mises à tiédir sur le poêle et les y avoir manifestement oubliées au risque de les gâcher à jamais, le propriétaire de ces bottes devait être un riche boyard, sans doute le maître du domaine en personne, car jamais un quelconque administrateur, intendant, régisseur, et moins encore un simple moujik, n'eût traité des valenki avec autant de désinvolture.

Le feutre caressait délicieusement les pieds du capitaine, réveillant ses orteils engourdis par le froid ; son contact lui rappelait les attouchements que lui prodiguaient les mains de Zinaïda, chaudes et un peu rêches, lorsque sa servante entreprenait, pour le délasser, de lui masser les pieds. Et même quelquefois de lui sucer les orteils – pour faire pénitence, disait-elle en se signant fébrilement, plusieurs fois de suite, le pouce, l'index et le majeur papillonnant de haut en bas puis de droite à gauche. Mais Zinaïda était loin. Il ferma les yeux un instant, étonné que la simple évocation d'un souvenir domestique lui fît éprouver une telle nostalgie.

Habitué aux grandes pièces nues des casernements, aux couloirs conçus pour permettre le passage de trois chevaux de front, le capitaine Kalakine sentit monter les premiers symptômes d'une crise de claustrophobie dans le salon ottoman de Zagoskine saturé jusqu'au malaise de cloches à beurre, de pots à oignons, de briques à vin en terre cuite, de carafes à kvas, de salerons, coupelles, bougeoirs, tasses, gobelets, timbales, coquetiers, coupes à glace, toutes pièces en porcelaine fleurie produites par la Manufacture impériale de Saint-Pétersbourg et exposées dans des niches ou sur des consoles murales.

Il n'y avait probablement pas si longtemps que la propriété avait été livrée à elle-même. Bien que les miliciens eussent poussé leur recherche d'armes et d'indices d'activités antirévolutionnaires jusqu'à soulever les planchers et fracasser les sols dallés, exposant ainsi la maison aux variations de température et à l'humidité rampante de l'automne ukrainien, on y respirait encore la senteur familière des feux de bois qui s'était échappée par des craquelures dans la faïence blanc et bleu des poêles, l'odeur de forêt après la pluie que dégageaient les branches feuillues de bouleau et de chêne réunies en grands fouets suspendus au plafond du *banya*[1], et celle des draps de lit mis à sécher à même les prés où leurs fibres se chargeaient de l'haleine fleurie montant des herbages en même temps que les brumes.

Contre un des murs revêtus de faïence d'Iznik était adossée une toile de plus de deux mètres de

1. Bain de vapeur. À la différence du sauna scandinave, la vapeur du banya, qu'on obtient en aspergeant d'eau chaude un poêle en brique, est une vapeur humide.

haut représentant la jeune Yelena Maksimovna Mannenkhova, fille unique du lieutenant général baron Mannenkhov. Le capitaine n'aurait jamais deviné ça tout seul, bien sûr, si cette information n'avait figuré sur le tableau dans un cartouche aux armes des Mannenkhov – un écu d'azur aux deux colombes d'argent supporté par une licorne d'argent à dextre et un lion d'or à senestre.

Piotr Antonovitch soupçonnait l'auteur du portrait d'avoir délibérément cherché à avantager son modèle en l'habillant d'une longue robe de mousseline blanche discrètement brodée ton sur ton, ceinturée sous la poitrine par un ruban de satin bleu ciel, avec des manches ballon et un corsage ajusté dont le décolleté s'arrêtait juste en dessous du buste. La toilette était d'autant plus seyante (et même troublante, songea le capitaine) que la jeune femme qui la portait ne devait guère avoir plus de vingt et un ou vingt-deux ans. « Tout de même, marmonna l'officier en se pinçant les lèvres de mécontentement, il y a bien de la perversion, ne croyez-vous pas, à étaler autant de candeur et d'innocence alors que la famine endémique et la guerre contre l'Allemagne continuent de tuer des millions de Russes. » Il fallait vraiment n'avoir aucune conscience des tribulations que traversait le peuple, épreuves dont cette jeune personne et ses proches étaient évidemment les premiers responsables, pour avoir accepté – voire peut-être choisi – qu'elle fût représentée vêtue d'une robe d'ange à laquelle il ne lui manquait que deux ailes diaphanes que Piotr Antonovitch Kalakine se serait fait un plaisir d'arracher comme, dans son enfance, il détachait, entre le pouce et l'index, celles des libellules.

Il se retourna en entendant du bruit. Sans mettre pied à terre, un cavalier pénétrait dans le salon. Kalakine reconnut Nikola Bissenko, un cosaque qui s'était joint à son détachement et qu'il considérait maintenant comme son second. Non content d'avoir échappé à la décosaquisation à outrance[1] ordonnée par le Comité central du Parti, le cosaque avait fait taire en lui toute rancune à l'égard des bolcheviks pour se mettre – et avec quel enthousiasme ! – au service de ceux-là mêmes qui avaient failli être ses bourreaux.

Sa monture, un cheval du Don à la robe alezane, pointait les oreilles vers l'avant en émettant des souffles rauques ; après tous ces jours passés à fouler le tapis herbu de la *tchernaïa zemlia*, la féconde terre noire de la steppe ukrainienne, l'animal était déconcerté en sentant sous ses sabots la surface ferme et lisse des dalles du salon.

---

1. Le 24 janvier 1919, l'Orgburo du Comité central du Parti bolchevique, avait émis une résolution secrète ordonnant la mise en œuvre d'une « terreur de masse contre les cosaques riches qui devaient être exterminés et physiquement liquidés jusqu'au dernier et, en général, contre tous les cosaques ayant participé directement ou indirectement à la lutte contre le pouvoir soviétique ».

« Si notre hôte ignore qui nous sommes, dit Kalakine, moi je sais qui il est.

– Notre hôte ?

– Hôte involontaire, sans doute, mais hôte de fait. »

Kalakine marqua un temps, puis :

« C'est un boyard.

– Ça, on aurait pu s'en douter…

– Mais un boyard du clan des Mannenkhov », précisa le capitaine.

Mannenkhov, la fameuse et très détestable *richesse Mannenkhov*, connue pour avoir été littéralement raclée sur le dos des moujiks comme on racle la chair d'une peau destinée au tannage. Nikola Bissenko souleva son bonnet framboise – autrefois blanc, ledit bonnet avait été teint à la cosaque, dans un mélange de lait de jument, de sang et de fiel de bœuf – pour tripoter pensivement son tchoub, cette touffe de cheveux qu'il portait en toupet au sommet du crâne et qu'il avait tressée pour plus de commodité.

Vêtu d'un panaché d'uniformes issus pour une moitié de la cavalerie et pour l'autre de la marine, qu'il avait adaptés à la nouvelle situation politique – sur une culotte bouffante d'un jaune fané de l'armée de Taman, il arborait un ceinturon dont il avait remonté la boucle à l'envers de façon à donner l'impression que l'aigle qui l'ornait marchait sur la tête –, le cosaque s'était bardé le torse de bandes de mitrailleuses qui cliquetaient comme les os d'un squelette à chaque mouvement qu'il faisait.

« Qui t'a dit ça, camarade capitaine ? »

Piotr Antonovitch alluma posément une cigarette qu'il pointa vers le tableau comme s'il s'apprêtait à en appliquer l'extrémité incandescente sur la toile – sans qu'on pût savoir s'il visait la robe de mousseline blanche ou la gorge en partie découverte de la jeune fille.

« Elle. Sa fille.

– Jolie petite putain, apprécia le cosaque. Mais alors, tu l'as donc vue ? J'ai pourtant fouillé ce manoir de fond en comble, et j'aurais juré qu'il n'y avait plus ici âme qui vive.

– Je l'ai vue comme tu la vois toi-même : en peinture. »

Tandis que Nikola Bissenko mettait pied à terre et s'approchait du tableau pour mieux l'examiner, le capitaine poursuivit :

« Mes ordres sont de ne laisser personne derrière nous, et surtout personne qui fasse partie du clan des tyrans et des affameurs, ou qui puisse les rejoindre.

– Et tu penses que cette jeune aristocrate en est ?

– La réponse est dans ta question : ne viens-tu pas toi-même de la traiter d'aristocrate ?

– Bien, approuva alors le cavalier, très bien. Si tu es persuadé qu'il en est ainsi, tu as deux options : détruire ce tableau en l'incendiant, en le lacérant ou en le faisant piétiner par mon Djötchi (le cosaque avait donné à son cheval le nom du fils aîné de Gengis Khan), et continuer vers Lviv ; ou bien partir à la recherche de la fille qui a inspiré la toile, la dénicher et la supprimer, puis reprendre notre route. Mais rien ne dit que nous trouverons cette garce. Nous pouvons errer longtemps sur la *tchernaïa zemlia*. Et même y crever. »

Au cours des jours précédents, ils avaient remarqué plusieurs tumulus qui rompaient la monotonie de la plaine. Manifestement des tombes de soldats. Tandis que ceux de son escouade écartaient la neige qui recouvrait les sépultures, le capitaine Kalakine avait sorti le cahier rouge sur lequel il notait scrupuleusement toutes les péripéties de sa mission, et il s'était apprêté, malgré ses doigts engourdis par le froid, à relever les noms de ces soldats morts pour la Révolution. Mais il n'y avait rien sous la neige, rien que de la terre noire et croûteuse où se voyaient les empreintes des mains qui l'avaient tapotée pour en former ces renflements. Alors, pour s'assurer qu'il s'agissait bien de tombes et non de plissements de terrain dus au vent qui se déchaînait durant la nuit, un sous-officier avait plongé sa baïonnette aussi profond qu'il pouvait à travers le tumulus. Quand il l'avait retirée, la lame était souillée de sanies visqueuses et noires qui exhalaient l'odeur des chairs en décomposition.

Piotr Antonovitch se força à éternuer pour chasser de ses narines le souvenir de cette puanteur.

« Si tu étais moi, que ferais-tu ?

– Par chance, répondit Bissenko, je ne suis pas à ta place. »

Piotr Antonovitch se contenta de grommeler – bombiller serait plus juste car, si les mots ne sortaient pas de sa bouche, ils se bousculaient à l'intérieur de celle-ci comme de lourds bourdons incapables de trouver l'issue de la ruche et s'empêtrant les uns dans les autres. Ce qu'il aurait voulu rétorquer au cosaque tenait en une phrase : mon garçon, mon camarade, cessons donc d'hésiter entre faire ceci ou faire cela, car c'est à force de tergiverser en nous demandant si une bonne lame ne pourrait pas régler son compte à l'héritière de Zagoskine que nous allons étouffer notre révolution dans l'œuf, l'écraser plus sûrement que ne rêvent de le faire les trains blindés des Blancs.

« Tu as sous les yeux le portrait de Yelena Maksimovna, très ressemblant, n'en doute pas, car des gens comme ces Mannenkhov ne se sont pas contentés d'embaucher un barbouilleur du dimanche pour fixer sur la toile les traits de leur fille. Alors considère bien ce tableau, examine la finesse et la grâce du cou de la jeune personne, et dis-moi…

– Te dire quoi, camarade capitaine ? En fait, tu me demandes, sans trop t'engager, presque à mots couverts, de décapiter la fille des Mannenkhov, si du moins nous réussissons à lui mettre la main dessus – c'est bien ça, camarade ?

– Je n'en suis pas encore tout à fait sûr, temporisa Kalakine, mais c'est en effet la décision que je vais probablement prendre : ne rien laisser derrière nous qui appartienne à la fois au règne des Blancs et du vivant.

– C'est très clair, confirma le cosaque. Sauf que Yelena Maksimovna n'est pas forcément *derrière* nous. Elle nous précède peut-être. Ou bien sa piste court parallèlement à la nôtre. Tout est possible, camarade capitaine, Dieu seul sait quelle direction ses chaperons – car elle est forcément surveillée, guidée, contrôlée – lui ont fait prendre, et si elle gardera ce cap ou bien si elle en changera. Nous finirons par la tuer, je t'en donne l'assurance, mais ça prendra du temps. Crois-moi, nous ne sommes pas près d'apercevoir le Haut Château de Lviv… »

Et sans mettre pied à terre, Bissenko dégaina sa chachka dont la lame émit un sanglot de violon en quittant son fourreau incurvé. Il assura dans sa main droite la poignée en forme de bec d'aigle et, se haussant sur ses étriers, assena au tableau un coup si puissant qu'il le partagea en deux.

Une moitié du portrait tomba à terre. L'autre, celle où la chachka, en s'abattant légèrement de biais, avait épargné le visage de Yelena, bascula en arrière et vint frapper contre le buste de l'officier, comme si la jeune fille du portrait, consciente d'avoir failli mourir d'un coup de sabre, et n'ayant plus la force de se soutenir, cherchait un appui en s'abandonnant contre la poitrine de Kalakine.

Ce dernier demeura un instant silencieux. Puis il frissonna. Et de crainte que le cosaque ne se méprît sur la raison de ce frisson, il dit, repoussant le demi-cadre et le lambeau de toile peinte qui y restait fixé et battait au vent comme un drapeau :

« Débarrasse-moi de ça. »

Le lendemain matin, le clairon sonna le rassemblement à 9 h 40, juste comme une vague lueur glissant sur les toitures de Zagoskine présageait la naissance tardive du jour. La lumière était à cette époque de l'année trop brève pour être gaspillée, aussi l'ordre de départ fut-il donné sans attendre davantage. Mais hommes et chevaux se mirent en ligne avec une mauvaise volonté évidente : on n'avait pas eu son content de sommeil, le couchage s'était avéré détestable, la faim se faisait de plus en plus obsédante – le pillage du manoir n'avait rien donné qui pût l'apaiser, du moins rien qui méritât de s'ajouter aux quelque trente kilos que pesaient les havresacs des achotniki ; quant aux fontes de selle des cavaliers, elles étaient déjà bourrées de munitions dont les Rouges n'accepteraient de s'alléger qu'en les expédiant dans le corps des Blancs.

L'humeur de la troupe ne s'améliora pas lorsque les hommes comprirent que l'on prenait la route sans vraiment savoir dans quelle direction ni combien de temps on allait devoir marcher, une route dont le tracé n'existait d'ailleurs pas, qui n'était qu'un à-plat à perte de vue évoquant une nappe froissée, d'un blanc mal lessivé, avec ici ou là une tache figurée par le cadavre d'un cheval, la carcasse d'un chariot ou d'un canon dont le tube, fragilisé par le froid, s'était fendu au premier obus.

Kalakine avait décidé d'appliquer la tactique de la mouche, une stratégie qu'il avait imaginée lors d'un concours entre officiers, un soir de beuverie dans la taverne d'une rue escarpée de Voronej. À travers le verre vitrail des fenêtres, on voyait palpiter les lumignons des pêcheurs nocturnes sur le grand S lie-de-vin que dessinait en contrebas un coude de la rivière. Dans la salle enfumée qui sentait l'aigre (le sous-lieutenant Opokine avait renversé sur le sol de terre battue le contenu de toute une jarre de soupe aigrelette qui formait une large flaque où les bottes des convives avaient pataugé une bonne partie de la nuit, la servante ayant refusé de s'agenouiller pour récurer ce brouet au prétexte que la Révolution lui permettait désormais de s'affranchir de certaines tâches qu'elle jugeait dégradantes), le jeu consistait à exterminer le maximum de mouches en leur assenant des claques du plat de la main lorsqu'elles se posaient sur la table à proximité d'un fruit ou d'une coulure de miel de tilleul.

La prime était d'une mesure de vodka pour sept insectes tués.

Du moins au début du jeu, l'abondance de mouches et l'adresse des officiers avaient fait rapidement grimper le taux d'alcoolémie. Si bien que, la plupart des concurrents ayant dû déclarer forfait pour cause d'ivresse, Piotr Fiodorovitch s'était autoproclamé vainqueur, et avait doublement sifflé la fin de la partie et ce qui restait de vodka dans les carafons.

C'est alors que son attention avait été attirée par le manège d'une mouche qu'il avait aussitôt baptisée Mouchka (c'est-à-dire *Mouche*, à quoi il avait ajouté *Ka* pour Kalakine) qui passait d'une trace sucrée à une autre.

Le plateau de la table étant constellé de résidus douceâtres, le capitaine ne pouvait d'aucune façon prédire sur quel prochain corpuscule poisseux la mouche allait se poser. L'insecte, en revanche, savait fort bien où il allait atterrir : son vol semblait erratique, mais il obéissait en réalité à une logique rigoureuse. Le plus instructif étant qu'en deux heures de temps (passé ce délai, Piotr Antonovitch avait à son tour été assommé par la vodka), Mouchka avait plongé sa trompe rétractile dans quasiment tous les résidus sirupeux qui constellaient la table.

En privant le capitaine d'estourbir autant d'insectes qu'il aurait voulu (son plaisir était moins d'écraser les bestioles que de sentir leurs petites ailes frétiller désespérément sous la paume de sa main), l'incertitude concernant les zigzags de Mouchka lui avait donné l'idée de disposer et de déplacer ses hommes selon un schéma pareillement imprévisible, manœuvre dont la dimension hasardeuse ne manquerait pas de faire s'étrangler les tacticiens de l'Armée rouge encore imbus des théories surannées de l'Académie militaire.

La stratégie de la mouche portait bien son nom : ponctuations noires éparpillées de façon aléatoire sur la steppe enneigée, les cavaliers et les achotniki de l'escouade Kalakine ressemblaient en effet à des diptères tombés dans un bol de crème. Et à l'exemple de Mouchka qui n'avait négligé aucune des retombées sucrées, l'un des hommes de l'escouade finirait bien par croiser la route de Yelena Maksimovna.

Alors Nikola Bissenko ferait virevolter sa chachka.

10

Pour Yelena Maksimovna Mannenkhova, le début de l'exode datait de cette soirée de septembre à Jytomyr, première ville d'importance proche du domaine de Zagoskine, où elle avait assisté en compagnie de sa tante Sofia Féodorovna à une représentation de *La Cerisaie* par la troupe du Théâtre du discours ukrainien.

Une lourde pluie d'automne crépitait sur la verrière et retombait en cascades glacées sur les épaules et dans le cou des spectateurs qui, encore sonnés par l'émotion que venait de leur procurer Tchékhov, cherchaient à repérer leur chauffeur ou leur cocher dans le buisson fourmillant des faisceaux lumineux tissés par les phares des automobiles et les lumignons des calèches agglutinées au milieu de l'avenue.

Serpentant entre les tramways qui faisaient sonner leurs cloches pour tenter de s'ouvrir un passage parmi la foule, les deux femmes, en quête de la Panhard & Levassor que Maksim Féodorovitch Mannenkhov avait importée de France à prix d'or, suivaient comme un pas japonais les flaques de lumière jaunâtre qui tombaient des becs de gaz.

« Les gens feront ce qu'ils voudront, déclara Yelena en renonçant à protéger le bas de sa robe du mélange de neige fondue et de crottin de cheval dans lequel elle baignait, mais moi je ne quitterai jamais Zagoskine. Je suis une nouvelle Lioubov, moi, ajouta-t-elle avec une certaine grandeur.

– Petite sotte ! s'exclama Sofia. Tu n'as donc rien compris à la pièce ? Tchékhov ne dit-il pas clairement que Lioubov va devoir déserter son cher vieux domaine, quitter le somptueux verger de cerisiers, l'abandonner sans espoir de retour et prendre la route de la ville ? N'est-ce pas ce qui constitue précisément la dernière scène de la pièce ? »

Yelena posa sur sa tante un regard à la fois courroucé et désolé : comment Sofia Féodorovna pouvait-elle supposer un seul instant que quelque chose de *La Cerisaie*, fût-ce un soupir entre deux répliques, eût échappé à sa nièce ? Il était de notoriété publique que Yelena était folle de cette pièce. Sachant sa passion pour *La Cerisaie*, ses proches lui offraient régulièrement d'autres textes de Tchékhov, car ce qui était merveilleux pour qui aimait cet auteur, c'était qu'il avait écrit sans compter – quelque six cents textes, romans, récits, pièces de théâtre. Il était en quelque sorte une mine inépuisable de plaisir de lire.

Mais la jeune femme ne manifestait aucune curiosité pour les autres facettes de l'œuvre de Tchékhov : sans qu'elle pût s'expliquer pourquoi, *La Cerisaie* suffisait à la combler. Plus elle voyait représentée cette fausse comédie qui était en réalité une vraie tragédie, plus elle rejoignait l'opinion de Tolstoï selon qui l'on pouvait lire, relire et rerelire Tchékhov de manière toujours différente, ce qui revenait à dire qu'une seule de ses œuvres – et donc *La Cerisaie* – contenait assez de raisons de désespérer en même temps que de s'émerveiller pour une vie tout entière.

« Lioubov part contre son gré, tout à fait contre sa volonté ! avait rétorqué Yelena. À la fin du troisième acte, tu as bien vu qu'elle s'écroule sur une chaise et qu'elle sanglote, oh ! comme elle sanglote : *Il est temps. Il nous reste à peu près cinq minutes... On dirait que je n'avais jamais vu les murs de cette maison, je les regarde à présent avec une tendresse si... une si grande tendresse que...* Non, ce n'est pas ça... Voyons, que dit-elle, quels sont ses mots exacts ?... Ah oui, *une affection si tendre* », se rappela-t-elle en rougissant de confusion.

Elle était pourtant plus qu'excusable ; quelques minutes à peine après que le rideau fut tombé, la pièce avec tous ses décors, tous ses personnages, toutes ses répliques, tourbillonnait encore derrière son front, sous le chapeau à large bord que retenait un foulard de soie vert pâle noué sous son menton.

Éperdue sous la neige au milieu de l'avenue, pressant ses mains sur ses oreilles pour étouffer la cacophonie des trompes, des cloches, des avertisseurs, des claquements de fouets et des jurons, elle se *sentait être* Lioubov Andréïevna Ranevskaïa, propriétaire foncière de la cerisaie.

Elle cita à nouveau : « *Nous partons, et la maison restera sans âme qui vive... Ô mon cher, mon bien-aimé, mon superbe jardin... ma vie, ma jeunesse, mon bonheur, adieu, adieu...* »

En mettant les choses au mieux, c'est-à-dire si la Panhard & Levassor n'était victime d'aucune panne, et si Pavel, son chauffeur, ne s'endormait pas au volant après s'être enivré pendant que ses passagères étaient sous le long charme de *La Cerisaie*, et en considérant surtout cette neige collante qui était partie pour tomber une bonne partie de la nuit, il faudrait plus de deux heures pour rallier Zagoskine. Autrement dit une éternité dans un habitacle qui sentait le tabac grossier, la laine mouillée, et qu'envahissait une humidité sournoise – la pluie était de tous les voyages depuis qu'une des vitres du poste de conduite était restée coincée en position à demi baissée.

Dans les jours qui avaient suivi la représentation de *La Cerisaie*, les combats s'étaient rapprochés.

Laissant derrière elle un cortège de villages incendiés, de magasins pillés, de charniers où pourrissaient ensemble jeunes moines et vieux starets, insurgés crucifiés en grappes aux balustrades des isbas, l'avancée de l'Armée blanche aux ordres du général Dénikine semblait irrésistible : après les victoires de Kharkov et Tsaritsyne, les villes de Koursk et de Voronej étaient tombées ; à Moscou, les bolcheviks se préparaient à évacuer.

L'existence du champ de bataille qui ne cessait de progresser par reptations successives en direction de Zagoskine, telle la nappe du pique-nique qu'on fait voler pour la déplisser avant de l'étendre sur l'herbe, n'affectait Yelena que de loin – un lointain qui, malgré la valse-hésitation des fortunes de guerre, n'excédait jamais cent à cent cinquante verstes[1]. Mais dès le début des affrontements, son instinct de conservation, qui à vrai dire ne concernait ni son intégrité corporelle ni ses capacités physiques mais la seule

1. Cent dix à cent soixante kilomètres.

survie de son monde intérieur, l'avait incitée à faire abstraction d'événements sur lesquels elle n'avait aucune prise.

Un temps, elle avait songé à s'enrôler dans la Croix-Rouge, à l'exemple des filles du tsar pendant la Première Guerre mondiale, afin de prodiguer des soins, ou à tout le moins de la compassion, aux blessés. Elle était disposée à aller aussi loin dans son engagement que les grandes-duchesses Maria, Anastasia, Olga et Tatiana (« Tatiana, c'est celle que j'aime le plus », avouait Yelena, troublée par le gris-bleu des yeux étirés et les coussinets roses des lèvres à la fois sages et sensuelles de la deuxième fille du tsar), qui n'avaient pas hésité à se raser complètement la tête à cause d'une épidémie de rougeole dans les hôpitaux de campagne.

Mais Mannenkhov avait dit non, tout de suite non, violemment non :

« Tu n'es pas fille de tsar, Yelena Maksimovna. On rirait de toi. Où donc crois-tu vivre ? Dans un palais ? Non, mon enfant, Zagoskine est une ferme. Enfin, disons un manoir dont je t'accorde qu'on pourrait, dans la brume, dans la nuit, ou à cause d'une forte myopie, le prendre pour bien plus somptueux qu'il n'est – ça, c'est à cause des deux bulbes, le petit bulbe et l'autre…

– … le grand bulbe, compléta Yelena.

– Quel grand bulbe ? Le moyen bulbe, tu veux dire, corrigea son père. Je me demande parfois si tu n'as pas la folie des grandeurs ? »

La naissance de sa fille avait été pour Mannenkhov une expérience où la stupéfaction l'avait emporté sur l'euphorie. Le premier cri qu'elle avait poussé (il la tenait alors dans ses bras, entortillée dans des langes comme un paquet ficelé à la va-vite, la peau fripée, le teint vineux, il la portait vers le lit où Olga continuait de se vider de son sang) s'était prolongé par une sorte de long grelot qu'il avait associé à un rire, comme si l'enfant tenait à manifester son ravissement d'être au monde – mon Dieu, avait pensé Maksim en regardant sa femme mourante, cette larve est bien la seule à apprécier la situation !

Les deux matrones qui avaient assisté Olga Vassilievna eurent beau protester que les petites filles ne naissaient pas plus dans des éclats de rire que dans des roses, Mannenkhov n'avait pas voulu en démordre : Yelena avait ri, et lui-même se surprenait à sourire chaque fois qu'il évoquait cet instant où les sages-femmes débordées s'étaient débarrassées entre ses mains – « Tenez, vous, prenez donc ça… » – de ce poupon minuscule et bleuâtre, à l'odeur déroutante, et dont la frimousse semblait, à cet instant du moins, se résumer à une bouche rectangulaire démesurée par rapport au reste du visage, grande ouverte sur une hilarité qui se nourrissait de sa propre exubérance et semblait n'en finir jamais de rebondir.

Dehors, le jour se levait. Un vol de cigognes passa à raser les toitures, virant sur l'aile autour du « moyen » bulbe bleu et or du manoir.

À l'instant où il avait serré sa fille contre lui, Maksim avait compris qu'il ne supporterait jamais de se détacher d'elle, qu'il perdrait la raison, et aussi la vie, si qui que ce soit tentait de la lui arracher d'une façon ou d'une autre.

Mais sur quoi, sur qui pouvait-il compter pour empêcher la Révolution de la lui prendre ? Sur la fidélité du personnel attaché à son clan, à sa terre ? Zagoskine avait fait vivre, et plutôt bien vivre, plus d'une centaine de paysans pendant un siècle et demi, mais dès les premiers jours de la grève générale d'octobre 1905 (douze ans déjà !) les plus jeunes s'étaient ralliés aux bolcheviks, ils avaient quitté les champs bleus, l'odeur fade du lin d'automne roui sur terre, les tiges étalées à même le sol et exposées à la rosée, pour des usines assourdissantes et des ateliers enfumés. Zagoskine continuait bravement de produire son lin, mais à cloche-pied, comme ces vétérans qui revenaient de guerre avec une jambe en moins.

Seuls étaient restés les paysans les plus âgés. Mais déjà qu'ils peinaient à retourner les andains[1], où auraient-ils trouvé la force de résister aux cavaliers rouges qui sautaient les enceintes, investissaient les enclos, saccageaient les jardins, condamnaient à tour de bras, s'érigeant en *ispolkom*, en comités exécutifs, en soviets, créant des tribunaux populaires, des délégations de travailleurs, des sections communistes, etc. ?

Les propriétaires avaient vingt-quatre heures pour évacuer la demeure où la plupart étaient nés, et leur père, et le père de leur père, et le père du père de leur père, certaines familles remontant jusqu'à la Rus' de Kiev (bon, ce n'était pas le cas des maîtres de Zagoskine dont le nom n'apparaissait pas avant le règne de Pierre le Grand ; mais dix générations de Mannenkhov, tout de même, avaient travaillé d'arrache-pied pour que, chaque année à la fin juin, se renouvelle l'éphémère mais joli miracle des champs de lin constellés de fleurs bleues) ; rien que vingt-quatre heures et pas une de plus pour tourner le dos aux domaines qu'ils avaient arrachés aux jours de glace qui brûlaient les cultures aussi impitoyablement que les canicules enflammaient les meules de foin,

1. Bandes continues de fourrage, de paille ou d'autres végétaux (ici l'alignement des tiges de lin) qu'on a arrachés afin de faciliter leur traitement ultérieur, notamment l'extraction des fibres.

vingt-quatre heures seulement pour quitter sans espoir de retour la steppe qu'ils avaient défrichée, amendée, labourée, plantée, fertilisée, et grâce à laquelle des villages entiers avaient été nourris.

« Oui, mais vous n'avez pas fait ça de vos propres mains, alors ça ne vaut pas un pet de lapin », leur rétorquaient avec lassitude les délégués bolcheviques ; et ceux de l'*ispolkom* faisaient s'aligner ces gens sans avoir besoin de leur crier dessus ni de les frapper, les persuadant, malgré le froid, d'ôter leurs roubachkas, leurs sarafanes, de dévêtir pelisses et caftans avant que ceux-ci ne soient rendus irrécupérables par les rafales du peloton d'exécution.

Aussi déconcertant que cela paraisse, les Rouges ne s'enivraient pas : dans la région de Jytomyr en tout cas, les caves des familles expulsées avaient beau regorger d'alcools raffinés dont d'admirables bas armagnacs venus de France, ils se contentaient de boire leur vulgaire vodka de pomme de terre en quantités raisonnables, juste la dose requise pour lâcher des rots puants sous le nez des humiliés : « Allons, allons, petits pères, les houspillaient-ils, un peu de nerf ! Voyez, la nuit tombe déjà, n'avez-vous pas entendu le cri de l'engoulevent ? On n'a pas que ça à faire, nous autres ! »

Les futurs suppliciés ne répondaient pas, bien conscients de ne pas mettre à leur déshabillage autant de cœur qu'ils auraient dû pour satisfaire leurs bourreaux, mais il fallait les comprendre : quelle contrariété de devoir se dénuder dans le froid du soir avec en arrière-plan les mugissements de souffrance de leurs bêtes, et là, sous leurs yeux, ces torches en faisceaux dont allaient se servir leurs anciens moujiks pour réduire en cendres les salons d'hiver et les exquis petits théâtres bonbonnières où ils avaient tant aimé se pavaner et se donner en spectacle dans des pièces brèves, *Le Chant du cygne* de Tchékhov ou *L'Invité de pierre* de Pouchkine.

Avec une ficelle grossière, on leur liait les mains derrière le dos, davantage pour les convaincre de leur condition si nouvelle de condamnés à mort que pour les dissuader de s'enfuir, on leur proposait de leur bander les yeux, la plupart refusaient, pas tant par bravade que parce que les bandeaux étaient répugnants, imprégnés de matières gluantes qui avaient coulé des yeux, des oreilles, de la bouche des fusillés les ayant précédés.

En attendant d'entendre le crépitement des salves et de porter un toast à la Russie nouvelle, les nouveaux maîtres vautrés en grappes épaisses et fumantes sur les poêles procédaient avec des rires de joueurs de cartes dans un jour de chance au partage des terres de leurs victimes et à la réquisition de leurs troupeaux, qui étaient aussitôt égorgés – les jours sans vent, un remugle de sang et d'entrailles stagnait dans les chemins creux où, les soirs d'été, Yelena avait tant aimé flâner en lisant en français, dans l'odeur mellifère des fleurs de sureau noir, des poèmes de Francis Jammes ou de Charles Cros.

C'est en rentrant du théâtre, au cœur de la nuit, ce qui avait rendu les choses plus pathétiques encore, que la voix de Maksim avait cloué Yelena sur place – elle se souviendrait toute sa vie de la façon dont elle s'était brusquement figée dans l'escalier où elle s'était précipitée, escaladant les marches deux par deux – car elle volait, cette petite personne, elle volait littéralement, si pressée de raconter à son père à quel point Vsevolod Emilievitch Meyerhold avait été désopilant dans le rôle de cet excentrique de Gaïev et combien émouvante était Iliana Borisova qui ne s'était pas contentée d'habiter le personnage de Lioubov – elle avait été Lioubov.

« Tu me diras tout ça une autre fois, coupa Maksim. Pour l'heure, dépêche-toi d'aller te coucher parce qu'il faudra te lever tôt demain matin pour boucler ta valise et faire tes adieux à nos gens – à ce propos, il serait bon que tu prépares un petit discours, oh quelques mots seulement, ça ne fait rien s'ils sont un peu maladroits du moment que ce sont tes mots bien à toi. »

Les lèvres de Yelena s'étaient mises à trembler – et le froid endémique de cette partie du manoir n'y était pour rien :

« Mes adieux ? répéta-t-elle d'une voix incrédule. Pourquoi ferais-je mes adieux ?

– Parce que c'est l'usage quand on s'en va.

– Mais, père, je ne m'en vais pas. Tout au contraire, voyez : j'arrive du théâtre et je…

– Yelena, je t'en prie, ne rends pas les choses plus pénibles qu'elles ne sont. »

Depuis le hall où elle finissait de se dépouiller des épais chandails et autres châles dont elle s'était couverte – à cause de la Révolution et de la pénurie de charbon, seule la partie du théâtre où se groupait le public populaire, c'est-à-dire les places d'orchestre, bénéficiait d'un peu de chauffage ; or la sœur du baron Mannenkhov préférait grelotter au balcon plutôt que se mêler à ces gens qui sentaient le suint, l'oignon et le lait aigre.

Sofia vola au secours de sa nièce :

« Je devine ce qui t'incite à prendre de pareilles précautions, mon cher Maksim. Mais ne crois-tu pas qu'elles sont quelque peu disproportionnées ? Car en revenant de Jytomyr, nous avons longé plusieurs grands domaines sans rien remarquer d'inquiétant. Il faisait nuit, me diras-tu, mais justement : quand ils décident de passer aux actes, le premier geste des Rouges n'est-il pas de profiter de la nuit pour mettre le feu aux granges, aux écuries, aux étables ? De lancer le Coq rouge, comme ils se plaisent à dire ? Eh bien, nous n'avons rien vu qui ressemblât à un incendie – n'est-ce pas, Yelena ? Pas une étincelle, pas la moindre flamme, pas la plus petite odeur de fumée.

– C'est égal, dit Mannenkhov, la plus élémentaire prudence recommande de vous éloigner, Yelena et toi, le temps que la fièvre retombe un peu. Car elle retombera : les révolutions sont comme les migraines, elles montent en puissance jusqu'à un pic si douloureux qu'on tient pour impossible de souffrir davantage, et puis, alors qu'on les croit installées pour toujours, elles commencent à régresser.

– Je connais ça, murmura Sofia qui était elle-même souvent sujette à d'atroces maux de tête. »

Yelena n'écoutait plus. Depuis la marche d'escalier sur laquelle les paroles de son père l'avaient littéralement pétrifiée, elle pouvait entrevoir le salon ottoman dont la porte, mal close, s'ouvrait et se fermait au gré d'un courant d'air.

Une faïence gisait sur le dallage, brisée en mille morceaux comme si quelqu'un l'avait élevée au-dessus de sa tête avant de la précipiter rageusement sur le sol.

Ce ne pouvait qu'être l'œuvre de Pavlin Antonovitch, celui qu'on surnommait le Moujik enragé. La jeune fille frissonna. Chaque nuit ou presque, cet homme, grenade pendante, pistolet dans la ceinture et bandes de cartouches entrecroisées sur la poitrine, et qui s'était pourtant jusqu'alors admirablement dévoué à la famille, s'introduisait dans le salon ottoman, choisissait un objet et le fracassait en le jetant par terre ou contre un mur – chaque jour disparaissait ainsi une pièce de la collection de faïences, une seule, ce qui ne manquait pas d'intriguer les Mannenkhov, car enfin, tant qu'il y était, pourquoi Pavlin Antonovitch n'anéantissait-il pas, dans un ultime fracas, toutes les pièces exposées dans le salon ?

Certes, pas une seule fois il n'avait proféré de menace contre ses maîtres, lesquels ne l'avaient pas davantage pris en flagrant délit de vol ou de casse d'objets, ce qui atténuait la portée de ce qui, après tout, n'était peut-être qu'un soupçon infondé qui agitait l'esprit déjà tourmenté de Maksim Féodorovitch. En cas d'enquête de la *militsiya*[1], Pavlin Antonovitch n'aurait vraiment contre lui que les élucubrations de Donia Andréïevna, la doyenne des domestiques.

Cette dernière, au cours de sa longue carrière comme cuisinière à Zagoskine, avait, de la fine pointe de son couteau, délicatement séparé les deux lobes de plus d'un millier de cervelles d'agneau – le mets le plus exquis qui soit au monde, selon

1. La police « normale », ni secrète ni politique.

Maksim –, puis les avait soigneusement débarrassés de leurs petits filaments de sang avant de les mettre à tremper dans de l'eau fraîche additionnée de vinaigre blanc et de les faire frémir dans la poêle, sauter aux champignons de la forêt ou rissoler dans la friture. À l'entendre, détailler ces cervelles, fussent-elles animales, l'avait aidée à mieux comprendre les circonvolutions de l'esprit humain, et elle en était arrivée à la conclusion qu'après avoir fracassé la dernière faïence d'Iznik, le Moujik enragé s'en prendrait à Maksim Féodorovitch et à ses proches qu'il égorgerait à l'aide du coupe-ronces dont il ne se séparait jamais, et qui était si efficace pour tailler les branches basses ou éclaircir les buissons.

Pour Donia Andréïevna, il s'agissait d'une sorte de compte à rebours : si l'on partait du principe que chaque faïence représentait une journée, il suffisait de dénombrer celles qui étaient encore intactes pour conclure qu'il restait aux Mannenkhov un peu moins d'un mois à vivre – vingt-sept jours exactement.

Zagoskine ne serait pas la première ferme-manoir à payer tribut à la colère des bolcheviks qui avaient érigé en rite incontournable le lancer du Coq rouge – ainsi appelaient-ils les incendies dont les flammes, en effet semblables aux étincelants ergots d'acier dont on équipait les coqs de combat, devaient crever et déchiqueter l'orgueil, la suffisance, l'indifférence, voire la complicité des Romanov devant la souffrance paysanne. Ces brasiers une fois éteints, il était impossible de distinguer les ossements des maîtres de ceux de leurs moujiks et de leurs bêtes, il fallait se résoudre à pelleter en vrac tout ce qui était noir, friable, charbonneux, et prendre le risque d'enterrer ensemble les restes d'un prince et la carcasse d'un fauteuil à la Jacob qu'on avait cru être le squelette carbonisé d'une vieille femme agenouillée.

Tout avait commencé en novembre 1917 par des histoires impossibles à vérifier, qui se propageaient on ne savait comment, des histoires de cochers, des ragots de meneuses d'oies, des boniments de marchands itinérants, des radotages de moines gyrovagues qui assaillaient les murs de Zagoskine comme la marée montante, inéluctablement, recouvre les rochers ; certes, la mer finit toujours par se retirer, mais jamais sans laisser derrière elle des jonchées d'écume livide.

Un témoin digne de confiance – il s'agissait rien moins que de Vladimir Tchertkov, l'éditeur de cet infatigable défenseur des droits de l'homme qu'était encore, à plus de soixante-cinq ans, le nouvelliste Korolenko – attestait qu'une exploitation, propriété d'un couple âgé, située à moins de cinquante verstes de Zagoskine, avait été attaquée par des soldats débandés, des Rouges sans officier pour les commander, qui avaient fait ronfler des feux de joie avec des lambris arrachés aux murs, des meubles précieux qui, une fois hachés menu, faisaient de l'excellent petit bois d'allumage, des commodes à tiroirs secrets débordant de vieux papiers jaunis, et des icônes, de très nombreuses icônes qui s'embrasaient d'un coup, sans doute à cause des peintures et vernis hautement inflammables dont elles étaient revêtues. Les deux vieux avaient assisté au saccage sans protester ; seule l'aïeule avait fait remarquer que la nuit était glacée et demandé où son mari et elle allaient attendre l'aurore (elle semblait penser que quelque chose devait se passer à ce moment-là, que cette aurore serait un tournant dans sa vie et celle de son époux), à quoi on lui avait répondu que des dispositions avaient été prises, d'excellentes dispositions, et on les avait conduits tous les deux à la porcherie où ils avaient été invités, à grand renfort de coups de bâton dans le bas du dos, à s'étendre sur la paille souillée par les truies qu'ils élevaient. Pour ajouter à leur humiliation, on les avait forcés à se coucher sur le ventre, le nez et la bouche au contact des déjections porcines.

Puis l'incendie avait dévoré leur manoir. À l'aube, les huit occupants de la porcherie (les six énormes porcs plus le vieillard et sa femme) avaient été abattus et leurs dépouilles mêlées jetées en pâture au Coq rouge.

Combien de temps après la soirée donnée par la troupe du Théâtre du discours ukrainien avait-il fallu à Yelena pour opérer la métamorphose qui allait faire d'elle une autre Lioubov Andréïevna – mais en plus jeune et sans la lumineuse complicité d'un Tchékhov ? Eh bien, il avait suffi des premières semaines d'octobre qui, cette année-là, séparèrent la fin d'un automne encore lumineux des premiers frissons d'un hiver aussi précoce que crépusculaire.

Si ça n'avait tenu qu'à elle, Yelena n'aurait pas fait ses bagages. Ni donné l'ordre qu'on les fît à sa place. Et à supposer que ces bagages eussent été bouclés contre sa volonté, elle ne se serait jamais assise dessus un seul instant, ce qu'une vieille croyance russe recommande pourtant de faire avant de quitter sa maison si l'on tient à ce que le voyage qu'on va entreprendre se passe sans encombre.

Or Yelena espérait justement que quelque chose allait soit empêcher son départ, soit dresser sur sa route un obstacle infranchissable qui l'obligerait à faire demi-tour.

En fait, elle ne voulait tout simplement pas quitter Zagoskine.

D'habitude, son père ne résistait pas longtemps à ses prières. Elle savait jusqu'où pousser la discussion, et lorsqu'elle sentait celle-ci approcher de son terme, elle sortait – elle *dégainait*, disait Maksim Féodorovitch – le mot de la fin, celui qui allait lui donner la victoire finale en faisant passer son caprice pour la chose la plus raisonnable du monde.

Mais cette fois-ci, il ne céda pas. Il tourna le dos à sa fille et, s'approchant d'une fenêtre, laissa son regard se perdre dans la nuit.

Dès le lendemain de l'abdication de Nicolas II, Mannenkhov avait compris que si le peuple avait pu confisquer un immense empire à un homme réputé aussi puissant, aussi sacré et intouchable que le tsar de toutes les Russies, rien ne pourrait s'opposer, si les bolcheviks en décidaient ainsi, à ce que lui, Maksim Féodorovitch Mannenkhov, sa sœur Sofia et sa fille Yelena fussent dépossédés de Zagoskine. La seule incertitude qui demeurait était de savoir dans quelles conditions d'humiliation, voire de violence, aurait lieu la confiscation.

Après une nuit d'insomnie passée à lire l'ouvrage de Yankel Schlumowitz qui relate l'ascension de la montagne de Moriah par Abraham et Isaac en vue de l'égorgement de ce dernier comme victime du sacrifice demandé par Dieu, et où Schlumowitz décrit le soin extrême avec lequel le patriarche et son fils s'étaient apprêtés pour l'occasion, le baron Mannenkhov lui aussi se lava, se coiffa et endossa son grand uniforme avec médailles pendantes.

Certes, il n'allait pas, à l'exemple d'Abraham, devoir plonger son poignard dans le cœur de sa fille, mais en l'obligeant à s'éloigner de Zagoskine, en la rejetant dans l'inconnu, il exposait Yelena à des dangers dont lui-même ne pouvait soupçonner l'ampleur.

D'après son évaluation, il restait deux bonnes heures avant que la jeune fille finisse de s'apprêter et sorte de sa chambre.

Attirant à lui des déchirures de brouillard qui se reconstituaient dans son sillage, le soleil montait derrière les conifères bordant l'étang. Comme toujours à cette époque de l'année, la pièce d'eau avait déjà entamé sa mue d'automne, un étrange processus par lequel elle se vidait en partie, perdant plus de la moitié de son volume liquide et rendant possible sa traversée à pied sec, pour se remplir à nouveau au printemps, presque miraculeusement.

Comme s'il refusait de voir se lever le jour – et si c'était aujourd'hui, *dies irae*, *dies desperationis*, la dernière fois qu'il embrassait sa fille ? –, Maksim enfouit son visage dans le pelage gris cendré du cheval que le palefrenier venait de sortir de l'écurie. De même qu'un poulain inquiet se rassure en collant son nez contre les cuisses de sa mère pour en respirer les phéromones qui le sécurisent, de même Maksim Féodorovitch avait-il besoin, pour s'apaiser, de respirer l'odeur de tisane et de cuir chaud de sa jument.

Prenant l'animal à témoin, il lui chuchota à l'oreille ce qu'il avait mis en œuvre pour protéger Yelena contre les tourments de la Révolution, pour la garder en vie. Et en joie.

11

Comme destination finale, Maksim avait d'abord opté pour Odessa.

Mais il avait changé d'avis en découvrant que la grande ville portuaire du sud de l'Ukraine avait été, en février 1918, le théâtre de violences extrêmes – on parlait de l'exécution de nombreux officiers tsaristes que les Rouges avaient regroupés sur le pont du croiseur *Almaz* où on les avait arrosés avec les manches à incendie du navire jusqu'à ce qu'ils meurent congelés ; on pouvait alors, à travers la gangue de glace devenue leur cercueil, discerner non seulement leurs galons et les médailles sur leur poitrine, mais aussi l'horreur qui s'était peinte sur les visages, au fur et à mesure que l'eau gelait sur eux et commençait à les étouffer ; mais aucun d'entre eux n'aurait préféré subir le sort de ceux qu'on jetait vivants dans les chaudières du grand croiseur dont les cheminées répandaient sur le boulevard Prymorskyi qui longeait la mer une atroce puanteur de chair brûlée.

Dans Odessa même, au moins quatre cents familles de Blancs, anciens aristocrates, bourgeois, commerçants (dont de nombreux Juifs russes), paysans enrichis, intellectuels partisans de l'indépendance de l'Ukraine avaient été massacrés sur simple suspicion. Depuis, l'agitation était retombée. Mais la ville demeurait une poudrière prête à exploser à la moindre étincelle.

Mannenkhov avait donc reporté son choix sur Sébastopol, à environ cinq cents verstes au sud-ouest d'Odessa, et d'où, en cas de besoin, on pourrait assurément s'embarquer pour l'Europe. Pour les étapes intermédiaires, s'il devait y en avoir, pas de guide Baedeker, pas de carte d'aucune sorte : on irait d'un point à un autre en fonction des soubresauts et des hoquets de la Révolution.

En 1907, Maksim Féodorovitch avait été engagé en tant que conseiller militaire pour relire le scénario d'un film qui devait être tourné à Sébastopol, et dont l'action avait pour toile de fond le renflouement des navires que les Russes, à la fin de la guerre de Crimée, avaient sabordés entre le fort Catherine et le fort Alexandre pour fermer la rade sébastopolitaine aux escadres alliées de l'Empire ottoman, de la France et du Royaume-Uni.

Il avait à cette occasion séjourné aux Tri Svetitelja[1], une pension de famille du front de mer qui l'avait pleinement satisfait. Assis à une table rustique qu'une servante venait chaque jour frotter à l'huile de cèdre, il rédigeait ses notes face à la fenêtre ouverte sur la mer, fenêtre à laquelle le *buran noir*, la poussière qui semblait flotter en permanence sur cette partie de l'Ukraine, faisait comme un rideau de mousseline sale.

Yelena et Sofia se plaindraient probablement du buran, des punaises, des moustiques, des puces, de l'humidité, mais cela valait mieux que d'affronter les Rouges. Et puis ce ne serait que pour un temps que Maksim s'arrangerait pour abréger autant que possible.

En attendant, il avait organisé tout ce qui était prévisible, laissant à Dieu le soin de gérer l'impondérable. Compte tenu des changements de train, des arrêts intempestifs, le voyage jusqu'à Sébastopol prendrait de trente à cinquante heures.

« Je compte absolument sur toi, Sofia. Plus tard, quand j'aurai réglé ce qui reste à mettre en ordre ici, je vous rejoindrai. Si les circonstances vous obligent à vous abriter de je ne sais quelle folie meurtrière, songe d'abord à ta nièce.

– Mais si nous sommes séparées de toi…

1. Les Trois Saints.

– Ne t'inquiète pas, je saurai toujours où vous retrouver. »

Alors elle roula, roula, roula, tressauta, trépida, gémit, éructa et fuma, la Panhard & Levassor des Mannenkhov ! Les mauvais ressorts de la banquette arrière faisaient bondir et rebondir Yelena et sa tante, aplatissant leurs chapeaux contre le pavillon de la voiture.

Après le territoire propre au domaine, la Panhard & Levassor s'engagea à travers une succession de cultures abandonnées, de friches, de jachères. On croisait des chevaux efflanqués qui trottinaient à l'aventure, des chiens aux babines violettes, des enfants rachitiques dont les membres squelettiques contrastaient avec leur ventre gonflé. Leur peau était pâle et froide, leurs cheveux clairsemés, anormalement secs et fins, et leurs gestes si lents, si retenus qu'on aurait cru avoir affaire à des petits êtres de coton déjà imprégnés de toute la tristesse du monde. Quant aux nourrissons, ils se démenaient tellement dans leurs langes pour attirer l'attention afin qu'on leur donnât à manger, que leurs talons, à force de frottements, se creusaient de plaies qui devenaient rapidement purulentes et dégageaient une odeur fétide.

La Panhard conduisit ainsi les derniers des Mannenkhov jusqu'à une dérivation qu'empruntaient les trains ayant besoin de s'approvisionner en eau. Pour laisser libre la voie unique qui desservait la gare de Zagoskine, les locomotives faisaient le plein sur une sorte d'accolade ferroviaire qui, tout de suite après la gare et son quai de bois, comportait une manche à eau.

Le train à bord duquel Sofia et Yelena devaient voyager portait un nom de code et un numéro : Oural n° 15, composé de quatre voitures de voyageurs et de deux fourgons, convoyé par un chauffeur et un mécanicien qui s'étaient illustrés à bord du train blindé qui, en 1918, avait accompagné le premier commandant des volontaires de l'Armée blanche lors des sanglantes batailles de la « campagne de glace ».

Après que l'Armée blanche eut été refoulée vers la Crimée, le train était tombé dans l'escarcelle du nouveau chef militaire des Blancs, un certain général Wrangel, qui l'avait choisi, avec son chauffeur et son mécanicien, pour conduire à Sébastopol des officiers de marine appelés à former les états-majors des navires de la flotte de la mer Noire.

Avant même d'être visible, le train se signala par un panache de fumée s'élevant de l'espèce de saignée ouverte dans la neige par les convois qui venaient se ravitailler à la prise d'eau.

« C'est une *ovetchka*, annonça Pavel qui avait reconnu le type de la locomotive à son ahanement caractéristique, une “petite brebis” comme on surnomme ces braves machines fabriquées quand on ne disposait ni d’aciers spéciaux ni de méthodes de calcul très précises. On les construisait avec ce qu’on avait sous la main, au petit bonheur la chance. Résultat : elles sont increvables. »

Heureux comme un gamin, sautillant de traverse en traverse, il s’était porté à la rencontre du train.

« Es-tu le convoi Oural n° 15 à destination d’Odessa et Sébastopol, via Koursk ? demanda Maksim au machiniste qui, sans attendre l’arrêt complet, escaladait déjà sa locomotive pour attraper le long bras de la manche à eau, s’y suspendre comme un singe et donner des coups de reins pour le faire pivoter jusqu’à la soute à eau du tender.

– Je le suis, répondit l’homme volant en portant deux doigts à sa casquette.

– En ce cas, peux-tu faire monter discrètement deux dames dans la voiture de première classe ? »

Le machiniste dévisagea Mannenkhov avec surprise.

« Ce sont les bestiaux qu’on embarque en rase campagne, patron. Pour les voyageurs réguliers, surtout si ce sont des dames, il y a la gare de Zadoskinoe Selo, un peu plus loin, avec un quai conçu tout exprès pour eux. »

Maksim eut un geste découragé :

« Zadeskinoe Selo, nous en arrivons ! Certes, il y a une gare, et aussi un quai, mais il y a surtout une telle cohue, un tel affolement, qu'on se croirait dans la vallée d'Har-Magedone où la Bible dit qu'aura lieu l'ultime bataille entre Dieu et l'Antéchrist.

– La Révolution n'est pas la fin du monde, juste celle d'un vieux monde dont l'infection commençait à prendre à la gorge », maugréa le cheminot en ouvrant la vanne d'arrivée.

Il y eut un bruit de torrent, le bec de la manche à eau se raidit et vomit un liquide roussâtre qui dégageait une odeur fétide.

« Ils ont encore balancé des cadavres dans la citerne, dit le machiniste. Bon, ça marchera quand même, sauf que la vapeur va sentir la charogne.

– Zadeskinoe est impraticable, reprit Mannenkhov. Sauf à tirer dans la foule, il sera impossible de s'approcher du train pour y monter.

– Je n'aurais jamais cru que nous avions autant de partisans, intervint le chauffeur, auquel son lourd tablier de cuir destiné à le protéger contre les retours de flamme donnait une vague allure de saurien.

– Eh bien, dit Maksim, je doute que ces gens-là soient davantage pour un camp que pour un autre. Ils essaient de survivre, voilà tout. Comme ces pauvres femmes que j'accompagne et qui, je vous en fais serment, ne sont pas des passagères clandestines : elles ont leurs places réservées, j'ai moi-même acheté leurs billets. La plus jeune est... mais approche donc un peu, Yelena, n'aie pas peur, viens par ici... »

Il n'avait aucune possibilité sérieuse de la protéger. Sur la totalité du territoire de Zagoskine, il ne pouvait se fier qu'à neuf personnes, dont trois femmes incapables de manier une arme. Les moujiks, en revanche, étaient près de deux cents, et malgré leurs protestations de loyauté, il suffirait probablement d'un mot des bolcheviks pour faire d'eux des mutins prêts à toutes les exactions.

Ce que Maksim pouvait espérer de mieux, c'était éloigner sa fille.

Elle descendit de la Panhard, s'avança en se tordant un peu les pieds sur le ballast, les yeux baissés comme une coupable.

« ... la plus jeune, reprit Maksim Féodorovitch, s'est mariée il y a peu, mais son époux est un être abject qui lui fait subir violence sur violence. Ouvrez la bouche, chère enfant, et montrez à ce brave cheminot le trou qui dépare votre denture depuis que votre mari, qui avait pourtant juré devant Dieu de vous chérir, vous a brisé une dent du bas. »

Yelena fit ce que son père lui demandait. Ses jambes et sa bouche étaient incontestablement ce qu'elle avait de plus séduisant aux yeux d'un homme. Mais la simple décence alliée au vent froid qui soufflait sur la plaine lui interdisait d'ôter ses gants pour déboutonner sa pelisse, se déchausser et relever sa robe afin de dénuder ses jambes des chevilles jusqu'aux cuisses, ce qui eût été le moins pour corrompre les hommes du train.

Néanmoins, Mannenkhov avait confiance : Yelena obtiendrait le même résultat en laissant voir seulement l'intérieur de sa bouche rose et humide d'où s'échappait son haleine qui formait un nuage tiède et léger, un peu bleuté, autour de son visage – une haleine comme ça, songeait Maksim, c'est aussi seyant qu'une capuche de renard blanc, sauf que ça ne tient pas : le simple battement d'ailes d'un papillon suffit à l'escamoter. Par chance, il faisait trop froid pour les papillons, mais une soudaine éructation de la « petite brebis » dissipa la nuée bleutée que la respiration de Yelena avait plaquée comme une auréole autour de son visage et la remplaça par une brumasse poisseuse, à l'odeur ignoble de rouille, de charbon brûlé et d'autre chose qui était innommable.

« Notre mère Russie n'est pas dans ses meilleurs jours », énonça Pavel.

On le regarda sans comprendre ce qu'il voulait dire – et dont, à la vérité, tout le monde se fichait éperdument : d'une certaine façon, Pavel n'était rien ni personne.

Il se tut et entreprit de faire passer par une vitre baissée les deux valises de Sofia et de sa nièce. Afin de ne pas les encombrer quand elles se retrouveraient sans Pavel pour les porter, les bagages des deux femmes avaient été allégés au maximum. Rien de superficiel, peu de vêtements, elles n'emportaient chacune que deux ou trois ensembles rustiques et surtout bien chauds, une paire de bottes fourrées et une paire de chaussures de ville, un livre qu'elles avaient été invitées à choisir de préférence parmi les ouvrages imprimés en tout petits caractères, ceci afin de vite fatiguer leurs yeux pour favoriser leur assoupissement aux heures les plus pénibles du long trajet.

En revanche, les deux voyageuses s'étaient chargées d'objets de valeur, d'effets qu'elles pourraient vendre ou échanger, principalement des toiles de maître que Maksim avait débarrassées de leurs cadres avant de les déclouer de leur châssis et de les rouler avec le plus grand soin.

Il avait sélectionné un paysage de bord de mer d'Ivan Aïvazovski, un autre de Savrassov, un autre (cette fois-ci sans neige) d'Ivan Chichkine, ainsi que le portrait d'un haleur de la Volga par Ilya Répine, et – c'était la plus belle œuvre, celle qu'il faudrait négocier en tout dernier lieu – une étude de Viktor Vasnetsov pour son célèbre tableau *Ivan Tsarévitch chevauchant le loup gris*. L'œuvre de Vasnetsov portant sur le personnage d'une certaine « Belle Yelena » qu'un fils de tsar enlève pour fuir avec elle à travers une sombre forêt, Maksim eut beau jeu de dire qu'il l'avait choisie à dessein : sa fille se reconnaîtrait dans ce personnage qui portait le même prénom qu'elle, et qui, elle aussi, traversait la nuit de la forêt comme Yelena Maksimovna allait traverser la nuit de sa patrie.

Yelena ne répondit pas. Elle espérait encore que quelque chose, un miracle de dernière minute, allait empêcher son départ. Ce n'était pas en héroïne émouvante d'une peinture qu'elle se voyait : elle ne voulait rien d'autre qu'être la Lioubov de Tchékhov.

Zagoskine, le domaine où Yelena avait grandi, n'était-il pas son tout-à-elle, son monde entier, comme le jardin des cerisiers dans la pièce de Tchékhov était le monde entier de cette pauvre Lioubov Andréïevna ?

Mais le miracle n'eut pas lieu. Maksim tourna le dos à sa fille et, s'approchant d'une fenêtre, laissa son regard se perdre dans la nuit.

Yelena courut jusqu'à sa chambre, se jeta sur son lit et pleura. La pensée que c'était sans doute la dernière fois qu'elle s'affalait sur *ce* lit, dans *cette* demeure, la dernière fois qu'elle trempait de sa bave et de ses larmes *cet* oreiller brodé en haut à gauche aux armes des Mannenkhov, cette pensée la révoltait. Elle lui était insupportable.

Contrairement aux filles de la même classe sociale qu'elle, Yelena n'attendait plus d'un homme qu'il lui donnât un nom, un titre, de jolies toilettes, des bijoux, qu'il l'emmenât à des soirées sous les lustres, qu'il la fît danser au chant de violons blonds. Elle s'était réveillée. Épouser un de ces bolcheviks qui la toisaient de haut à présent qu'ils avaient pris le pouvoir l'eût pareillement satisfaite. Car elle désirait un homme qui la comblât au sens plein du mot, un homme qui remplît tous ces vides qu'elle éprouvait en elle, ces cavités, ces chambres, ces fissures, ces échancrures, ces déchirures, ces évasures. Elle se sentait parfois ajourée comme une dentelle. Se prenait pour une dentelle. Craignant par-dessus tout que la vie ne la déchirât.

Lorsque le grand-père de Maksim avait acquis Zagoskine, le domaine était une terre d'élection pour les pavots blancs qui, cultivés pour leur fleurissement, leurs qualités ornementales, y pullulaient à l'infini.

Quand la cour voulait témoigner aux Mannenkhov sa satisfaction pour telle ou telle marque de fidélité que la famille avait eue, le tsar dépêchait à Zagoskine l'orchestre de son palais d'été de Livadia pour animer, au milieu des fleurs, un grand bal de nuit où l'on s'essayait aux nouvelles danses à la mode telles que le one-step ou le ragtime. C'est à l'occasion d'une de ces fêtes, à la lumière des guirlandes électriques venues d'Amérique qu'on avait pour la première fois fait courir dans les arbres, que Maksim avait, et c'était aussi une première fois, dansé avec sa fille. Il avait prudemment choisi une valse lente.

Yelena avait alors quinze ans. Elle avait parsemé ses cheveux blonds des fameux pavots blancs et portait une robe de mousseline en coton écru que les lampions faisaient paraître dorée, avec un devant en dentelle Battenberg ton sur ton et un empiècement en filet finement brodé sur des manches courtes qui voletaient sur ses épaules. Chaque tourbillon de la valse révélait à Maksim une nouvelle facette de sa fille, tantôt ses yeux aigue-marine qu'il s'était toujours contenté de qualifier de bleus sans chercher à en préciser la nuance, tantôt la finesse de sa taille, finesse un peu raide, un peu guindée mais délicieusement tiède sous sa main, ou bien c'était sa voix légèrement zézéyante qu'il avait longtemps prise à tort pour une façon de parler volontairement maniérée, puis il avait découvert, sidéré, l'odeur subtile qu'exhalait Yelena à chaque tour à droite de leur valse, une senteur de noisette fraîche, de foin chaud et de laitage, que noyaient les effluves de *Bouquet de Catherine*, l'eau de Cologne en vogue à la cour.

Avant d'abandonner Zagoskine, Maksim, sa fille et sa sœur, avaient fait leurs adieux aux serviteurs qui leur étaient restés fidèles et qui allaient devoir eux aussi quitter le domaine. Beaucoup pleuraient. Ils ne reviendraient jamais à Zagoskine, ils le savaient, ils ne croyaient guère aux bolcheviks, à leur promesse de distribuer aux moujiks de nouvelles terres dont ces derniers seraient les maîtres. Pour résister au désespoir qui les faisait chanceler, certains s'agrippaient aux meubles comme des naufragés à des espars. D'autres se montraient irritables, pleins d'une hargne rancie qu'il aurait suffi d'un rien pour transformer en violence. À les entendre, Maksim Féodorovitch avait sa part de responsabilité dans les événements qui avaient conduit à ce désastre. Le maître n'aurait jamais dû laisser l'armée le déposséder de la dernière récolte de blé que les paysans – *ses* paysans, *ses* âmes – avaient réussi à arracher à ce sol qui avait été jadis une terre riche et généreuse, mais dont, après plusieurs sécheresses consécutives, il ne restait plus qu'une étendue de terre aride d'où émergeaient les longues tiges des pavots défleuris qui s'inclinaient sous le poids de leurs capsules vides que le vent de la steppe faisait sonner comme un glas en les choquant les unes contre les autres.

12

Sébastopol (Ukraine)
Fin novembre 1920

« Depuis combien de jours sommes-nous à Sébastopol ? » demanda soudain Yelena – presque comme si c'était une incongruité ; et peut-être en était-ce une, en effet, dans la mesure où aucune interrogation ayant trait au passé ne semblait plus recevable.

« Combien de temps encore allons-nous y être ? Voilà la bonne et vraie question, répondit Sofia.

– Et la réponse est… ?

– Qu'il n'y a pas de réponse pertinente à cette question – mais il y a d'autres questions, dont celle-ci… »

Et Sofia arrondit sa bouche aux lèvres pulpeuses, mettant en valeur le maquillage qu'elle venait d'acheter pour remplacer le rouge cerise dont elle avait épuisé jusqu'au dernier milligramme.

« C'est peut-être un peu jaune, non ?

– Normal, fit Sofia, puisque c'est à l'abricot. Tiens, goûte... »

Elle écrasa sa bouche sur celle de sa nièce. Yelena eut un mouvement de recul. Peut-être ce « jaune » à lèvres avait-il une saveur d'abricot (Yelena adorait les abricots), mais Sofia avait une haleine un peu écœurante, et suffisamment présente pour éclipser la fragrance de l'abricot.

Se dirigeant vers le port, Sofia et sa nièce entendirent, venant du quai Grafskaïa, le tambourinage d'une troupe de chevaux. Ils devaient être plusieurs centaines à marteler de leurs sabots les pavés de la ville condamnée.

« La cavalerie, dit Sofia. Dernier défilé sur le quai Grafskaïa.

– Comment le sais-tu ?

– Ce matin très tôt, le jour à peine levé – tu dormais encore, même que tu ronflotais, ma chère ! – un vieil homme se tenait devant l'entrée des Tri Svetitelja, dans la lumière de la lanterne sous la porte en arcade, j'ai d'abord cru que c'était un mendiant, il y en a tellement ici, j'avais sur moi une pièce d'un quart de kopeck, je pensais la lui donner mais il a été plus rapide que moi ; en fait, c'était lui qui avait quelque chose à donner : un tract, un feuillet unique imprimé d'un seul côté, qu'il distribuait gratuitement, mais pas à n'importe qui, bien sûr : le vieux te regardait sous le nez, oui, littéralement sous le nez avant de décider si tu étais ou non du bon côté.

– Le bon côté ? Tu veux dire côté blanc, côté rouge ?

– Le côté capable de comprendre et d'apprécier ce qu'il y avait d'écrit sur son bout de papier, j'imagine. *Bozhe moi*[1], sa saloperie de bout de papier devrais-je dire, parce que je n'avais jamais vu, ni surtout jamais tripoté, quelque chose d'aussi dégoûtant : c'était imprimé avec une encre si grasse qu'elle avait bavé partout, et il me l'a fourré dans la main sans me demander mon avis, Dieu bénisse l'Ukraine, *barynia* ! m'a-t-il dit, et le temps que je réussisse à déchiffrer ce qu'il y avait écrit dessus, hop ! il avait disparu.

– Tu as bien dû voir si... eh bien, si c'était à propos de la... de l'agitation ? »

Yelena ne s'était jamais résolue à employer les mots révolution, émeute, soulèvement ou insurrection. Ils lui rappelaient trop l'effroyable tristesse qui lui avait serré la gorge à la lecture des *Contes du lundi* d'Alphonse Daudet, et en particulier des *Émotions d'un perdreau rouge*, la nouvelle à la fin de laquelle l'auteur décrit un

1. Mon Dieu !

tableau de chasse dans des termes si modestes – *c'étaient des petites pattes jointes par la mort, qui avaient l'air de demander grâce…* – avec des mots si glaçants – *savez-vous rien de plus triste qu'un oiseau mort ? C'est si vivant, des ailes ! De les voir repliées et froides…* –, des phrases si discrètes qu'on devinait que l'auteur, qui à la façon des peintres écrivait pourtant sur le motif, avait préféré cette fois se tenir à l'écart – *les chasseurs étaient là, penchés sur cette tuerie, comptant et tirant vers leurs carniers les pattes sanglantes, les ailes déchirées, sans respect pour toutes ces blessures fraîches.* Tout à fait comme les policiers quand ils attrapent par les mains, par les pieds, les émeutiers morts, et qu'ils les balancent sans aucun respect dans une charrette qui est là à attendre sa cargaison de cadavres. « Sans aucun respect », répéta-t-elle d'une voix remplie de haine – une haine d'autant plus glaçante que Sofia la diffusait doucement.

Le lendemain, Zagoskine avait résonné du bruit des marteaux des moujiks clouant sur tout ce qui était en bois, portes, arbres, palissades, poteaux télégraphiques, piles de ponts, l'arrêté signé Maksim Féodorovitch Mannenkhov – en réalité un oukase que Yelena avait passé la nuit à rédiger pour son père, et qui proscrivait tout acte de chasse, sous quelque forme que ce soit, sur l'ensemble du domaine.

À dater de ce jour, la jeune fille n'avait pu s'empêcher d'associer aux pages de Daudet, dans une confusion morbide, les photos, publiées par les journaux, de tous ces cadavres allongés par terre les uns à côté des autres. Elle se sentait être ce perdreau rouge « *se coulant entre les mottes de terre, sans voler, sans presque sauter, comme une souris. Tandis que* [dans les rues] *c'était une terrible fusillade. À chaque coup,* [elle] *fermait les yeux, tout étourdie ; puis, quand* [elle] *se décidait à les rouvrir,* [elle] *voyait* [l'avenue] *grande et nue, les chevaux galopant, furetant, tournant sur eux-mêmes comme des fous. Derrière eux* [les soldats] *juraient, appelaient ; les fusils brillaient au soleil.* »

Un moment après le passage de la cavalerie sur le quai Grafskaïa, elle avait cru voir, dans un petit nuage de fumée qui tardait à se dissiper, voler des feuilles de bouleau. Non, c'étaient les morceaux d'un uniforme découpé par la mitraille, l'uniforme d'un jeune lieutenant qui, à cent pas devant elle, s'était effondré en lançant vers le ciel d'épaisses arabesques rouges, c'était son sang, et sa tête détachée du tronc roulait sur les pavés de la perspective Makimov.

Un mercredi de novembre, le croiseur cuirassé français *Waldeck-Rousseau* se présenta en avant lente pour une prise de coffre. Avant même la fin de sa manœuvre, son commandant, le capitaine de vaisseau Chopard, avait fait pointer sur Sébastopol plusieurs de ses pièces de 194 mm, prêtes à ouvrir le feu en cas d'attaque de l'Armée rouge. La foule massée sur les quais avait longuement ovationné le navire. Pour les Sébastopolitains comme pour les réfugiés, ce bâtiment à six cheminées semblait plus rassurant à lui tout seul que les troupes du général Koutepov chargées de défendre le secteur compris entre la mer et la ligne du chemin de fer – il est vrai que la population avait sous les yeux, presque à pouvoir le toucher, l'impressionnant navire français, alors qu'elle devait faire un effort pour se figurer les survivants de l'Armée blanche qui venaient d'essuyer défaite sur défaite, et qui, harassés, frigorifiés, répartis sur un front bien trop étiré pour ce qui restait des effectifs, n'en prétendaient pas moins tenir tête aux Rouges de Mikhaïl Frounze.

Le contrôle des affectations avait lieu sur les quais mêmes, en présence des autorités consulaires quand il y en avait, et à proximité des chaloupes qui devaient emmener chaque réfugié jusqu'au navire qu'on lui avait assigné.

« Sur quel bateau m'as-tu dit que nous étions ? demanda Yelena.

– Tu as déjà oublié ? On nous avait d'abord mises sur le *Jarky*[1].

1. Son nom peut se traduire par *L'Imprévisible*.

– Qu'est-ce donc que le *Jarky* ?

– Un torpilleur.

– Il était trop petit ?

– Si tu vas par là, fit Sofia, ils sont tous trop petits. »

Elle considéra un instant la foule qui se bousculait sur l'appontement. On avait du mal à imaginer qu'autant de gens allaient tenir dans l'espace restreint qu'offraient ces navires dont quelques-uns seulement étaient prévus pour accueillir une poignée de passagers.

« J'ai obtenu qu'on nous embarque sur un des plus gros de l'escadre, presque un monstre : le *Georguii Pobedonossets*. C'est lui là-bas. »

Elle tendait l'index en direction d'une silhouette tourmentée qui se détachant en noir contre le bleu sombre de la nuit évoquait l'un de ces contreforts de Transylvanie où dorment les enfants de Vlad III Tepes, prince de Valachie et ancêtre des non-morts.

« À le voir, c'est l'un des plus vilains bateaux de l'escadre. Et l'un des plus vieux. Mais il a été puissant. Redoutable. Et puis, d'ici à Constantinople, il n'y a qu'un saut de puce.

– Parce que Constantinople, c'est notre destination ?

– La toute première. Après, je ne sais pas. Je crois que personne ne sait. »

13

Bizerte (Tunisie)
Janvier 1921

Tarik n'avait que peu de chances, il en était conscient, de jamais revoir la jeune femme entraperçue sur le pont du cuirassé russe : la toilette blanche dont elle était vêtue impliquait qu'elle ne dormait sûrement pas à même le pont, et moins encore dans le labyrinthe des coursives et des tourelles qui suintaient la graisse et la rouille.

Certainement, elle était une personne d'importance, une femme nantie qu'un homme comme lui ne pourrait jamais approcher d'assez près pour respirer son parfum. Ce qui valait mieux pour lui comme pour elle, car il lui revenait en mémoire la colère du Prophète à propos des femmes qui s'enduisent d'onguents pour sortir de chez elles et parader auprès des hommes en les frôlant d'assez près pour les étourdir de leurs senteurs – « Fornicatrices ! » avait tonné Mohammed.

Mais la femme du bateau ne pouvait pas être accusée d'impureté : elle sur le pont, le docker dans l'eau, ils étaient bien trop éloignés l'un de l'autre pour que Tarik pût respirer son parfum, à supposer d'ailleurs qu'elle en eût un, car si la traversée avait été aussi mouvementée que l'état des navires le laissait supposer, elle avait dû se contenter d'essayer de rester propre, de laver son corps marbré de sanies, de vomissures – et pas forcément les siennes.

De toute façon, où aurait-elle trouvé du parfum à bord d'un bateau de guerre malmené par une mer furibonde ?

Nulle part, voyons, lui chuchotait la voix de la raison, ces bateaux-là sont des bateaux d'hommes.

Mais une autre voix lui susurrait : souviens-toi pourtant, souviens-toi, Tarik, de ce jour brûlant, tout proche encore, où tu remontais des soutes du *Varthema*, petit paquebot italien baptisé en hommage à l'écrivain voyageur Ludovico di Varthema, explorateur du Yémen et de la Somalie, de Sumatra et des Moluques, et surtout premier Occidental à visiter La Mecque.

Après avoir navigué trente-deux ans sur une ligne d'Extrême-Orient, le *Varthema* se rendait à Malte pour s'y faire dépecer. Il venait d'effectuer son dernier charbonnage ici, à Bizerte. Tarik cherchait un quelconque point d'eau pour ôter le plus gros du mélange de houille et de sueur qui empoissait sa figure, des larmes noires coulaient sur ses joues tellement ça le brûlait, il en avait dans les yeux, dans le tréfonds de son nez, dans ses sinus et dans sa gorge, ça l'étouffait, il raclait, il graillait, il toussait, il n'arrêtait pas de cracher noir, alors il avait enfilé la première coursive venue et il était tombé sur une cabine plus vaste que les autres, c'était le salon de beauté du navire, il y était entré malgré l'inscription *Riservato per le donne*, de toute façon il n'y avait plus de dames à bord du *Varthema*, et là, malgré la bouillasse de charbon et de larmes qui brouillait sa vue, il avait deviné la coquille blanche d'un lavabo surmonté de deux robinets prétentieux qui se donnaient des allures de cygnes, l'un était à sec mais l'autre avait consenti à crachoter un filet d'eau sous lequel Tarik était resté longtemps à baigner son visage, à rincer sa bouche, mais c'était une eau croupissante, nauséabonde, alors il avait avisé une espèce de petite armoire à pharmacie au-dessus du lavabo, il l'avait ouverte, elle était vide à l'exception de quelques carrés d'une vieille tablette de chocolat *La Coloniale* et, gisant sur sa tranche, d'un flacon de *Violette Brise Embaumée* d'Édouard Pinaud, maître parfumeur à Paris. En dépit du bouchon l'essentiel du parfum avait dû couler quand le flacon s'était renversé, il s'était en partie solidifié en une flaque ambrée, poisseuse, que Tarik avait caressée de la pulpe du doigt, et portée à son nez pour la respirer, ça sentait bon, ça sentait le sucré, le caramel de fleurs, le chapeau de paille abandonné au soleil et encore imprégné d'une odeur de cheveux noirs, charnus, jeunes, sains et lourds, et bien sûr ça sentait par-dessus tout la violette, la note poudrée et boisée de la violette, alors il avait gratté ce sirop figé, l'avait raclé avec ses ongles jusqu'à en faire une boulette, genre boulette d'opium, oui tout à fait ça, il l'avait mise dans la bouche (l'alcool s'étant évaporé depuis longtemps, il ne risquait pas de transgresser la loi coranique), il avait tout bien humecté, longuement, et l'ayant dilué avec sa salive il en avait fait quelque chose de très petit mais d'onctueux, une sorte de baume qu'il avait reversé dans le flacon *Violette Brise Embaumée.* Le soir même, il l'offrait à sa mère.

Zennuba avait pris un air effarouché, c'était la première fois qu'un homme lui offrait du parfum. Et ça l'avait troublée, même si cet homme n'était que son fils et le parfum plus rien qu'une sorte de déchet. Pour un peu, elle aurait consulté l'imam – savoir si c'était halal ou quoi, ce sent-bon poisseux, cette pommade odorante, ce reliquat de bouquet de Paris délayé dans un peu de salive. Mais elle avait renoncé à l'imam, car elle était ravie, trop ravie, et prête à prendre tous les risques pour garder le flacon au fond duquel stagnait moins d'un centilitre de fragrance, et surtout le souvenir du regard radieux de Tarik si fier de lui faire ce cadeau.

Tarik était comme les chats qui, pour témoigner à Zennuba qu'ils l'aimaient, déposaient sur son oreiller des oiseaux morts, des souris éventrées, des sauterelles mâchouillées.

Quelques jours plus tard, ç'avait été le tour d'un fauteuil de barbier. Pour sûr que c'était une idée saugrenue d'offrir à sa mère un fauteuil de barbier. Si Tarik lui avait demandé son avis (si *n'importe qui* lui avait demandé son avis), jamais Zennuba n'aurait consenti à recevoir en cadeau un objet aussi inutile pour une femme comme elle, toujours trop occupée pour s'asseoir, ou alors sur ses talons, et pour pas longtemps, et une femme qui de toute façon n'avait nul besoin des services d'un barbier : pour une Maghrébine, elle avait une pilosité peu développée, pas de duvet, le cou lisse, les bras et les jambes très peu poilus.

Mais dans le salon de beauté du *Varthema*, la vue du fauteuil qui, tel un voyageur pansu, semblait se prélasser dans une flaque de soleil, avait été pour Tarik comme une illumination.

Peut-être parce que ce siège concentrait en lui des idées d'indolence, de repos, d'oisiveté, toutes pensées qui, sans doute, n'avaient jamais effleuré

Zennuba, Tarik avait eu soudain la vision rayonnante de sa mère s'y affalant telle une vieille reine fourbue à l'heure mauve où les milliers d'étourneaux en quête de perchoirs pour la nuit forment au-dessus des roselières du lac Ichkeul ces ondulations qu'on appelle des murmures.

C'était un fauteuil de la marque Koken, ils comptent pour beaucoup dans l'attrait qu'exercent les barbiers sur des hommes habitués à poser leurs fesses sur la terre nue ou sur une caisse retournée – quand ils sont enfin autorisés à s'asseoir.

Parti de Yokohama, le *Varthema* avait abandonné à Incheon la vaisselle et le mobilier de ses deux salles à manger, puis il avait profité d'une halte à Hong Kong pour se délester de la literie de ses cabines, avant d'éparpiller le reste de son mobilier au hasard de ses dernières escales. Sauf le fauteuil jugé trop lourd pour être débarqué à dos d'homme, et pour lequel l'armateur refusait de payer un grutage. Le Koken était donc resté à bord, scellé par ses huit boulons, jusqu'à ce que le *Varthema* s'arrête à Bizerte pour son ultime charbonnage. Flairant la bonne affaire (en plus de ses accoudoirs en chêne rouge avec parements de porcelaine blanche, son assise en cuir pourpre et son repose-pied articulé en bronze doré, le Koken était équipé de son repose-tête d'origine intégrant un distributeur de papier, la pompe hydraulique permettant de positionner le client à portée du rasoir fonctionnait comme au premier jour et le dossier capitonné en soie cerise n'avait subi aucun accroc), Tarik avait obtenu de s'approprier le fauteuil à condition que son débarquement ne coûte rien à l'armateur – ce qui revenait à devoir le sortir du navire à la seule force de ses muscles.

L'objet pesait lourd, ça se voyait au premier coup d'œil. Le bouchkara avait évalué son poids à celui de deux hommes au moins, des deux-cents-kilos-et-plus, des lutteurs bien nourris et dans la force de l'âge.

Le plus difficile serait moins de le porter à terre que de dévisser les énormes boulons qui, dissimulés sous son socle, l'arrimaient au plancher du salon de beauté : sous l'effet de l'humidité saline, les filetages avaient rouillé au point qu'aucune clé ne semblait pouvoir les desserrer.

Alors Tarik s'était emparé d'une masse de dix kilos et s'était mis à les marteler violemment dans l'espoir de leur donner du jeu. Chaque boulon qu'il frappait de toutes ses forces émettait une note profonde, sépulcrale comme un tocsin, qui n'en finissait pas de se répercuter à travers les coursives et les salons du paquebot, jusqu'au moment où un officier à trois galons d'or avait surgi :

« Arrête ça, espèce de saligaud ! Arrête tout de suite ! Ce navire appartient désormais au démolisseur qui l'attend à Malte, alors tu poses cette masse et tu débarques fissa. On va bientôt appareiller. Tu ne veux pas venir avec nous, n'est-ce pas ? Qu'est-ce que tu foutrais à La Valette sans papiers ? Car je parie que tu n'as pas de pièce d'identité… »

Non, le Berbère n'avait pas de papiers. Mais il voulait le fauteuil. Ce Koken était le plus bel objet que ses yeux eussent jamais contemplé. Il l'avait tout de suite imaginé trônant dans le patio de leur maison, peut-être même devant la porte, au vu et au su de tout le quartier du Vieux Port, il s'était figuré sa mère assise dessus, les avant-bras posés sur les accoudoirs de porcelaine, l'or du repose-pied étincelant au soleil et ses reflets dansant sur les rides de son visage.

« J'ai l'accord de ton capitaine, dit Tarik. Tu n'as qu'à lui demander. Ce fauteuil, il me le donne en prime pour avoir débarqué les carcasses de moutons qui finissaient de pourrir dans le parc à viande. Personne ne voulait le faire. Pas parce que c'était lourd, mais à cause de l'odeur, cette puanteur de mort, tu ne peux pas la chasser, une fois entrée dans ton nez elle y reste, elle s'y cramponne comme la buse après le mulot qu'elle a pris dans ses serres. »

En se redressant pour parler – aucune menace dans cette attitude : il cherchait simplement une position qui lui permît de plonger son regard dans celui du galonné –, Tarik avait déplié sa silhouette longue et souple qui était aux corps des autres dockers ce qu'un navire de guerre aux lignes fluides et acérées était aux cargos bedonnants. Du coup, l'officier italien n'avait pas insisté. Après tout, ce paquebot condamné n'était rien pour lui. Il n'en était plus responsable, s'il plaisait à ce type de le saccager, eh bien ! qu'il le saccage – *suis-je le gardien de mon frère ?* dit Caïn à l'Éternel.

Les capitaines qui s'étaient succédé sur la passerelle du *Varthema* s'accordaient tous pour dire que le petit paquebot était ce qu'on pouvait rencontrer de plus mal disposé, de plus obtus, voire de plus hostile dans le règne des choses inanimées.

Ça avait toujours existé, les navires caractériels, les cabochards qui prenaient tout leur temps avant d'obéir aux injonctions du barreur ou aux sonneries du chadburn. Le nombre de galons dorés qu'arborait leur capitaine n'y changeait rien. Une année, les dockers et les lamaneurs du port de Bizerte avaient organisé en interne un concours destiné à trouver un surnom pour un pinardier sicilien qui refusait systématiquement de virer sur bâbord, ou qui du moins répondait avec un retard tel qu'il lui était arrivé plusieurs fois de percuter un appontement, voire un autre bateau. Le premier prix, négocié de haute lutte par Tarik lui-même, devait être un baiser à la française que la serveuse Farouja s'était engagée à consentir au gagnant. Le jury avait finalement déclaré vainqueurs ex-aequo quatre des surnoms soumis à son appréciation, à savoir : *testardo* (têtu), *cocciuto* (têtu, buté), *testa vuota* (tête sans cervelle) et *faccia di cavolo* (tête de chou). Les quatre propositions ayant recueilli le même nombre de suffrages, les organisateurs du concours avaient décidé de se contenter de proclamer solennellement les noms des gagnants, Farouja ayant refusé de glisser sa petite langue dans quatre bouches différentes.

Connaissant la réputation du *Varthema*, Tarik n'était donc pas trop surpris en constatant que des déformations du filetage bloquaient les écrous, empêchant de les déloger.

Réglant au minimum la flamme d'un chalumeau, il avait entrepris de chauffer le socle du fauteuil tout en faisant fondre la cire d'une bougie sur les pièces récalcitrantes de façon à les lubrifier en même temps que la chaleur, ce qui, du moins l'espérait-il, rendrait le métal un peu plus malléable. Puis il s'était remis à marteler les boulons comme un fou pour les faire jouer dans leur logement. Mais la force avec laquelle il abattait sa masse avait aussi pour effet de gauchir davantage les pas de vis ; ce qu'il gagnait d'un côté, il le reperdait de l'autre.

Par les hublots du salon de beauté, il pouvait voir le soleil accentuer sa descente vers la ligne d'horizon tandis que l'ombre du *Varthema* s'étirait sur le quai – le proverbe berbère selon lequel les pieds de l'homme s'allongent quand il meurt s'applique peut-être aussi aux bateaux, songea Tarik en torchant d'un revers du poignet la sueur qui inondait son visage –, la projection de sa silhouette devenant à chaque instant plus effilée, plus svelte, comme pour donner des remords à l'équipage qui s'apprêtait à le conduire à sa destruction.

Une légère pulsation faisait maintenant s'entrechoquer les flacons qui, au temps de la splendeur du paquebot, renfermaient les lotions miraculeuses et les parfums réservés aux passagères de première classe, et dont les fonds poisseux diffusaient encore, par petites bouffées, des effluves sirupeux qui sentaient le coing trop mûr, le caramel trop brun.

En s'approchant sur tribord, un des remorqueurs prévus pour écarter le paquebot du quai et le conduire jusqu'au musoir de la jetée, s'était annoncé d'un bref coup de sirène. Tarik devait désormais mettre les bouchées doubles. Avec la rage du prisonnier qui n'a pas fini de scier ses barreaux et qui entend déjà dans la coursive résonner le pas du gardien, il laissa tomber sa masse et se rabattit sur une lime demi-ronde avec laquelle il attaqua furieusement les filetages, ne s'interrompant que pour mâchonner et humecter de salive des morceaux de mie de pain qu'il s'enfonçait dans les oreilles dans l'espoir d'atténuer le crissement suraigu, insupportable, que produisait son outil en mordant le métal.

Il lui faudrait jusqu'à la nuit tombée pour achever de décapiter les boulons...

Entretemps, le premier remorqueur avait été rejoint par deux autres qui pressaient leurs museaux noirs, l'un à la proue, l'autre à la poupe du *Varthema*, prêts à le déhaler. Les trois bateaux de servitude vomissaient une épaisse fumée noire où s'allumaient des escarbilles.

Aplati comme un chat qui rampe, Tarik s'était glissé sous le fauteuil où, une fois en place, il arqua sa colonne vertébrale jusqu'à sentir les rouages et la tringlerie du Koken mordre ses épaules et sa nuque. Puis, s'obligeant à respirer par bouffées courtes et régulières pour ne pas mettre en péril la stabilité du fauteuil, il se releva ; mais son geste fut encore trop brusque, et il ne put empêcher le siège articulé de glisser en faisant porter son poids sur l'avant, obligeant le docker à se prosterner front contre terre comme s'il priait.

Bandant ses muscles, Tarik réussit à se redresser, mais il dut garder les genoux légèrement fléchis. Le nouveau centre de gravité adopté par le Koken l'obligeait à marcher beaucoup plus vite qu'il n'aurait voulu. Et c'est presque en courant qu'il sortit de la coursive pour surgir sur le pont du paquebot.

Depuis les grues où ils s'étaient perchés, des dockers poussèrent des cris d'encouragement pour saluer l'apparition de leur camarade dans le cercle de lumière des projecteurs que les trois remorqueurs concentraient sur le *Varthema*.

Bien sûr, il y eut quelques rires, car, sous l'impressionnant fauteuil rouge et or qui ballottait sur son dos, l'écrasant douloureusement et l'obligeant à une démarche chaloupée, le Berbère évoquait de façon saisissante une selle d'apparat avec un pommeau en forme de croix du Sud orné de fils pourpres, et un haut troussequin drapé d'une cape brodée destinée à retomber sur sa croupe et ses flancs. Pressé sous le poids du fauteuil, Tarik avait d'ailleurs tout d'un chameau qui, brutalement arraché à son apathie et à sa rumination par le claquement du fouet, reprenait sa marche en chancelant. Sauf que, même s'il avait l'air assoupi derrière ses yeux clos, la vue du chameau n'était pas altérée : ses paupières se rejoignaient pour faire barrière aux sables portés par le vent, mais elles laissaient passer les images du monde qu'il traversait de son pas que l'amble faisait paraître lent et pataud alors que son allure était en réalité plus rapide que le trot. Tarik, lui, ne bénéficiait que d'une vision latérale en grande partie amputée par l'emprise du mécanisme dont un suintement huileux empoissait les cils de son œil gauche qu'il avait de plus en plus de difficultés à maintenir ouvert.

Alors qu'il tâtonnait prudemment de la pointe du pied pour évaluer l'espace entre le bout de la passerelle et le quai, il sentit deux petites mains aux doigts osseux enserrer une de ses chevilles, la soulever et la diriger avec autorité vers la terre ferme. Le docker reconnut Ramzi à son odeur de feu de bois et de fruits mûrs. Un frôlement sur la tête chauve du garçon lui confirma qu'il s'agissait bien du fils Mahjoubi, dont le père tenait une droguerie rue d'Algérie, près de la poste – entre autres particularités, comme d'être nyctalope et de posséder un sens de l'orientation exceptionnel, l'enfant était né sans aucun attribut pileux.

Après s'être aperçu que la plupart des gens prenaient une forme de plaisir sensuel à caresser son crâne glabre auquel le soleil et la crasse avaient donné cette teinte kaki beige dont les soldats français, en escale à Bizerte avant d'aller se faire tuer aux Dardanelles, barbouillaient leurs casques trop neufs pour en camoufler le bleu d'origine, Ramzi s'était institué guide de jour pour aveugles et pour éclopés, et guide de nuit pour marins ivres égarés dans les ténèbres du port.

Il facturait deux fois plus cher ses escortes nocturnes à cause du risque qu'il prenait de se faire vomir dessus par un client – Ramzi était ce genre de garçon qui pensait à tout.

Il suffisait d'énoncer une destination, puis de poser une main ouverte sur la tête de l'enfant, et celui-ci vous conduisait à destination sans coup férir. Il marchait en silence, appliquant d'instinct à son pilotage les codes propres aux chiens guides : il ralentissait pour prévenir d'un changement de direction, de la présence d'un obstacle, d'une modification de la nature du sol, ou, dans un geste d'escamoteur, il faisait passer rapidement son client derrière lui pour indiquer qu'on abordait un passage qui présentait une difficulté inattendue.

« Et tu vas où comme ça ? demanda le garçon.

– Chez moi, passage Es-Sour, c'est au-dessus du Vieux Port, dit Tarik.

– Oh, je sais où c'est, fit Ramzi qui connaissait le moindre trou de souris bizertin. Mais t'es pas près d'y arriver, ajouta-t-il en considérant avec circonspection l'étrange équipage que constituaient le docker et son fauteuil imbriqués l'un dans l'autre et ressemblant à une tortue cabossée dessinée par un petit enfant maladroit.

– Le problème, confirma Tarik, c'est que je ne vois pas où je mets les pieds.

– Je peux te conduire, si tu veux.

– Ça dépend combien tu demandes. »

Et le Berbère se tut pour laisser Ramzi apprécier mentalement la distance, les difficultés du trajet, et faire son prix en conséquence. L'enfant chauve se tordit les lèvres (elles ressemblaient à deux morceaux de caoutchouc violâtre, ou à une quetsche partagée en deux) avant d'énoncer son verdict :

« File-moi des Murad et ça ira. »

Faites de tabac turc, mais parfumées et roulées à la main aux États-Unis avant d'être réexpédiées au Moyen-Orient pour y être conditionnées, ces cigarettes tenaient leur nom du sultan Murad IV qui, ayant prohibé café et tabac pour respecter la règle islamique interdisant de consommer des excitants, parcourait Constantinople la nuit en compagnie d'un bourreau chargé de décapiter séance tenante toute personne surprise à enfreindre la loi. On disait que plus de dix mille têtes avaient ainsi roulé dans la sciure des cafés des bords du Bosphore. *Nec plus ultra* des monnaies d'échange, les Murad tenaient aussi le haut du pavé en matière de goût, avec leur saveur miellée, leur arôme où dominaient les senteurs des roses de Provins et du cuir du Levant tanné avec le myrte et le lentisque.

Tarik n'avait jamais eu de quoi s'offrir ce luxe inouï, il devait se contenter du tabac de l'armée française qu'il achetait au marché noir, le Scaferlati prix réduit, une mouture rustique dont les grosses nervures des feuilles n'avaient pas été retirées, ce qui provoquait des « bûches » qui crevaient le papier et altéraient la combustion. Quand il était en manque de Scaferlati, le Berbère se rabattait sur des feuilles de cotonnier, ou sur celles de l'avocatier qui avaient une saveur anisée.

En se contorsionnant à travers la mécanique du fauteuil, Tarik exhiba trois ou quatre petits cylindres marbrés de taches brunes dues aux gouttes de sueur qui, en tombant de son torse, avaient fait déteindre le tabac.

« Désolé, mon gars, c'est tout ce que j'ai. »

Ramzi grimaça : il s'estimait floué. Puis les traits de son visage se plissèrent autrement pour laisser apparaître une nouvelle grimace : celle-ci était un sourire, signe qu'il acceptait néanmoins les conditions du marché. Tarik posa sa main droite sur le crâne de l'enfant, et l'attelage composé d'un grand Berbère, d'un petit garçon chauve et d'un fauteuil de barbier se mit en mouvement.

Il était près de minuit quand le docker et son guide, l'un et l'autre au comble de l'essoufflement, Tarik parce qu'il n'en pouvait plus du poids du fauteuil sur son dos, Ramzi pour avoir trop tiré sur les Scaferlati militaires qu'il allumait bout à bout, atteignirent, au terme d'un chemin bordé d'arganiers aux troncs courts et tortueux, le terrain vague et poussiéreux que les Mokhtari appelaient pompeusement leur patio.

La famille de Tarik habitait une maison qui, contrairement aux autres constructions du quartier arabe, n'était accolée à aucune des bâtisses agrippées à la pente. C'était un simple cube à deux étages, fait de pierres et de boue séchée, recouvert d'un badigeon blanc à l'exception du dernier palier peinturluré de bleu. Une frise de tuiles creuses courait tout autour du toit-terrasse sur lequel dormaient trois grands chats. Ils s'étaient étalés, langoureux, de telle façon que chaque parcelle de leur corps captât un peu de la tiédeur résiduelle du revêtement.

Tandis que Ramzi rassemblait des pierres pour caler le Koken, Tarik, toujours incrusté sous le fauteuil, déambulait en quête de la meilleure place où le disposer. Il fallait en effet que, de là où elle serait assise, Zennuba pût jouir d'un point de vue attrayant sur les toits de Bizerte, et au-delà sur la mer, et qu'en même temps elle offrît d'elle-même une image de dignité, disons même de majesté, aux yeux des Bizertins qui, remontant du Vieux Port ou y descendant, apercevraient inévitablement sa maison ; sans oublier, et c'était même par là qu'il fallait commencer, l'orientation du fauteuil par rapport au soleil, dont Tarik rêvait que les rayons vinssent dorer le visage de sa mère, mais sans l'éblouir.

Ramzi dit que la lumière du couchant, qui évoquait le plus brûlant des brasiers tout en répandant un rayonnement d'une douceur exquise (là-bas, quand cette lueur apparaissait à l'horizon, les ânes les plus humbles, c'est-à-dire presque tous les ânes de Bizerte, levaient la tête de dessus leur pâtis d'herbe maigre et regardaient la lumière en face, sans ciller), était ce qui convenait le mieux au projet de Tarik.

Mais après s'être arc-bouté, rapetissé, plié et replié, douloureusement cassé en deux pour s'extraire de sa carapace de cuir et de métal, le jeune bouchkara tourna résolument le dos à l'ouest et planta le Koken face à l'est, de façon à ce qu'il s'illuminât dès que s'épanouiraient dans le ciel du Levant – puis, comme en écho, sur la mer – les premières lueurs de l'aube.

Ramzi, vexé du peu de cas qu'on faisait de son point de vue, se dressa sur ses pieds nus et très sales comme un coq sur ses ergots :

« Quoi ? Tu demandes un conseil, et tu fais exactement le contraire ! C'est très imprudent, mon ami : il s'agit de ta mère... Si tu n'as pas confiance en moi, tu devrais au moins prendre l'avis des augures, des sorciers, des magiciens. Écoute, je connais un devin, il est crédible, tout à fait crédible, il m'a prédit des choses inouïes ; c'est vrai qu'elles ne sont pas arrivées, mais il s'en est fallu de très peu. Et en plus, il n'est pas cher, pas cher du tout, donne-moi donc deux Scaferlati et je te conduirai chez lui.

– C'est bon, Ramzi, je n'ai plus besoin de toi. »

Léchant les blessures superficielles mais nombreuses qu'il s'était infligées aux bras en portant le Koken, Tarik regarda vers la maison familiale. Un relent de cuisine rissolée flottait encore au-dessus de la cour. Zennuba n'avait pas son pareil pour préparer le kefteji, dorer la brik, farcir le fricassé, raidir les merguez.

Personne au monde, il en avait la certitude, ne pouvait éprouver pour une mère autant d'amour qu'il en portait à la sienne ; et personne, en tout cas, n'en avait jamais fait la démonstration grâce à un fauteuil de barbier.

14

Le lendemain matin, environ une heure avant l'aube, Tarik se glissa dans la chambre que Zennuba partageait avec Chadia. Il se pencha sur sa mère.

« Ouvre-les yeux, *yemma*[1], lève-toi, viens, j'ai quelque chose à te montrer, viens donc, tu ne le regretteras pas. »

Réveillée en sursaut, elle se dressa comme si un gecko s'était introduit dans son lit et lui chatouillait la plante des pieds – sans qu'aucune explication rationnelle eût jamais été trouvée, les lézards semblaient rechercher la présence de Zennuba : il suffisait qu'elle s'installe dans une pièce pour qu'apparaissent des processions de tarentes au plafond ou sur le haut des murs.

Elle se redressa à moitié, écarquilla les yeux :

1. Maman, mère, en tamazight.

« Quelque chose est arrivé ?

– Oui, *yemma*, oui, c'est bien le cas de le dire : *une chose* est arrivée.

– Mais quelle chose ? Je ne comprends rien à ce que tu racontes. Toute chose a un nom. Voyons, qu'est-ce que tu essaies de me dire ? »

Zennuba lui passa la main dans les cheveux comme si le fait d'assagir les boucles rebelles de son fils pouvait aussi mettre de l'ordre dans ses pensées.

Tarik profita de son geste pour lui saisir le poignet, la tirer hors du lit et l'entraîner jusqu'à la fenêtre. Il repoussa le volet bleu et, du menton, désigna la cour au milieu de laquelle les chats, aplatis dans un mélange de poussière et de sable, observaient le Koken comme une divinité descendue du ciel.

Mais parce qu'elle était tout engourdie par le sommeil, ou que la nuit était encore trop présente pour lui permettre de détacher la silhouette du fauteuil de l'obscurité générale, Zennuba ne remarqua pas tout de suite sa présence. Puis, quand elle le découvrit enfin, sans toutefois comprendre de quel objet il s'agissait, ce fut pour pester contre les sans-gêne qui, une fois de plus, confondaient sa cour avec un dépotoir.

« Ton pauvre père, qu'Allah lui fasse miséricorde, m'avait promis de conduire toutes ces ordures à la mer, mais les petites olives noires sont venues contrarier ses projets. N'iras-tu pas jeter tout ça maintenant qu'il n'est plus là ? Si nous laissons ces détritus s'accumuler, le jour viendra où nous ne pourrons plus profiter de notre patio, or c'est un privilège, mon fils, d'avoir un patio rien qu'à soi quand on habite une de ces maisons qui s'emmêlent et se grimpent sur le dos les unes les autres comme ces punaises rouges que ta sœur appelle des gendarmes. Ce patio, il est possible que nous en ayons bientôt besoin pour… oh, je ne le souhaite pas, naturellement, il est trop tôt pour ça, bien trop tôt, mais depuis que cet homme est venu…

– Quel homme, *yemma* ? » l'interrompit Tarik.

Comme elle ne répondait pas tout de suite et qu'il n'avait aucune envie de la laisser se lancer dans un de ces soliloques surréalistes dont elle était coutumière quand on la réveillait un peu brusquement (elle mêlait des lambeaux de rêves à la réalité), Tarik lui caressa la joue :

« D'accord, je te promets de tout débarrasser dès que j'aurai un moment. En attendant, viens avec moi, descendons, tu dois voir cette chose dans la cour, surtout quand le jour va se lever. »

Elle suivit son fils en rechignant. Quand le jour va se lever – c'est bien ce qu'il a dit ? Et puis quoi encore, ô mon fils, mon Tarik ? Depuis celui où ton père a quitté ce monde, qu'ai-je à attendre d'un jour nouveau ? La solitude, le chagrin, le silence…

Et maintenant que les quatre mois et dix jours de sa période de deuil étaient écoulés, à présent qu'elle avait recouvré le droit de sortir de la maison où elle habitait au moment de la mort d'Abdul-Salam – qu'Allah lui accorde sa clémence et sa miséricorde – et de se vêtir d'étoffes chamarrées, qu'est-ce qui avait vraiment changé ? Croit-on qu'elle jubilait parce qu'elle pouvait de nouveau orner ses bras et ses chevilles de bracelets d'argent ? Elle avait maigri, son teint s'était assombri, ses veines étaient devenues saillantes, ses yeux étaient tournés vers le sol, elle se plaignait d'avoir froid, son haleine était amère.

Tarik la tenait par la main, la guidant de façon à protéger ses talons et ses chevilles (dans sa hâte à entraîner sa mère dans le patio, il lui avait juste laissé le temps de glisser ses pieds nus dans des babouches largement ouvertes) contre l'agression des touffes de chardons et les piqûres d'orties.

En approchant de l'espèce de bosse terreuse haute d'un mètre cinquante sur laquelle il avait déposé le fauteuil de barbier, Tarik contourna sa mère de façon à lui masquer la vue du Koken qui, dans la demi-clarté précédant l'aube, ne présentait encore qu'une silhouette indécise évoquant plus ou moins un animal accroupi. Il voulait que la surprise fût totale, et surtout qu'elle coïncidât avec l'apparition du soleil en majesté.

Attentif à lui éviter de trébucher, il prit Zennuba par le bras, comme une épouse, lui répétant doucement :

« Tiens-toi à moi, *yemma*, ce n'est pas le moment de tomber... »

Elle se secoua, agacée par les précautions dont il l'entourait. Elle connaissait son patio mieux que lui, et elle avait le pied aussi sûr qu'une chèvre de montagne – quand elle était jeune, elle escaladait le Djebel Zaghouan et suivait les sentiers périlleux tout autour des ruines du temple des Eaux, alors elle n'aimait pas cette façon qu'avait son fils, à présent, de la traiter comme une femme fragile.

« Et pourquoi je tomberais, dis-moi ? Ce n'est pas parce que je suis veuve que je suis vieille.

– Bien sûr que non, *yemma*, tu n'es pas vieille, tu es comme la naissance du jour. Et tiens, à propos de la naissance du jour, nous y voilà et...

– Pourquoi est-ce que tu parles compliqué, mon fils ? La naissance du jour, et quoi encore ? Tu ne peux pas dire "à l'heure de *sobh*[1]", comme tout le monde ?

– *Yemma*, répondit-il simplement en désignant le Koken qui commençait à se détacher de la clarté

1. En Islam, *sobh* est la première prière de la journée. Récitée à l'aube, elle se termine juste avant le lever du soleil.

blanchâtre (ce n'était pas le moment de discuter, il le sentait, il ne devait pas contrarier sa mère s'il voulait éviter qu'elle offre au soleil qui allait surgir ce visage ridé, crispé, qui la faisait vaguement ressembler à une guenon), assieds-toi s'il te plaît. »

De minuscules gouttes de rosée s'étaient déposées sur le siège. Zennuba fit la grimace. Contrairement à la plupart des femmes qui lui reconnaissaient une multitude de vertus et la recueillaient pour s'en humecter les traits, le contour des yeux surtout, Zennuba n'aimait pas la rosée : de quelle source mystérieuse venait-elle, cette fausse pluie qui ne tombait pas des nues mais semblait sourdre des ténèbres mêmes de la nuit ?

Tarik essuya très minutieusement la galette de cuir sous le regard soupçonneux de sa mère. Il n'avait pas de mouchoir, alors il se servit de sa chemise, les manches d'abord, la droite puis la gauche, puis vint le tour des pans, d'abord le droit puis le gauche (il faisait toujours les choses dans le sens de l'écriture arabe), et pour finir il s'accroupit et posa ses joues, successivement la droite puis la gauche, sur le cuir pour bien montrer qu'il ne subsistait plus la moindre trace d'humidité.

« Là, *yemma*, à présent tu peux t'asseoir, c'est aussi sec que le Sahara. »

Zennuba se posa avec majesté sur la galette de cuir pourpre, tandis que ses avant-bras trouvaient tout naturellement leur place sur les accoudoirs de porcelaine et que ses jambes, grâce à l'inclinaison parfaite du repose-pieds, adoptaient une position si agréablement détendue qu'elle ne put retenir un soupir d'aise.

Sa main s'égara sur le visage de Tarik, s'attarda un instant sur les lèvres de son fils, de l'index elle les écarta, tapota machinalement sur une incisive comme on frappe sur une touche de piano pour l'accorder.

« Mais dis-moi, mon garçon, qu'est-ce que c'est que ce fauteuil sur lequel tu me fais asseoir ? Parce que, vois-tu, il est…

– Ne parle pas, *yemma*, ne dis rien mais regarde, regarde devant toi. »

D'abord un peu terne, une clarté rabougrie s'étirait à l'horizon, lisse comme le premier trait de calame[1] à partir duquel va se développer et s'ourler toute une calligraphie généreuse et splendide.

Puis, pulsée par la mer dont elle venait de naître, la lumière s'éleva, se dilata un peu plus à chaque palpitation, s'étala sur le ciel, le remplit, puis du ciel elle ruissela, s'épanchant sur la terre, envahissante et blanche comme du lait renversé, inépuisable, comblant tout ce qui n'était pas elle.

1. Morceau de bambou, de jonc ou de roseau, taillé des deux côtés, qu'on tient comme un crayon, et qui, après avoir été trempé dans l'encre, permet d'écrire en marquant les pleins et les déliés sans blesser le papier.

C'était l'aube.

Peut-être ébloui par la soudaine réverbération de ce jeune soleil sur la mer, un vol de grands corbeaux obliqua brusquement à l'ouest, vers Djebilet El Rhara, en direction des cultures et des collines boisées du Djebel Nador. Malgré leurs cris rauques et le tambourinage de leurs ailes, le bouchkara ne leur accorda pas un regard : il n'avait d'yeux que pour sa mère, pour la lumière qui à présent saturait son visage – c'est moi qui ai fait ça, jubilait Tarik, c'est moi avec ce fauteuil et ce soleil, c'est moi qui glorifie ma mère, veloutant sa peau, colmatant ses rides, épanouissant ses lèvres que le chagrin de la mort de son mari avait comme retournées vers l'intérieur de sa bouche.

Tarik n'était pas dupe, c'était une illusion, pas un miracle : sitôt que le soleil se voilerait, les traits de Zennuba se friperaient, à nouveau se flétriraient.

Ça n'était pas la première fois que Zennuba se levait aux aurores, mais jusqu'alors c'était pour travailler à ceci ou à cela, jamais pour s'asseoir et contempler la naissance du jour.

« N'empêche que tu dois retrouver ceux qui ont laissé ça chez nous, dit-elle soudain en frappant son siège comme si elle donnait des claques au flanc d'un cheval. Les retrouver dès aujourd'hui. Et le leur rendre. »

Ce n'était pas qu'elle dédaignât le fauteuil de barbier, au contraire, elle ne s'était jamais sentie aussi bien qu'assise (et légèrement renversée en arrière, car Tarik avait discrètement manœuvré la manette qui commandait l'inclinaison du Koken), mais…

« … je ne veux pas de cette chose ici, on pourrait nous accuser de l'avoir volée. »

Le regard de Zennuba n'était plus qu'une entaille au fond de laquelle palpitaient ses yeux d'un gris noyé. Même si c'était un objet volé, comme elle était bien sur ce fauteuil ! Elle émit des petits bruits de gorge à la façon d'un chat sur le point de ronronner, et laissa se refermer la fente de ses yeux. Elle éprouvait sur son visage une sensation de chaleur comparable à la fièvre, mais une fièvre sans rapport avec la maladie, une fièvre de bien-être comme lorsqu'il faisait froid et humide et que son cher Abdul-Salam lui tendait un verre de thé brûlant d'où s'élevait une vapeur parfumée, prélude à l'instant délicieux où ses lèvres iraient à la rencontre de cette flambée, où sa langue goûterait tout à la fois l'amertume de l'infusion et la douceur presque excessive du sucre dont les courants liquoreux ondulaient dans la profondeur du thé. De même qu'il lui suffisait alors de se passer la langue sur les lèvres, de lécher cette chaleur, de la faire rouler dans sa bouche avant de la laisser glisser dans sa gorge, elle tourna à présent son visage vers le soleil pour en absorber le plus de lumière qu'elle pouvait.

« Car il faut tout de même que je te dise, murmura-t-elle enfin, les yeux clos. Hier, une automobile est montée jusqu'ici. Puissante. Et jaune.

– Une torpédo jaune ?

– Torpédo, j'en sais rien. Mais jaune, ça oui. Les autos, c'est toi qui t'y connais. Moi, celles que j'ai pu voir dans ma vie étaient noires. Toutes. Est-ce que c'étaient des torpédos ? Va savoir ! En tout cas, celle d'hier, celle dont je te parle, était jaune, un jaune lisse et brillant pareil à du jaune d'œuf. Bizarre, non ? Mais il y a plus bizarre encore : l'auto jaune d'œuf s'est arrêtée juste devant chez nous. L'homme qui tenait la roue…

– Le volant, *yemma*, le volant.

– Le volant, oui, si tu veux, ce type-là est descendu, j'étais dans notre patio, il m'a fait signe d'approcher, il n'avait pas coupé le moteur de son automobile, je crois qu'il ne voulait pas s'en éloigner, il craignait peut-être qu'elle s'en aille toute seule pendant qu'il lui tournait le dos, c'est ce qui arrive au jaune d'œuf quand tu l'as crevé, il s'échappe en glissant dans la poêle, il refuse de se laisser cuire à l'endroit où tu l'avais posé, et il…

– Cet homme, il t'a demandé quelque chose ?

– Oui, répondit-elle après une hésitation. Oui, mais de loin. Peut-être que j'ai mal compris. »

Il ne devait guère y avoir plus de trente mètres d'une extrémité à l'autre du patio, songea Tarik, alors il était difficile de croire que Zennuba n'avait pas entendu clairement ce que lui disait Agustin Ottomar – oui, Agustin Ottomar, parce qu'il n'y avait pas assez d'automobiles à Bizerte pour que le conducteur de la torpédo jaune pût être quelqu'un d'autre qu'Agustin Ottomar, citoyen d'Amérique, photographe de cartes postales inspiré par l'arrondi du sein gauche de Chadia (mais le droit l'eût fasciné tout autant, aucun doute là-dessus), fille amazighe de seize ans et sœur de Tarik, donc intouchable, non photographiable, et même non rêvable.

« Mais c'était quoi, *yemma* ? Qu'est-ce qu'il voulait ?

– Il a prononcé le nom de ta sœur.

– Il a dit... Chadia ?

– Il a dit Chadia. »

Ils se regardèrent en silence. Ce qui avait été dit était d'importance, et plus encore ce qui avait été tu.

Un nuage qu'ils n'avaient vu venir ni elle ni lui, dont ils n'avaient pas soupçonné la malignité, creva juste au-dessus du patio Mokhtari, à la verticale du fauteuil Koken. L'averse fut brève mais violente. Fins comme des aiguilles, les rayons du soleil pénétraient les gouttes d'eau, se réfléchissaient et se réfractaient à l'intérieur de chacune d'elles, dont ils ressortaient après avoir rendu perceptible le spectre de la lumière qui allait du rouge au violet, en passant par l'orange, le jaune, le vert, le bleu et l'indigo.

Loin d'abîmer la beauté du visage de Zennuba telle que les premières lueurs de l'aube venaient de la révéler, les hachures de la pluie l'enchâssèrent dans un cadre arc-en-ciel, les gouttes d'eau posèrent un diadème sur son front, éclaboussant la résille de sa chevelure d'un semis de brillants.

Tarik ne reconnaissait plus Zennuba. Qu'elle était belle, sa mère ! Transfigurée comme lorsqu'elle faisait le rossignol, au temps où elle était heureuse – alors, elle guettait les progrès de l'obscurité, puis, quand tout devenait sombre et nuiteux, elle se mettait à chanter, un chant sans paroles, juste sa langue qui s'ébrouait, une coulée de notes pénétrantes, profondes, qui ne signifiaient rien par elles-mêmes mais s'enchaînaient avec une harmonie si parfaite que, les soirs où une fraîcheur bienfaisante descendait sur la ville après la chaleur exténuante du jour, des voisins venaient discrètement s'asseoir sur le bas muret badigeonné de blanc qui longeait le chemin menant au patio des Mokhtari, juste pour écouter la voix de Zennuba monter dans la nuit et raconter l'existence, les joies et les peines d'une femme amazighe.

Et c'est toujours en chantant qu'elle préparait et servait le repas familial. L'air sentait le pain chaud, la friture, l'oignon et l'anis.

Puis Zennuba se mettait à son métier à tisser. C'était dans l'obscurité qu'elle traçait le mieux les ornementations symboliques, les triangles et les rosaces, les arêtes de poisson et les serpents, les étoiles, les roues solaires, les losanges, les chevrons, les pleins cintres, toute la géométrie berbère qui éloigne le mauvais œil et célèbre la fécondité – Zennuba en avait peut-être fini avec la fécondité, mais pas avec le mauvais œil qui ne s'éteint qu'avec la vie.

Et c'était dans le noir qu'elle mariait le plus harmonieusement les trois couleurs de ses tapis, le blanc qui rappelait la couleur du vêtement de la mariée, le rouge, couleur d'*aza*, la lettre Z en langue berbère, couleur de sang et de la fraternité invincible des Amazighs, de leur refus viscéral de l'humiliation et de l'échec, et enfin le jaune, chaleur du soleil, récolte et prospérité.

On n'avait pas besoin des Français pour être heureux, pas besoin non plus des Italiens, ni des Juifs, ni des Arabes. Mais ils étaient venus quand même, mêlant leur pollen au pollen amazigh, et force était de reconnaître que les deux pollens ensemble, ça avait donné quelques fleurs gorgées de sucs, de sacrées belles femmes ondoyantes, buveuses de soleil, si souples, si parfumées…

La lune montait dans le ciel, se glissait sous les nuages, et Zennuba chantait toujours, interrompue parfois par le cri lointain de Ghaleb, le reis qui appelait aux poissons. Malgré la distance qui les séparait, on aurait dit qu'ils se parlaient, ces deux-là, comme quelquefois des chats d'un toit à l'autre.

Quelle belle femme elle avait été ! Petite fille, déjà, allongée sur les genoux de son père comme pour recevoir une fessée, mais il ne s'agissait pas de la punir, bien au contraire, c'était pour la rendre plus belle encore qu'il lui immobilisait les bras entre ses cuisses, puis lui attrapait la tête (elle ne devinait pas que c'était pour son bien, elle comprenait seulement qu'elle allait souffrir et elle se secouait, non ! non !), il recouvrait son front, son menton, ses joues, ses tempes, son cou le long de la trachée, et enfin le dos de ses mains d'une épaisse couche de noir de fumée, et, à l'aide d'une épine de rose, il piquait la chair tendre de sa fillette, méthodiquement, profondément, de façon à faire pénétrer dans le derme la suie mêlée au sang qui affleurait à chaque piqûre. D'imposants losanges entrelacés de symboles obscurs bleuissaient le visage de la petite fille. Ah oui, elle avait eu mal, mal à se tordre en bavant sa douleur sur les genoux de son père. Quand elle cessait enfin de se démener en sanglotant, on lui tendait un miroir : « Et maintenant, regarde-toi… »

Belle, elle l'avait été, et l'était restée longtemps. Elle pouvait dire précisément jusqu'à quand

– c'est la disparition d'Abdul-Salam qui avait déclenché les prémices de l'âge. Presque du jour au lendemain, son corps s'était empâté, ses yeux s'étaient enfoncés jusqu'à étouffer dans sa chair, ses lèvres étaient devenues minces au point de n'être plus que deux traits si étroits qu'elles ne présentaient plus assez de surface pour être fardées de ce rouge envoûtant que les femmes berbères tirent des fleurs de coquelicot.

« De quelle espèce de jaune était la torpédo ? demanda Tarik.

– Comment ça, de quelle espèce ? Je t'ai dit qu'elle était jaune, et jaune c'est jaune, ce n'est pas comme le bleu, il existe des quantités de bleus, mais il n'y a qu'un seul jaune.

– Eh bien moi, objecta Tarik, je pense que le jaune du citron et le jaune de l'œuf ne sont pas exactement le même jaune – deux exemples que je te donne, *yemma*, mais je pourrais en trouver d'autres, pour dire qu'il existe en réalité une multitude de jaunes.

– Tu pinailles, mon fils, tu chipotes, j'oserai même dire que tu chicanes, s'agaça Zennuba, et je ne comprends pas pourquoi tu cherches querelle à ta mère alors que la matinée commençait si bien...

– Je te cherche querelle, moi ? Oh, pas du tout, *yemma*, pas le moins du monde ! Mais tu me parles d'une voiture qui serait montée jusqu'ici, et dont le chauffeur aurait prononcé le nom de

Chadia, ce qui me paraît deux fois très étrange, d'abord parce que la route qui passe devant la maison a été construite au rabais, que son revêtement s'est tout de suite fissuré et n'a jamais été réparé, d'où l'apparition de nombreux nids-de-poule au point que les automobiles, surtout les plus luxueuses, genre celle de cet Américain, évitent de s'y aventurer, seuls des charrettes, des ânes et des moutons continuent de l'emprunter, ensuite parce que je ne m'explique pas comment le chauffeur aurait pu connaître le prénom de ma sœur… »

Il eut soudain un doute : et si c'était lui qui le lui avait révélé par inadvertance, en remontant d'une cale, hébété, un peu groggy, les oreilles encore douloureuses du tonnerre des tôles ? Il suffisait que des caisses mal arrimées s'effondrent les unes sur les autres, libérant des centaines de bouteilles de vin qui s'entrechoquaient, éclataient, se pulvérisaient, et que le fracas associé aux vapeurs d'alcool l'étourdissent au point de lui faire perdre le contrôle de sa pensée.

« … et au fait, ajouta Tarik sans reprendre son souffle, qu'est-ce que cet homme lui voulait, à Chadia ?

– L'épouser, bien sûr », fit Zennuba avec une sorte de lassitude.

Ces quelques mots, elle les avait si souvent répétés dans sa tête en les accentuant différemment, en cherchant comment les prononcer avec la solennité voulue, oui, toute la solennité mais sans trop effaroucher son fils, elle s'était si bien entraînée que le son de sa propre voix énonçant une pareille énormité ne parvint même plus à l'étonner.

Ce ne fut pas le cas de Tarik, qui, de stupéfaction, en tomba assis sur le muret face auquel trônait sa mère toujours souveraine sur le siège Koken, son vieux visage triomphalement mis en valeur par les rayons du soleil levant. Comme mû par un ressort, le jeune bouchkara se releva aussi brusquement qu'il s'était laissé choir. Il massa son coccyx qui avait encaissé l'essentiel du choc. Une auréole de sang s'étalait déjà entre ses fesses.

« Après tout, reprit Zennuba d'un ton fataliste, fallait bien que ça arrive un jour. Chadia a l'âge d'être demandée. »

Sauf que cette demande, et Zennuba n'en était pas autrement surprise de la part d'un étranger, n'avait été présentée dans aucune des règles de la tradition amazighe : les femmes n'en avaient même pas parlé entre elles dans la mesure où les anciens, supposés recueillir et récapituler le point de vue des tantes, cousines et autres nièces, avaient déclaré qu'il n'y avait pas lieu d'envisager un projet d'union entre Agustin Ottomar et Chadia Aït Mokhtari puisque quelques tonnes de chemlalis avaient interrompu la course terrestre du père de la jeune fille, et que le géniteur d'Agustin, outre qu'il ne révérait pas Allah et qu'il n'était pas amazigh, avait lui aussi prématurément perdu la vie au cours d'une rixe qui l'avait précipité dans la coulée incandescente d'un haut-fourneau de la Colorado Coal and Iron Company, une compagnie minière américaine de la rive sud de l'Arkansas.

« Mais demandée par qui ? s'étrangla Tarik. Par un photographe de cartes postales, un citoyen de Pueblo, Colorado ? La photo qui a fait de lui un cousu d'or, un type assez prospère pour s'offrir une torpédo…

– … jaune », rappela Zennuba, qui ajouta aussitôt : « Excuse-moi, je t'ai coupé, tu disais ?

– Je disais que la carte postale qui l'a enrichi, c'est le portrait d'un certain Francesco Lentini. Et tu sais qui c'est, Francesco Lentini ? »

Elle haussa les épaules – comment l'aurait-elle su ? À travailler sur les quais où, même en période de pleine torpeur commerciale, on croisait des marins étrangers, à remplir et à vider les cales de cargos qui venaient de partout, il était bien normal que Tarik fût informé de ce qui se passait à travers le monde. Mais elle, Zennuba, qui ne s'éloignait pour ainsi dire jamais de sa maison sur les hauteurs de Bizerte, comment aurait-elle pu savoir qui était ce Francesco Lentini ?

« Quand il a posé pour Ottomar, pour une de ses toutes premières plaques, c'était en 1889, à Syracuse, en Sicile. Lentini faisait partie d'une fratrie de douze : cinq frères, sept sœurs. Je parle de lui au passé, mais si ça se trouve, il est toujours vivant. Enfin toujours est-il que sa particularité, à ce Lentini, c'était d'avoir trois jambes.

– Non ! s'exclama Zennuba en s'agrippant aux accoudoirs du Koken.

– Si, *yemma*. Même que ça a fait de lui la star de quelques cirques aussi fameux que celui de Buffalo Bill. Francesco Lentini parlait quatre langues, et il était capable de se raser avec les yeux bandés sans se faire la moindre écorchure. La photo d'Agustin Ottomar n'est pas seulement devenue une carte postale à succès, et tu n'as pas idée de ce que peut être un succès à l'américaine, elle a été agrandie pour servir d'affiche aux spectacles du trijambiste Signor Lentini, c'était son nom d'artiste, et ainsi a-t-elle fait plusieurs tours du monde, on l'a vue placardée à Vienne, à Madrid, à Rome, à Lisbonne, à Paris, à Londres. Est-ce vraiment sur ce tas de maïs que tu veux déposer ta poule ?

– Il y a pire, murmura Zennuba. Tellement pire. »

Elle avait raison. Mais tout de même. Tarik acceptait mal l'idée d'asseoir la fortune conjugale de sa sœur sur une monstruosité génétique qu'avec l'aide d'Ottomar on avait exhibée, voire prostituée, sur la sciure des grands cirques de la planète. Il se dit que Zennuba était sans doute arrivée à cet âge irrémédiable où, perchée sur le bord du nid, la mère des oiseaux regarde s'envoler ses enfants.

Il comprenait que ce n'était pas tant à cause d'Agustin Ottomar, pièce rapportée, que Chadia allait les quitter, mais que c'était elle, Zennuba, le pivot, le socle, le fondement même de la famille, qui allait écarter les bras, non plus pour retenir en embrassant, mais au contraire pour lâcher prise et libérer.

Mais peut-être tout n'était-il pas perdu, peut-être restait-il une chance, oh ! minime, mais une chance quand même, de persuader l'Américain que Bizerte et la Tunisie recelaient de nombreuses jeunes femmes aussi attrayantes que Chadia, avec des peaux qu'on dirait satinées tout exprès pour y poser la joue. Tarik grimperait dans la torpédo à côté de l'Américain, il lui indiquerait la route de Tunis et, une fois dans la capitale, il prendrait Agustin par le bras pour le conduire à la Mossa de la rue El Maqtar, au Sphynx de la rue Zarkoun, à la Grande Maison, au Cythéria, à la Féria ou aux Palmiers.

Quelle moisson d'images il ferait là-bas, le photographe ! De quoi nourrir jusqu'à satiété le fantasme de la fille de joie et/ou de la femme orientale. Quel triomphe pour les cinq épiceries de Pueblo où il allait dresser ses tourniquets garnis de portraits d'appétissantes prostituées en sarouel, babouches aux pieds ; et, sur la tête des dames israélites, le joli chapeau pointu, le haut hennin qui les distinguait des autres femmes – mais tunisiennes, tripolitaines ou juives, elles avaient toutes en commun de grands yeux effrayés, un regard à la profondeur tellement accentuée par le khôl qu'il en devenait tragique.

15

Ukraine, au sud de Chişinău
Fin décembre 1920

En principe, les trains ne s'égarent pas. Incapables de fantaisie, ils ne peuvent que suivre les rails sur lesquels on les a posés. Leur seul choix réside entre la marche avant et la marche arrière, à plus ou moins grande vitesse. La translation latérale d'une voie à une autre leur est interdite en dehors des aiguillages où, là encore, leur destin dépend de l'homme arc-bouté sur le levier permettant d'envoyer le train vers la gauche ou la droite.

Le capitaine Kalakine avait beau tourner et retourner le problème dans tous les sens, il ne comprenait pas comment le convoi ferroviaire que ses hommes et lui, bien que reclus de fatigue, de froid et de faim, avaient réussi à intercepter quelque part entre Gorodichtche et Myrhorod, se traînait ce matin le long des affleurements de granit et des eaux bleues qui coulaient vers le sud. Car Piotr Antonovitch était certain d'avoir arrêté ce train alors qu'il roulait vers l'ouest – le mécanicien et son chauffeur avaient d'ailleurs confirmé que leur prochaine halte serait Chișinău, la capitale de la Bessarabie.

Or c'est à Chișinău, dans la brume d'une petite aube malpropre tout à fait propice à ce genre de mésaventure, qu'un aiguilleur probablement ivre avait dû confondre ce train (c'est du moins ce qui était ressorti de ses déclarations) avec un des convois chargés de produits agricoles à destination d'Odessa, et l'avait dirigé vers le sud. À Kalakine qui lui demandait à tout hasard s'il avait remarqué parmi les voyageurs la présence d'une aristocrate plutôt jeune, plutôt jolie, avec un cou particulièrement long et fin, des yeux bleus à moins qu'ils ne fussent gris (difficile de se fier au portrait, le peintre ayant habilement voilé sous la frange des cils le regard de son modèle qu'il avait dû trouver trop effronté, en tout cas mal assorti à la candeur de sa robe blanche), il répondit qu'il ne se souvenait pas d'avoir vu quelqu'un qui ressemblât à cette description, mais que de toute façon il n'avait fait que traverser rapidement les voitures de voyageurs, lesquelles ressortaient davantage de la responsabilité du provodnik.

Et à propos où était-il passé, celui-là ?

« De toi à moi, capitaine, dit Nikola Bissenko, on n'a pas besoin de lui pour faire ce qu'on doit. Personnellement, je ne vois aucune différence entre décapiter la petite Mannenkhova, si c'est toujours ce que tu attends de moi, au sud ou à l'ouest de Kiev. D'ailleurs, cette *zhenshchina*[1] ne fait pas vraiment partie de notre mission, elle n'est en quelque sorte qu'une cible collatérale, personne ne pourra nous tenir rigueur de l'avoir manquée. »

Il s'était exprimé à voix haute – peut-être même avait-il un peu forcé le ton pour dominer le halètement de la locomotive. On le regarda avec étonnement. S'il avait déjà médusé les autres voyageurs en s'allongeant de tout son long sur une banquette prévue pour six voyageurs, sa parole les sidéra plus encore. Quelle aisance dans le langage de ce cosaque ! Comme ses mots sonnaient juste, aussi juste que le son clair de son sabre tranchant une pastèque, un poisson, une gerbe d'épis de seigle ! Ne disait-on pas qu'à force de n'avoir pour interlocuteurs que leurs chevaux au cours d'interminables galops à travers la steppe, les cosaques perdaient peu à peu l'art de la conversation ? Eh bien, pas celui-là ! En tout cas, il était plus captivant d'écouter ce Nikola Bissenko que Lénine qui peinait à faire rouler les *r* à la russe.

1. Petite femelle.

« D'ailleurs, reprit-il, qui dit que nous l'avons manquée ? Puisqu'il paraît que les Blancs, ces culs de chiens, fuient les zones de combat en descendant vers la mer, il n'est pas tout à fait impossible que notre *zhenshchina* soit à bord de ce train. Hypothèse romanesque, j'en conviens, mais pas impossible. De toute façon, n'ayant même pas le commencement d'une certitude quant à l'endroit où elle se trouve, le mieux est peut-être de suivre le mouvement en espérant qu'elle aura fait de même.

– Quel mouvement ?

– La grande débandade, camarade capitaine, cette hémorragie de Blancs par nous terrorisés et filant ventre à terre en direction des ports de la mer Noire. C'est ce que je ferais si j'étais eux – et arrivé au bout de la route, avec la mer pour unique et dernière chance... »

Il se tut.

« Oui ? fit Kalakine d'un ton encourageant. Oui, que ferais-tu au bout de la route ?

– J'irais sur la mer. »

Rire incrédule de Kalakine, auquel se joignirent quelques occupants du wagon – mais discrètement, car il leur suffisait de regarder le cosaque pour comprendre qu'il était de ces hommes qu'il vaut mieux ne pas contrarier.

« Pourquoi ris-tu, camarade capitaine ? Mes ancêtres étaient des Varègues, ces grands féroces que tu appelles des Vikings. Marins magnifiques, tout autant que je suis bon cavalier. Nous avons joyeusement écumé le Don, la Volga, le Yaïk, le Terek, le Kouban, l'Oussouri et l'Amour. Demande aux Turcs, au khanat de Crimée, aux peuples de la mer Noire et de la Caspienne, ce que leurs pères pensaient de nos tchaïkas, nos longues barques à fond plat capables aussi bien d'investir les rivières les moins profondes que de s'aventurer en haute mer… »

La plupart des chevaux des guerriers cosaques avaient été laissés en liberté. Certains avaient longtemps galopé le long du train, presque toute la nuit. D'autres avaient été abattus sur place.

16

Lagune de Bizerte
Fin décembre 1920

Les jours passaient, et les bateaux composant la flotte Wrangel étaient toujours là, posés sur l'eau de la lagune comme des appelants en bois disposés par des chasseurs de gibier aquatique. Mais ces oiseaux-là, on leur avait rogné les ailes. Même pour quelqu'un n'ayant aucune connaissance en navigation, en mécanique, quelqu'un qui en voyait un pour la première fois, il tombait sous le sens que ces bateaux n'iraient guère plus loin.

On se gardait bien de répandre la nouvelle, mais Londres avait fait savoir que tout en maintenant sur zone plusieurs navires de guerre, la Grande-Bretagne n'apporterait aucun concours à des opérations tendant à évacuer des civils.

À quelques très rares exceptions près, dont la France, le reste du monde s'était rangé – et avec quel soulagement ! – à l'avis de George V et de son Premier ministre, David Lloyd George.

Sans l'appui de la Grande-Bretagne, la défaite du général baron Piotr Nikolaïevitch Wrangel, et donc de ce qui subsistait de la Russie tsariste, était consommée. La France était le seul pays d'une réelle importance territoriale, militaire et économique, à faire bande à part : elle s'engageait à fournir du charbon aux vieilles chaudières voraces de la flotte russe, mais elle avait surtout laissé clairement entendre qu'elle n'hésiterait pas à faire usage de la force contre les bolcheviks si ceux-ci s'opposaient à l'embarquement de réfugiés à bord des navires civils et militaires qui se rassemblaient dans les ports russes et ukrainiens, chaque jour plus nombreux.

Conforté par cette promesse, le général Wrangel, plus raide que jamais dans le manteau circassien qui lui valait son surnom de « baron noir », avait déclaré :

« Puisque d'une part la France est avec moi, et que d'autre part j'ai une flotte de guerre, je vais en profiter pour évacuer mon armée, mais pas que…

– Ah bon ? fit le contre-amiral Dumesnil un peu interloqué. Me direz-vous, général, ce que vous mettez derrière ce "mais pas que" ?

– Mon intention est double : permettre à mon armée de reprendre son souffle avant de revenir régler définitivement leur compte aux bolcheviks. Et restaurer la Russie millénaire, c'est-à-dire la Russie des tsars.

– Combien d'hommes avez-vous, général ? s'enquit le contre-amiral Dumesnil, justement pressenti pour empêcher – si jamais elle avait lieu – que l'évacuation de la Crimée tourne en un chaos sanglant.

– Cent mille, amiral. »

Dumesnil admit volontiers que c'était un chiffre impressionnant. Ce qui amena l'esquisse d'un sourire de satisfaction sur les lèvres de Wrangel qui, sans céder à la vanité, appréciait d'être considéré à ce qu'il estimait sa juste valeur.

Le contre-amiral se garda bien de laisser transparaître l'inquiétude que lui inspirait l'importance de ces effectifs, même s'il pouvait à juste titre soupçonner son interlocuteur de les avoir passablement surévalués.

« Puis-je vous demander – sous le sceau du secret, bien sûr – quand vous pensez être en mesure de procéder à cette évacuation… euh… temporaire ? s'enquit l'officier français en s'efforçant de donner au ton de sa voix une apparence de crédibilité. »

Il savait, et Wrangel le savait forcément lui aussi, que ce qui subsistait de la flotte russe restée fidèle à l'idée d'une monarchie n'était plus, à quelques exceptions près, qu'un assemblage hétéroclite de survivants prestigieux sur le papier mais qui étaient en réalité de pathétiques éclopés suite aux affrontements de la Première Guerre mondiale et à la terrible défaite que la flotte russe avait essuyée contre le Japon à la bataille de Tsushima. Non seulement on pouvait douter que tous les bateaux fussent en état de combattre, mais certains d'entre eux, amputés de leur machine qui n'était plus capable de donner encore un tour d'hélice ou qui menaçait d'exploser, ne pouvaient même plus s'écarter de leur quai ou de leur ponton afin de sortir du port.

C'était déjà le cas d'un des plus imposants d'entre eux, le *Georguii Pobedonossets*.

« Il nous faut d'abord procéder à quelques réparations, admit Wrangel. Connaissez-vous le syndrome de l'horloger, amiral ?

– Non.

– Il nous rappelle que jusqu'au plus petit rouage, tout ce qui a été démonté peut être remonté. Ce n'est qu'une question de minutie.

– Sans doute, général, sans doute, acquiesça le contre-amiral français. Mais convenez que tout remettre en ordre de marche, sans même parler de faire des essais en mer, vous prendra au moins plusieurs jours. Voire plusieurs semaines. Or le thermomètre, en tombant sous zéro, a si bien solidifié les marécages de Perekop que la cavalerie et l'artillerie bolcheviques – je dis bien : *et l'artillerie* – n'ont plus aucune difficulté à passer l'isthme. Ce qui met désormais l'apocalypse rouge à quelques heures à peine de Sébastopol. Et quand les bolcheviks seront là, que croyez-vous qu'il adviendra de vos navires privés de leurs moyens de propulsion ? »

Le général Wrangel répondit sans se troubler que les bâtiments qui ne pourraient pas avancer par leurs propres moyens seraient pris en remorque. Ou sabordés.

« Une fois en mer, ajouta-t-il, je lancerai au monde civilisé le nouveau signal de détresse, le fameux SOS, celui qu'a émis le *Titanic.* »

Le contre-amiral se garda bien de rappeler que le SOS n'avait pas empêché le grand paquebot, l'orgueil de la flotte commerciale britannique, de faire son trou dans l'eau. Il se contenta de hocher la tête et de dire pensivement :

« Je vois, général. Mais si vous décidez vraiment d'évacuer ces milliers de réfugiés civils et militaires qui ont choisi Sébastopol comme asile, et si les Rouges prétendent vous en empêcher… »

Et Charles-Henri Dumesnil se tut, plutôt satisfait de lui-même. Il n'avait pas confirmé l'implication de la France dans cette opération, il ne l'avait pas infirmée non plus, il avait même évité de prendre un petit air sibyllin dont, d'évidence, ne se serait pas satisfait Wrangel.

À Sébastopol, mais aussi à Yalta, à Kertch et à Feodossia, Dumesnil avait bien quelques navires sur rade, dont les canons étaient pointés sur les axes par lesquels étaient supposés déferler les Rouges. Mais c'était avant les mutineries qui, en avril, avaient éclaté sur cinq croiseurs et cuirassés mouillés à Constantinople et à Odessa. Les meneurs avaient été écartés, le calme à peu près rétabli, mais les équipages continuaient de renâcler, exigeant un appareillage immédiat à destination des ports français, faute de quoi ils hisseraient le drapeau rouge et prendraient le contrôle de l'escadre. Ils ne comprenaient pas les tenants et aboutissants de la politique française : après quatre années d'un conflit épuisant, qu'est-ce que la France faisait encore dans ces Balkans de toutes les hypocrisies où aucun état de guerre officiellement déclaré contre elle ne l'obligeait à se mêler d'une situation où il n'y avait que de mauvais coups à prendre – ce qu'avaient bien compris les Britanniques et les Américains qui, d'ailleurs, avaient renoncé à soutenir une intervention française ?

Qu'attendait donc le gouvernement pour rappeler la flotte dans ses ports ? Aménagés pour l'aimable climat des rivages méditerranéens, les bateaux envoyés en mer Noire s'étaient transformés en glacières flottantes sous la morsure des vents, des frimas. La malchance s'en mêlant, le navire transporteur *Évangeline* s'était échoué en décembre avec huit tonnes d'habillement et le *Chaouia* avait coulé avec une importante quantité de brodequins et de vêtements chauds, condamnant le corps expéditionnaire à continuer de claquer des dents ; et cette manifestation d'inconfort n'était rien en comparaison des pneumopathies qui, pour les mêmes raisons de froidure et d'humidité, se propageaient parmi les troupes coloniales. Les médecins militaires ne comptaient plus les membres cassés suite à des chutes sur les lattes verglacées d'un gaillard d'avant, ou aux glissades en dévalant les échelles de fer. La grippe (qu'on disait espagnole bien qu'elle fût originaire du Kansas) semblait régresser après avoir fait plus de quatre cent mille victimes en France, mais une épidémie de typhus était en passe de la remplacer, en attendant le choléra dont au moins trois cas mortels avaient déjà été identifiés.

Comme la plupart des Bizertins, et plus tard les habitants de Tunis pour qui l'escadre russe avait constitué un but de sortie, Tarik en était venu à considérer l'entremêlement des navires sur rade un peu comme les composantes architecturales d'un de ces kraks des chevaliers qui contrôlaient les frontières des États latins d'Orient, dominant la plaine syrienne d'El-Bukeia et la trouée d'Homs, la ville aux pierres noires. D'où le surnom de *Qal'at al-Hosn*, la forteresse imprenable, que Tarik avait secrètement donné à l'escadre qui semblait invulnérable sur son plan d'eau enchâssé dans des dunes derrière lesquelles elle était invisible depuis la mer.

Le bouchkara s'en réjouissait : si les bateaux russes étaient à l'abri d'un mauvais coup, alors la fille d'Ukraine habillée tout en blanc était intouchable elle aussi.

Cette pensée le réconfortait, même lorsqu'il songeait à tous les dangers pouvant menacer cette jeune personne qui semblait être une silhouette aussi fragile que ces pièces de verre soufflé que la Tunisie avait prêtées à la France pour une exposition sur l'art punique, et dont il avait personnellement surveillé l'embarquement dans des caisses spécialement aménagées ; en même temps, elle devait être un drôle de petit personnage, franchement, pour vivre dans un cloaque flottant (ça, bien sûr, elle ne l'avait peut-être pas voulu) en s'habillant de blanc (ça, par contre, personne ne pouvait l'y avoir forcée).

Le cuirassé *France* avait été chargé de la centralisation des informations et de la délivrance de tous les papiers administratifs, ainsi que de l'approvisionnement des Russes en nourriture et en fournitures de première nécessité. Si une embarcation russe tentait de s'échapper, le commandant du *France* faisait en sorte de l'arraisonner et de la replacer sur son berceau.

Jusque profondément dans les terres, des patrouilles inspectaient la côte bordant la zone interdite à la navigation. La nuit, le *France* et le *Waldeck-Rousseau* illuminaient le rivage grâce à de puissants projecteurs qui le balayaient à intervalles irréguliers, débusquant quelques animaux nocturnes surpris par la mobilité et la malveillance de leur lumière (du moins les gazelles dorcas, les zorilles et les chats des sables tenaient-ils pour hostile l'intrusion dans leur habitat des longs doigts de lumière des cuirassés).

Autour de la baie de Karouba, près de la base des hydravions, un régiment de tirailleurs sénégalais assurait, baïonnette au canon, un service de rondes et de patrouilles.

Arguant de sa réputation de meilleur bouchkara des ports de Bizerte et de La Goulette, Tarik avait obtenu de faire partie des bénévoles recrutés pour aider à répartir sur les navires russes déjà ancrés dans la baie les subsides offerts par la France aux réfugiés, soit vingt et un francs par mois pour un officier et dix francs pour un matelot – « offerts » étant d'ailleurs un euphémisme : l'accord passé par le gouvernement français avec le général Wrangel et le contre-amiral Mikhaïl Behrens spécialement chargé du transfert des troupes, des familles de militaires et des civils rapatriés depuis la Crimée, stipulait que la France, qui avait déjà confisqué pour cent dix millions de francs de marchandises transportées par les bateaux, se rembourserait de ses libéralités sur les bâtiments de l'escadre russe qui, même dans l'état de décrépitude où se trouvaient la plupart d'entre eux, possédaient encore une valeur vénale significative.

Dans l'espoir de revoir la jeune femme en blanc, Tarik avait donc rejoint l'équipage de la baleinière chargé d'aller de bateau en bateau distribuer aux émigrés argent et denrées de première nécessité.

La répartition des vivres avait lieu au coucher du soleil, lorsque la chaleur commençait à s'atténuer et que se levait le nordet, le vent dominant qui ouvrait dans les eaux légèrement turbides d'éphémères griffures d'un bleu de glacier.

Le dynamisme et les compétences du bouchkara lui avaient vite valu d'être considéré comme le véritable patron de la baleinière, même si la responsabilité de l'embarcation avait été confiée à un quartier-maître.

La mission demandait de réels efforts physiques qui, dans la touffeur du jour, avaient vite fait d'épuiser les hommes. Le rôle de Tarik consistait à transférer sur le pont du bâtiment visité les vivres préparés et empilés par les matelots du *France* et du *Waldeck-Rousseau* dans des sacs paquetage réformés, en lin écru, parfois décorés de peintures naïves, et qui avaient pour signe particulier d'exhaler de fades relents de cantine qu'exaspérait l'ardeur du soleil.

Les bateaux étant mouillés en pleine rade, on ne pouvait accéder à leur bord qu'en se hissant le long de la coque, les narines collées contre la saleté de paquetage puant, en empoignant une échelle de corde soumise à un ballant impressionnant qui, pour peu qu'il y eût du clapot, faisait valdinguer le grimpeur contre le flanc du navire.

Onze jours s'étaient écoulés sans que Tarik eût seulement pu s'assurer de la présence à bord du *Georguii Pobedonossets* de la jeune fille en blanc qui, ayant la même voix d'Habiba Msika, pouvait aussi en avoir les yeux entre bleu et vert.

Il savait qu'il rêverait de femmes tout au long de sa vie, de tout ce qu'elles pourraient lui donner, de tout ce qu'il était prêt à leur donner, de ce qu'elles lui refuseraient et qu'il essayerait de leur prendre quand même, mais il n'était pas sûr que toutes ces femmes vaudraient la peine de le mettre en sueur et de le faire haleter, alors, d'une certaine façon, il remplissait son grenier à songes des plus beaux rêves qui traversaient ses nuits comme des étoiles filantes, dans l'espoir de s'en nourrir lorsque sa vie aurait vieilli, qu'il ne lui en resterait plus qu'un bout, un tout petit bout d'existence racornie et ne sentant pas très bon.

C'était ce qu'il avait fait avec la mangouste. Il l'avait découverte dans le lit asséché d'un oued, là où un laurier-rose avait remplacé le cours d'eau disparu. Elle s'était collée contre l'arbuste, sa longue queue ramenée sur son visage triangulaire, le gris chiné de son pelage se confondant avec la teinte cendrée du végétal. Quand Tarik avait avancé la main comme s'il avait l'intention de la toucher, elle avait poussé de petits jappements plus apeurés que menaçants, mais elle n'avait pas protesté davantage, ni esquissé le moindre mouvement de fuite lorsque, sans la quitter des yeux, il s'était assis tout près d'elle. Combien de temps étaient-ils demeurés ainsi dans le lit raviné d'un oued à sec, aussi immobiles et silencieux l'un que l'autre, le jeune homme songeant à ce qu'il allait faire de sa vie (il n'avait, à cette époque, guère plus de onze ou douze ans), et la mangouste s'endormant de son dernier sommeil sans savoir que, si elle les fermait à présent, elle ne rouvrirait plus jamais les yeux ?

Le soleil était descendu assez bas sur l'horizon pour n'être plus visible depuis le fond de l'oued, une chape d'ombre et de fraîcheur avait recouvert Tarik et la petite bête, et c'est alors que cette dernière était morte. Et Tarik, en éprouvant la sensation de froid qui glissait sur la terre, s'était interrogé pour la première fois à propos de la mort des animaux. Était-ce l'ange de la mort qui saisissait leurs âmes ? Les bêtes auxquelles il songeait étaient celles que, pour une raison ou pour une autre, on appréciait tandis que l'on était soi-même vivant ; et il se demandait si, pendant le court laps de temps où il était resté assis près d'elle, il avait su apprécier la mangouste. Il en déduisit honnêtement qu'elle lui avait plu, bien qu'il n'eût pas su dire pourquoi.

De nombreuses années s'étaient écoulées depuis, au cours desquelles il lui était parfois arrivé de se rappeler l'oued au laurier-rose et sa petite mangouste malade. Il s'agissait d'un événement bien triste, et pourtant son souvenir avait toujours constitué une parenthèse privilégiée dans la vie du bouchkara. Il pressentait qu'il en serait de même de la jeune femme en blanc s'il réussissait à surprendre une fois encore le voyage de ses prunelles, à figer comme dans une chambre noire le va-et-vient de son regard qui, à l'instar de celui des oiseaux, n'était jamais en repos – à cause de sa jeunesse ou parce qu'elle était curieuse de tout ? Si la curiosité l'emportait, leur conversation ne tomberait jamais à plat, la jeune Ukrainienne aurait toujours un mot à la bouche, la langue vive entre ses lèvres frémissantes, vive et pointue comme un petit serpent.

Mais peut-être n'auraient-ils jamais l'occasion d'échanger ne fût-ce que deux mots : il ne parlait pas l'ukrainien, il doutait fort qu'elle parlât l'arabe, et moins encore le tamazight. Le français, peut-être ? Ah oui, ça c'était possible, les Russes – et donc les Ukrainiens, c'était presque un seul et même peuple – ayant la coquetterie d'apprécier la langue française. Son maître d'école lui avait raconté qu'Alexandre Pouchkine, un poète russe aussi fameux là-bas qu'al-Mutanabbi aux yeux des peuples arabes, était mort des suites d'un duel provoqué par la lettre écrite en un français admirable par Pouchkine à un certain baron qui, non content de courtiser la ravissante jeune épouse de l'auteur d'*Eugène Onéguine*, faisait courir le bruit qu'elle trompait outrageusement son mari. Le baron ayant jugé la lettre de Pouchkine injurieuse et demandé réparation, un duel au pistolet avait eu lieu près du lieu-dit La Rivière noire. Blessé au ventre, le poète russe était mort après deux jours d'une cruelle agonie.

L'instituteur qui avait raconté cette histoire à Tarik militait activement contre la colonisation que la France imposait à la Tunisie, et il avait conclu son récit en disant que Pouchkine devait d'avoir perdu la vie à quelques pauvres mots écrits en français : non contente d'humilier des milliers de fellahs tunisiens, la langue de l'oppresseur avait en outre eu raison d'un immense poète.

Le maître d'école avait ajouté qu'il se doutait bien que ses élèves n'avaient pas la moindre idée de qui était Pouchkine, qu'ils ne le sauraient probablement jamais, et qu'au fond ça n'avait pas une grande importance, en tout cas il ne se sentait pas le courage de combler leur ignorance, on était en plein ramadan, il faisait une chaleur de bête, un orage approchait, son front noir et moutonné comme celui d'un taureau chassant devant lui des odeurs de friture, d'entrailles de poissons, de varech, dès le lendemain toute la classe aurait oublié le nom de Pouchkine, et en effet tous les écoliers l'oublièrent – sauf Tarik Aït Mokhtari qui avait appris par cœur quelques vers qu'il se marmonnait parfois à lui-même comme pour rendre plus légère sa charge de bouchkara :

Dans l'ombre et le silence et la nuit du printemps
Chante le rossignol aux jardins d'Orient,
Chante son chant d'amour pour l'insensible rose
Qui ne l'écoute pas, se balance et repose…

17

Au terme du vingtième jour de présence de la flotte Wrangel, Tarik avait réussi à monter à bord, parfois à deux reprises, d'une douzaine de navires abritant des réfugiés. Ses doigts engourdis par le froid ne l'avaient trahi qu'une seule fois, juste comme il faisait l'ascension du *Georguii Pobedonossets*, de toutes les murailles flottantes la plus vertigineuse, hérissée de protubérances agressives qui retenaient le docker en accrochant sa vareuse ou son pantalon.

C'est en se dégageant qu'il s'était retourné le pouce et l'index de la main gauche, une douleur de chien, mais il avait poursuivi l'escalade comme si de rien n'était : l'idée qu'un instant de douilletterie pourrait lui faire rater la rencontre avec la jeune fille en blanc lui était plus insupportable que la souffrance.

Ce soir, ce n'était plus son entorse du pouce qui lui faisait prendre conscience qu'il ne reverrait probablement jamais la petite Ukrainienne : alors qu'il se plaquait contre la paroi métallique du cuirassé le temps de reprendre son souffle avant d'entamer la descente vers la baleinière dont les oscillations désordonnées lui donnaient la nausée (sans doute à cause de sa position instable et haut perchée, car jusqu'alors le bouchkara n'avait pratiquement jamais connu les affres du mal de mer), Tarik avait enfin compris qu'avec plusieurs milliers de gens de là-bas éparpillés ici sur ces maudits bateaux, et en l'absence d'un recensement sérieux rendu impossible par le sauve-qui-peut général de l'appareillage de Sébastopol et le désordre qui s'était ensuivi lors de l'escale de Constantinople, il eût fallu un hasard extraordinaire, pratiquement un miracle, pour qu'il la revoie.

Mais le miraculeux, l'exceptionnel n'étaient-ils pas les fondements de la bonne fortune ?

Alors il avait tenté sa chance, comme ces réfugiés, comme la fille en blanc elle-même, avaient tenté la leur en montant à bord de ces navires délabrés.

Quant à ce qu'il lui aurait dit s'il l'avait vue, il n'en avait pas la moindre idée. Il n'avait rien préparé, il savait seulement qu'il aurait fait honneur, grand honneur, aux quelques brefs instants qu'elle lui aurait peut-être accordés.

Allahou ahlem, Allah sait mieux, pensa-t-il en fermant les yeux pour contrer les haut-le-cœur que lui infligeait le mouvement d'ascenseur de la baleinière vers laquelle il plongeait en rappel, le corps tendu presque à l'horizontale, s'efforçant de toujours sentir sous ses pieds les gros rivets qui unissaient les tôles du blindage et balisaient sa descente.

Le *Georguii Pobedonossets* avait tourné sur ses ancres, il faisait maintenant face à l'est où se lèverait demain le soleil de Yennayer.

En attendant, il pleuvait. Au nord de la Tunisie, ces pluies d'hiver ne se contentent pas de tomber, elles s'écrasent, cinglantes, fortes et drues. Le flanc du vieux cuirassé devenant glissant, Tarik dut se concentrer sur sa descente, ne penser qu'à ça.

À plusieurs reprises, dominant le bruit de la mer, il entendit comme un éclatement. Ça venait de la baleinière. Il comprit aussitôt ce qui se passait : les vagues s'engouffraient sous l'embarcation, comme attirées dans une nasse d'où elles ne parvenaient pas tout de suite à s'extraire et où d'autres vagues les rejoignaient ; elles se nourrissaient les unes les autres, elles gonflaient, s'enflaient jusqu'à exploser, le souffle de leur déflagration soulevait la baleinière, la projetait contre le blindage, déchirant ses clins aux énormes pustules de fer du *Georguii*.

Mais c'était bientôt Yennayer, il s'en fallait de quelques heures – le jour où rien de laid, rien de douloureux ne doit arriver.

Yennayer n'est pas seulement le premier jour du nouvel an amazigh que les Berbères célèbrent dans l'espoir que l'année sera bonne, il est aussi dédié au Seigneur Dieu qui étend sur eux Son assistance et Sa protection ; et enfin, car c'est décidément un jour d'importance, Yennayer commémore la gloire de Sheshonq Ier, pharaon fondateur de la XXIIe dynastie et unificateur des Deux Terres, du lotus et du papyrus, du jonc et de l'abeille, du vautour blanc et du cobra.

Yennayer symbolise aussi l'abondance des bonnes choses que promet la nouvelle année, alors le couscous du jour doit être le plus plantureux, le plus opulent possible, avec boulettes de viande, merguez de mouton assaisonnées avec de la harissa, de la coriandre, du paprika, de la cannelle et du cumin, des cuisses de poulet avec pois chiches, haricots œil noir, petits pois, fèves et raisins secs, et pour conclure des *baghrirs*, ou crêpes berbères aux mille trous.

Ce jour-là, les femmes revêtent les tenues traditionnelles, se parent de leurs bijoux les plus anciens, les plus lourds, les plus fastueux, colliers en argent agrémentés de corail et d'émaux, bracelets massifs ou en argent torsadé, pendentifs, fibules, et à chaque personne qu'elles rencontrent, elles disent avec une simple mais solide conviction : « Que sortent les jours noirs, et qu'entrent donc les jours blancs ! »

Il suffisait de songer que voilà, c'était enfin Yennayer, pour que ce qui était fade prît tout à coup une saveur délicieuse, pour que ce qui offensait la vue s'avérât soudain d'une éblouissante splendeur...

Il aurait dû en être ainsi la veille de Yennayer pour Adriano Pacetto, soutier du *Megara*, un caboteur assurant la liaison entre Bizerte et Porto Torres.

Mais l'homme avait eu une jambe brûlée par un refoulement de vapeur dans la chaufferie. Il hurlait sa douleur. Le capitaine du caboteur avait aussitôt demandé qu'on trouvât Tarik Aït Mokhtari et qu'on le lui amenât : grâce à son sens de la débrouille et à son don inné pour la mécanique, le jeune bouchkara avait déjà permis au *Megara* de regagner la haute mer sans passer par le chantier naval dont les tarifs étaient jugés prohibitifs par le capitaine, lequel, ceci expliquant cela, était aussi son propre armateur.

Sauf que cette fois il ne s'agissait pas de bricoler l'étanchéité d'un presse-étoupe ni de remettre du white spirit dans la cuve d'un compas, mais de sauver la vie de Pacetto qui, conscient de la gravité de sa brûlure et craignant qu'il ne faille l'amputer, avait réussi à remonter de la salle des machines, quitter le *Megara* et errer en gémissant à travers les ruelles, suivi par une ribambelle de chiens excités par l'odeur de chair grillée que le soutier laissait dans son sillage.

Quand Tarik le rejoignit, l'Italien, les mâchoires tétanisées et le visage maculé par un mélange de sueur et de poussière de charbon, sanglotait, assis sur une bitte d'amarrage.

Tarik eut les pires difficultés à le persuader de se laisser conduire jusqu'à l'hôpital maritime de Sidi-Abdallah où des médecins français allaient pouvoir le prendre en charge.

« Le temps de nous trouver un véhicule...

– Pas besoin de véhicule, coupa Pacetto. Si je peux seulement m'appuyer sur ton épaule, j'irai à pied. »

Dans l'espoir d'éviter l'amputation, le soutier faisait fi de sa souffrance, cherchant à se montrer moins éclopé qu'il n'était. Par chance, le jeune bouchkara n'était pas dupe, il savait qu'Adriano Pacetto ne tarderait pas à s'effondrer ; mais c'était sa dignité qui était en jeu, à cet homme, et Tarik se refusait le droit de la mutiler davantage. Dans un premier temps, il essaya donc, en le soutenant, de faire sautiller le blessé, mais chaque fois que ce dernier avançait un pied, ses jambes frottaient l'une contre l'autre, érodant ses brûlures à vif et lui arrachant des cris – pas des gémissements, non, de vrais cris, brefs et rauques.

Tarik avisa alors un âne qui somnolait à proximité d'un champ sec et pelé. Après avoir dénoué la corde qui entravait ses paturons, chassé les mouches qui faisaient sur ses yeux comme deux bosses noires et frémissantes, et vérifié surtout que le propriétaire de l'âne n'était pas dans les parages, le docker réquisitionna l'animal et, par signes, indiqua au soutier qu'il devait se hisser dessus.

« T'es pas obligé de gesticuler comme un sémaphore, avait grommelé Pacetto en regardant le bouchkara avec suspicion. Je comprends rien à l'arabe, mon gars, mais le français, ça peut aller. Ma mère était de Saint-Nazaire, mon père de Rostov-sur-le-Don, ce qui fait que je parle aussi un peu le russe. Ça tombe plutôt bien avec ce qui est arrivé sur la rade.

– *Georguii Pobedonossets*, dit Tarik.

– Et alors ?...

– *Georguii Pobedonossets*, répéta Tarik. Je croyais que tu savais le russe.

– Un peu, un tout petit peu : le père n'était pas souvent à la maison.

– Mais ça, *Georguii Pobedonossets*, c'est bien du russe ?

– Oh, du russe à cent pour cent. Georges le Victorieux, voilà ce que veut dire *Georguii*

Pobedonossets. Au fait, tu as lu ça où ? Sur le cul d'un navire ? Ça ne suffit pas à faire de toi un Arabe qui parle russe, conclut le soutier en se contorsionnant pour grimper sur le dos de l'âne.

– Berbère, pas Arabe », rectifia mécaniquement Tarik.

Le soutier répondit par un grognement de douleur : le pelage de l'âne râpait comme du papier de verre les plaies à vif de sa jambe brûlée. Puis, comme si ses propres souffrances le rapprochaient de celles du fameux Georges, il souffla :

« Saint Grand-Martyr Georges le Victorieux a eu la poitrine traversée par des dizaines de lances, on l'a attaché à une roue qui tournait au-dessus de lames spécialement affûtées pour le couper en morceaux, il a dû passer trois jours et trois nuits au milieu d'une fosse remplie de chaux vive en équilibre sur une pierre où il ne pouvait se tenir que sur un pied, après quoi un mage du nom d'Athanase lui a fait boire un poison qui devait le faire mourir dans des convulsions atroces. Et il a surmonté tout ça, le bougre ! En ce temps-là, les hommes n'étaient pas des mauviettes. »

Tandis que la société composée de lui-même, du blessé, de l'âne et d'une quantité phénoménale de mouches, trottinait vers Sidi-Abdallah, Tarik ne put s'empêcher de consulter le marin à propos de la Russie ; mais trop vagues, trop dispersées, trop émiettées, ses questions prouvaient surtout qu'il n'avait pas le commencement d'une idée de ce qu'était la Russie – un vaste à-plat de couleur verdâtre, à droite sur la carte de l'Europe, à droite mais aussi en haut, et en bas, et qui débordait encore sur l'Asie, il n'en savait pas plus, il était comme quelqu'un qui essaierait de poser le toit d'une maison dont il n'a pas encore dressé les murs.

Le soutier commença par le rabrouer. Le martyre qu'il endurait (un os de sa jambe droite avait fini par percer la chair brûlée et la peau parcheminée) l'empêchait de se concentrer sur l'immense Russie – *parce qu'elle est grande, camarade, tu n'as pas idée à quel point elle est grande !*, c'est tout ce qu'il fut d'abord capable d'en dire ; mais plus il citait son pays russe et plus les mots lui revenaient, y compris ceux qu'il ne pensait pas connaître, qu'il n'avait jamais fait rouler dans sa bouche, et qui maintenant l'enivraient comme la première gorgée d'alcool du matin, eau-de-vie de poires nantaises chez sa mère française, vodka là-bas chez son père russe, lampée au goulot avant même de mettre pied à terre.

Tarik apprit ainsi que la Russie était un pays que personne ne pouvait prétendre connaître tout entier, un pays recouvert d'une toison de forêts où, entre des arbres aux troncs d'une blancheur d'argent, circulait un vent bleu froid qui sentait la fumée de locomotive, l'odeur rude des bottes de soldats tannées et corroyées au goudron de bouleau, la terre lourde, le chou aigre. Par comparaison avec celui d'autres rivages où le marin avait abordé avec le *Megara*, le lard d'Ukraine était bien plus gras, et d'une saveur incomparable – ce lard blanc, il en raffolait, surtout avec du sel et du poivre, du fromage et de l'ail. Il mettait une telle intensité gourmande à évoquer cette viande impure que Tarik se demanda si le seul fait de l'écouter n'était pas déjà un péché.

18

Parce qu'elles ne pouvaient justifier d'aucun lien avec la Marine russe ni avec aucune des familles de militaires embarquées à Sébastopol, Yelena Maksimovna et sa tante n'avaient pas été tout de suite admises parmi les bénéficiaires du pécule alloué aux émigrés par le gouvernement français.

Sofia Féodorovna avait assez largement de quoi subvenir à ses propres besoins et à ceux de sa nièce, mais elle n'en décida pas moins de manifester son existence et son mécontentement – ce qui était pour elle un peu la même chose – auprès d'une autorité supérieure. Elle envoya donc à Étienne Flandin, le résident général de France en Tunisie, une lettre de récrimination à propos des deux mille cercueils commandés par la Marine en prévision de l'inhumation des victimes de l'évacuation.

Sofia déplorait que cette manne fût versée aux croque-morts au lieu de contribuer à aider les hommes et les femmes ayant survécu à l'évacuation de la Crimée, puis à la navigation de cauchemar qui les avait conduits de Sébastopol à Constantinople, et de là à Bizerte, sans préjuger de ce qui les attendait encore sur la terre tunisienne – les vivants ne méritaient-ils pas, autant que les morts, la compassion du Protectorat ?

Elle contestait aussi le fait que la traversée du nord au sud de la Méditerranée, même par mer exécrable, ait pu provoquer deux mille morts. C'était un chiffre exorbitant ! Dès lors, qu'est-ce que le Protectorat ferait des cercueils en trop (car il y en aurait, et pas qu'un peu !), qui, selon toute vraisemblance, allaient s'empiler sur un des quais du port, exposés à la morsure des vents de sable et aux pluies salines ?

Fabriquer et laisser pourrir une telle quantité de cercueils n'était pas sans conséquence dans un Maghreb où le bois était loin d'être la première ressource, et où, surtout, la tradition religieuse voulait qu'on enveloppât simplement les défunts dans des linges blancs avant de les coucher en pleine terre.

La lettre de Sofia Féodorovna n'avait pas reçu de réponse du résident. Mais en marge, quelqu'un avait écrit à l'encre rouge : *Esprit probablement dérangé, ne pas tenir compte.*

En attendant que des remorqueurs du port de Bizerte et de l'arsenal de Sidi-Abdallah pussent procéder à la distribution, quotidienne et par personne, de trois cent vingt grammes de viande, quatre cents de pommes de terre, six cents de pain, plus du lait, du sel, de l'huile d'olive, du savon et du tabac, le *Veliki-Kniaz-Constantine*, petit paquebot de la Compagnie russe de navigation à vapeur, un des tout premiers navires de la flotte Wrangel à mouiller dans la lagune d'Ichkeul, avait armé une de ses chaloupes pour délivrer une aide alimentaire d'urgence aux passagers les plus démunis.

Les vivres embarqués à Constantinople s'étaient en effet épuisés plus vite que prévu – on avait largement sous-évalué le temps nécessaire à cette flotte de bateaux disparates, la plupart en mauvais état, bousculés par des vents de force 7 à 8 et de très fortes vagues, pour effectuer la traversée jusqu'à Bizerte.

Et certains réfugiés, trop affamés pour patienter davantage, en avaient agressé d'autres que leur bonne mine faisait soupçonner de dissimuler des réserves clandestines de fèves, d'olives, de dattes, de figues ou d'oignons.

Consommés crus – c'est sous cette forme qu'ils étaient le plus efficaces contre le scorbut –, ces derniers donnaient une haleine détestable. Surtout que la pâte dentifrice était devenue une denrée à peu près introuvable.

Mais après tout, qui pouvait prétendre ne pas exhaler d'odeurs plus ou moins nauséabondes à bord de ces bateaux mal ventilés et équipés d'un nombre insuffisant de latrines, qui contraignaient leurs passagers à se soulager dans les cales et les entreponts ? Au début, on rejetait l'essentiel à la mer, mais il suffisait d'un orage pour diluer la fange, engendrer des ruisseaux fétides qui se faufilaient là où il ne fallait pas, dévalant les escaliers de fer et condamnant les personnes entassées sous les ponts principaux à patauger dans un répugnant cloaque.

« Sous peu, nous aurons le typhus à bord, prophétisa Sofia en brossant frénétiquement ses cheveux dont le soleil éclaircissait un peu plus chaque jour le châtain déjà trop clair pour son goût. Je sortirai de cette épreuve ou morte ou aussi blonde que toi. Je me demande d'ailleurs ce qui est pire. »

Sofia s'était toujours méfiée de la candeur qu'elle considérait comme le seuil de la niaiserie. Ses choix la portaient vers les étoffes obscures et riches, les jades bruns lisses et froids, les diamants cognac, elle préférait la sombre confiture de quetsches à une coulée de miel, les parfums musqués aux eaux florales.

Yelena se souvenait d'un crépuscule d'été, l'année de ses neuf ans, où, au cours d'une promenade à travers champs, elle avait voulu faire admirer la couronne de fleurettes qu'elle venait d'entrelacer, parure où dominaient le blanc, le rose, et quelques imperceptibles touches de vert chlorotique. Du tranchant de la main, sa tante l'avait assez violemment frappée sur le bras, juste au-dessus du coude, ce qui, en la déséquilibrant, avait fait chuter sa couronne dans une bouse toute fraîche. Irrécupérable. La jeune fille fut néanmoins contrainte de s'en coiffer afin de lui faire comprendre qu'elle ne devait pas céder aux sirènes de l'art candide, lequel risquait de faire d'elle une godiche, sinon une *krestyanin*, une paysanne – ah ! cette obsession, aussi, qu'avait eue Maksim de faire vivre sa fille à la campagne sous prétexte que tout y était plus pur – plus niais, oui ! – alors que Moscou et Petrograd regorgeaient de gymnases et autres instituts pour jeunes filles nobles prodiguant une éducation tellement attractive que, depuis une dizaine d'années, près de cinquante pour cent des demandes d'admission ne pouvaient être satisfaites...

« Le plus détestable dans le typhus, reprit Sofia, c'est la puanteur du pétrole dont, à titre de précaution sanitaire, on va nous frictionner, poils et cheveux surtout, pour soi-disant anéantir les poux qui infestent le cuir chevelu.

– Je n'ai pas encore attrapé de poux, dit Yelena. Et de toute façon il n'y aura pas assez de pétrole pour toutes les femmes de l'escadre.

– Les Français ont une base d'hydravions à Karouba, c'est tout à côté. Il faut du pétrole, beaucoup de pétrole, pour faire voler ces oiseaux-là. Alors on en trouvera toujours assez pour nous barbouiller avec. Ce sera la seule chose que nous obtiendrons sans avoir eu besoin de la troquer. »

Les roubles de la Russie du Sud n'ayant aucune valeur en Tunisie, il fallait payer en francs tunisiens qu'on ne pouvait gagner qu'en travaillant, or la plupart des offres d'emploi, y compris les plus modestes, avaient été pourvues dès les premiers jours. Quant aux postes qui ne suscitaient pas d'intérêt chez les réfugiés, il s'agissait de spécialités exigeant trop de qualifications. Aussi, après avoir épuisé la subvention qui leur était allouée, ne restait-il aux exilés que la solution du troc pour se procurer des denrées de première nécessité.

Sofia Féodorovna se sentit presque outragée à la seule idée de devoir échanger contre une grossière tambouille africaine une des œuvres picturales si typiques de l'hiver russe dont Maksim Mannenkhov avait lesté son bagage, et dont chaque flocon de neige avait été peint, même si la toile n'était qu'une croûte, avec une sincère exaltation patriotique.

« Garde donc tes tableaux, lui avait proposé Yelena, on commencera par troquer les miens. »

Elle pensait que son père avait confié à Sofia les œuvres des artistes les plus éminents, et qu'elle avait hérité, elle, les toiles les moins cotées – la menue monnaie, somme toute.

La plupart des peintures roulées dans sa malle étaient en effet des travaux d'étudiants qui, par refus du conservatisme de leurs professeurs et des règles de l'Académie impériale des Beaux-Arts, avaient fait sécession de façon spectaculaire. Organisés en association de travailleurs autogérée, ils s'étaient baptisés les Ambulants et faisaient désormais le tour de la Russie, exposant des œuvres qui, loin des pompeux sujets historiques ou mythologiques de l'Académie, s'inspiraient des réalités parfois sordides de la vie quotidienne, notamment dans les campagnes.

Yelena se souvint d'avoir été profondément touchée par deux tableaux qu'elle avait retrouvés dans son bagage – l'étude préparatoire d'un certain Arkhipov pour sa *Visite à un malade*, et une esquisse de Nikolaï Iarochenko intitulée *Le Prisonnier*, si poignante qu'elle devait détourner son regard quand elle passait devant.

Elle était incapable de se rappeler sur quels murs de Zagoskine avaient été accrochés ces deux tableaux. Il est vrai qu'il ne s'agissait que d'ébauches, d'œuvres inabouties, Maksim n'ayant jamais été assez fortuné pour s'offrir un grand format achevé et dûment signé. N'importe ! Ces premiers jets suffisaient au lieutenant-général baron pour se rêver en boyard fortuné, son imagination palliant les coups de pinceau encore embryonnaires et les couleurs manquantes.

Soucieuse de montrer qu'elle savait tenir son rang et faire preuve d'élégance en dépit des circonstances, Sofia Féodorovna avait déjà sacrifié deux ou trois petits formats de son « viatique » contre des coupons de damas, des mousselines de soie et des rubans d'organza pailletés d'or.

Victime d'acouphènes, elle croyait entendre en permanence un train rouler dans le lointain – celui de Maksim Féodorovitch, bien sûr, sur le point d'entrer en gare de Sébastopol, ce frère qu'elle avait quitté non pas pauvre mais rendu économe, disons même regardant, par la conjonction imprévisible d'une guerre et d'une révolution, et qu'elle imaginait à présent les poches pleines des millions de roubles que lui aurait *forcément* rapportés la vente de son domaine, car pourquoi Maksim serait-il resté en arrière sinon pour se défaire au meilleur prix de Zagoskine, avec son moujik fou, ses pavots blancs et ses lins fanés ? Aussi Sofia Féodorovna s'était-elle montrée généreuse envers la babouchka soupirante et grinçante qui, dans un atelier en sous-sol de la rue Bolchaïa Morskaïa, faisait fonction de couturière et régnait sur un peuple de petites filles maladives, pour la plupart des Ingouches et des Tchétchènes. Naturellement fuselés, et effilés plus encore par la malnutrition – on pouvait même parler de famine –, les doigts de ces fillettes n'avaient pas leur pareil pour couper ou assembler les toilettes les plus délicates.

Sofia avait obtenu de la patronne des Tri Svetitelja de disposer, dans un renfoncement du couloir desservant les chambres, d'une penderie avec serrure – le logement qu'elle partageait avec sa nièce n'offrant en guise de rangement qu'une minuscule alcôve fermée par un rideau à glands.

À en croire l'odeur d'huile minérale et de poudre qui s'en dégageait, l'armoire dont on lui consentit l'usage avait dû contenir une belle brochette d'armes à feu. Aux crocs des râteliers pendaient à présent les trois robes de soirée coupées et assemblées par les petites mains fiévreuses de la rue Bolchaïa Morskaïa. Une de ces toilettes s'ornait d'une traîne que Sofia avait relevée et épinglée à hauteur des omoplates pour éviter qu'elle balaie le sol de l'armoire où stagnaient des résidus graisseux. Ainsi retroussée, la jolie robe avait tout à fait l'air d'une jeune condamnée à la potence, les mains liées derrière le dos et bombant sa poitrine dans un dernier sursaut de défi.

Sofia longea le train, du fourgon de queue à la locomotive. Elle déploya son ombrelle, la referma, la rouvrit, créant ainsi un semblant de courant d'air pour chasser les épais copeaux de fumée chaude et poisseuse que rejetait la locomotive.

Munis de porte-voix, des employés annonçaient que ce train qui venait de se ranger le long du quai était le dernier en provenance d'Odessa. La gare de Sébastopol étant à présent, et jusqu'à nouvel ordre, fermée au trafic civil, seuls les trains blindés et les convois sanitaires étaient encore autorisés à manœuvrer, en conséquence de quoi, et pour leur sécurité, toutes les personnes présentes étaient priées d'évacuer.

Au commencement, les voyageurs étaient si nombreux, si encombrés de valises, de sacs, de paquetages invraisemblables qu'ils balançaient en tous sens, que Sofia Féodorovna, heurtée, cognée, emboutie, poussée, écrasée, avait fondu en larmes. Des gens énervés lui criaient dessus – mais quoi ? qu'essayaient-ils de lui dire ? Mêlées au souffle rauque de la locomotive que des cheminots avaient découplée, ces phrases étaient incompréhensibles, constituées de mots qui appartenaient à une langue qu'elle ne connaissait pas. Lorsque la foule devint moins dense et que la locomotive s'éloigna sur une voie de garage, Sofia comprit : elle marchait à contre-courant, elle était tel un caillou roulant au milieu du lit de la rivière, elle perturbait l'écoulement naturel, la fluidité du fleuve. Elle était en tort, elle méritait les griffures, les écorchures, les coups d'ombrelle qu'elle recevait. Alors elle se mit à ânonner, comme une écolière incertaine de savoir sa récitation se la répète à mi-voix tout en marchant vers l'estrade où l'attend la maîtresse, vers le tableau noir où on a inscrit avec beaucoup d'application (bien qu'il s'agisse de caractères à la craie blanche, certaines lettres sont admirablement ourlées, comme calligraphiées) l'intitulé de la leçon du jour : *Arrivée de Maksim Féodorovitch à Sébastopol, la famille Mannenkhov (ou du moins ce qu'il en reste) enfin réunie*. Mais comme tant de choses que l'école avait enseignées à Sofia, tout ça relevait de l'illusion, de la farce, du mensonge, tout ça comme le reste : son frère n'était pas à bord du dernier train d'Odessa.

Après l'amère déception de n'avoir pas trouvé Maksim Féodorovitch à la gare, Sofia Féodorovna et sa nièce soupèrent d'une *oukha* dans une gargote donnant sur la mer. Elles auraient voulu célébrer autrement leur au revoir à la Russie (pour elles, il ne pouvait être question d'un adieu, le général Wrangel n'avait cessé de le répéter : *Si mon armée tourne le dos aux Rouges et prend la mer, ce n'est pas pour aller au loin ruminer sa défaite, c'est pour refaire ses forces et revenir*), elles auraient investi la totalité des roubles qui leur restaient dans un festin nostalgique et grandiose, avec au moins sept services, trois desserts et les meilleurs vins, dans un restaurant de luxe du boulevard Primorski, au lieu de quoi…

« J'ai enfin pu avoir des détails concernant notre départ », dit brusquement Sofia.

Dans l'après-midi, elle était montée sur la colline de l'amirauté, mêlée à une foule à la fois animée et tendue qui l'avait fait penser à cette multitude qui, voici presque deux mille ans, s'était dirigée vers une haute colline surplombant Génézareth, non loin de Capharnaüm, pour écouter le Christ révéler les Béatitudes. Comme la plupart des hommes et des femmes de l'antique assemblée évangélique, Sofia Féodorovna avait machinalement suivi le mouvement, sans trop savoir ce qui l'attendait, jusqu'à se retrouver dans une salle de l'amirauté, pressée contre une table derrière laquelle, avec une gravité de juge, siégeait un jeune cadet de l'École navale qui inscrivait les candidats à l'évacuation en fonction des disponibilités des différentes unités encore amarrées le long des appontements ou déjà ancrées dans la rade extérieure.

« Votre patronyme ?

– Baronne Sofia Féodorovna Mannenkhova.

– Pouvez-vous me l'écrire, je vous prie ? » sollicita le cadet en orientant vers elle un gros registre dont les colonnes étaient couvertes d'appellations de navires en face des noms de candidats à l'évacuation.

Il plongea un porte-plume dans un réservoir d'encre violette incrusté dans le bois de la table et le tendit à Sofia. Celle-ci le prit, attentive à ne pas laisser tomber sur le papier la grosse larme sombre et luisante qui tremblotait entre le bec et le jour de la plume métallique.

« Mais je ne pars pas seule. En fait, j'accompagne ma nièce, Yelena Maksimovna. De la famille Mannenkhov, elle aussi.

– En ce cas, voulez-vous inscrire aussi son nom, là, à côté du vôtre, en face de celui du navire qui vous est affecté, le *Georguii Pobedonossets* ?

– Il est bien, ce bateau-là ?

– S'il est bien ? C'est un *dreadnought*[1], madame la baronne, l'une des plus importantes unités de la Marine impériale. Enfin, c'est ce qu'il était au temps de sa splendeur. Et il est toujours aussi énorme, aussi impressionnant, même si la vérité m'oblige à dire qu'il est aujourd'hui une vieille baille au point que c'est à peine s'il peut faire route tout seul, sans être remorqué. Mais bah ! c'est le cycle normal de la vie, n'est-ce pas ?

– Le cycle de la vie, parfaitement, répéta Sofia en se demandant si elle n'était pas elle aussi devenue une vieille baille. »

1. Type de cuirassé lancé par la Royal Navy en 1906, et rapidement imité par les marines les plus puissantes. Propulsé par des turbines à vapeur qui lui donnaient une grande rapidité, il était équipé de cinq tourelles de deux canons de 305 mm.

Elle marqua un temps, puis s'enquit :

« Il va de soi que ma jeune nièce et moi partagerons la même cabine ? »

L'idée l'avait traversée que les responsables de l'évacuation avaient peut-être imaginé répartir les réfugiés sur les bateaux selon des critères strictement militaires, sans tenir compte des liens familiaux et sentimentaux. Par responsables de l'évacuation, Sofia n'entendait évidemment ni le général Wrangel, ni l'amiral Kedrov, ceux-là avaient un cœur et l'avaient prouvé, mais leurs subordonnés, des gens comme ce cadet pour qui tout ça était un peu la fin d'une histoire où il avait eu son petit rôle à jouer, et qui devait rêver d'un ultime et triomphal tour de piste avec l'ensemble de la troupe avant que le rideau tombât.

« Le problème, c'est qu'il y a beaucoup plus de personnes à embarquer que de places à bord, dit le cadet. Aussi ne pouvons-nous pas vous garantir l'attribution d'une cabine. D'ailleurs, vous savez, les cabines, sur un bateau de guerre... eh bien, on pourrait tout aussi bien parler de cellules, voire de cachots pour celles qui sont en dessous de la ligne de flottaison et n'ont pas d'ouverture sur l'extérieur. Certaines personnes devront plus ou moins bivouaquer là où elles trouveront un espace libre. Mais bon, cabine, cellule ou coursive, il n'y a aucune raison pour que vous soyez séparée de votre nièce. Je suis certain, madame la baronne, que vous l'aurez sous votre garde pendant toute la durée de la traversée. Et si elle n'est pas sage, ajouta-t-il avec un rire, n'hésitez surtout pas : demandez à un officier du *Georguii* de la mettre à fond de cale, et aux fers s'il vous plaît ! »

Il se passa la langue sur les lèvres, comme à l'annonce d'une distribution imminente de ces lichouseries dont les jeunes hommes de guerre sont trop souvent privés – or il était un jeune homme de guerre, même s'il donnait plutôt, en cet hiver 1920, une image de sale petit planqué derrière son bureau.

Il n'était pas méchant, mais jeune et plein de sève, il y avait six mois qu'il n'avait pas fait l'amour, alors, sans connaître la jeune nièce de la baronne Mannenkhova, il s'en était entiché à l'instant où la tante avait prononcé son prénom : Yelena, c'était moelleux, ça coulait comme du miel… et il s'en était aussitôt forgé un portrait débordant de blondeur soyeuse, de muqueuses roses et mouillées d'une salive miellée – la salive d'en haut, parce qu'il n'imaginait même pas qu'il pût en exister une autre en bas, entre les cuisses des femmes.

Après avoir penché la tête sur le côté pour repérer celles et ceux qui, dans la file interminable, allaient succéder à la baronne et l'assommer des mêmes doléances, il ressentit le besoin de se préparer à l'épreuve en s'offrant soit une cigarette d'une manufacture de Saint-Pétersbourg réputée pour son tabac à l'âcreté particulièrement virile, soit un fantasme plus machiste que les cigarettes pétersbourgeoises et dont, avec un peu de chance, les effets libidineux le tiendraient en état de volupté jusqu'à l'heure du couvre-feu.

La lubricité du fantasme l'avait emporté sur la cigarette.

« Comment est ton oukha ?

– Bonne, mais pas très consistante. Je parie que j'aurai un creux sur le coup de minuit. »

Ressentir la faim au milieu de la nuit, une faim raisonnable qu'elle savait pouvoir assouvir, avait toujours été un de ces petits bonheurs dont Yelena ne se lassait pas : rien ne lui était plus délicieux que de quitter un lit bien chaud pour s'aventurer sans chaussons (il lui fallait ressentir sous ses pieds la froidure coupante des dalles, sinon son plaisir n'était pas complet) à travers les salons de Zagoskine où des fortunes avaient été gagnées ou perdues en une soirée selon le bon vouloir des cartes ou des dés ; elle se recueillait quelques instants sur le seuil du boudoir qu'avait tant aimé sa mère et où il était interdit de déplacer le moindre objet, Maksim Féodorovitch se faisant un devoir de garder la pièce telle qu'elle était la dernière fois qu'Olga l'avait quittée, identique jusqu'à cette feuille morte qu'il avait fini par faire fixer au sol avec de la glu tellement il craignait qu'un courant d'air l'emportât ; et Yelena descendait ainsi, frissonnante et apeurée, jusqu'à l'entresol où étaient les cuisines, où elle rassemblait en hâte quelques-uns des zakouskis dont elle raffolait, puis, en courant cette fois, elle remontait se coucher, s'enfonçait profondément dans son lit encore tiède, essuyait ses doigts gras après les draps, riant de son bien-être.

Jusqu'à ce que les rondes morbides de Pavlin Antonovitch, le moujik fou, ne missent un terme à ces expéditions nocturnes…

« L'oukha est une soupe claire, Yelena. C'est même sa caractéristique principale.

– N'empêche que je la trouve moins savoureuse que d'habitude. Et pas qu'un peu. Trop de légumes, peut-être, ou pas assez de poisson ? Ou bien celui-ci est-il de moindre qualité ? Ou encore c'est moi qui perds le goût des choses, ça arrive quand on a un rhume, va savoir !

– Parce que tu es enrhumée ? s'inquiéta Sofia.

– Non, je ne crois pas, non – mais qui dit que je ne le serai pas en me réveillant demain matin ? »

Elle cessa de jouer avec sa chope, la rapprocha de son visage pour boire une gorgée de kvas. Elle surprit son reflet sur l'arrondi du verre. Elle trouva sa bouche émouvante, oui, *émouvante* est le mot qui lui vint à l'esprit, elle observa un instant cette bouche comme si ces lèvres habituellement tendres et gonflées (mais ce soir un peu fripées par le froid), ces dents près de s'entrechoquer, ce bout de langue étaient ceux d'une autre. Elle songea que peut-être, sur les marches de l'escalier qui reliait le boulevard Matrosskiy au monument dédié au capitaine Kazarsky, un homme, en la voyant tout à l'heure, avait eu le désir d'embrasser sa bouche. Il s'en était gardé, Dieu merci – elle n'aimait pas être embrassée sur la bouche, ça n'avait jamais très bon goût –, mais peut-être que l'homme, lui, continuait d'y penser, d'en rêver ; tandis qu'elle, depuis vingt-deux ans que cette bouche était sienne, sa possession ne lui faisait plus aucun effet, ne lui procurait ni plaisir ni répugnance, elle n'en percevait même pas l'existence, elle avalait sa salive sans même y penser, alors que l'homme de l'escalier Matrosskiy – Kazarsky, lui…

Yelena adressa un sourire complice à son image déformée par le galbe de la chope. Sofia posa sur elle un regard incrédule :

« Qu'y a-t-il de si amusant ? Note que je suis rassurée de te voir comme ça. À vrai dire, je pensais plutôt que tu serais terrorisée.

– Terrorisée par quoi ?

– Eh bien, mais… par le bruit du canon et toutes ces sortes de choses… Par la guerre, quoi !

– Oh, la peur, la panique, ce n'est pas trop mon genre, du moins tant qu'il y a une explication. Pour ça, je suis comme Tchékhov. Sais-tu quelle a été l'une des plus grandes paniques de sa vie, la plus grande peut-être ? »

Une réprobation muette passa dans les yeux de Sofia – était-ce vraiment le moment de se préoccuper des émotions d'un dramaturge mort quinze ans auparavant ?

Mais Yelena n'en avait cure. Elle se lança dans un récit circonstancié des faits qui, à l'en croire, avaient plongé l'âme de Tchékhov dans les affres d'une terreur sans nom. Plus elle nourrissait son récit et s'en nourrissait elle-même, et plus elle s'excitait au point que les mots se bousculaient et s'entassaient dans sa bouche (mais est-ce qu'on pense à déglutir quand on a le privilège de pouvoir parler de Tchékhov à quelqu'un qui vous écoute ?) avant de s'en évader en fusant entre ses lèvres sous la forme de nuées de postillons parfumés au kvas :

« C'était une nuit en rase campagne, je ne sais pas précisément quelle nuit ni quelle campagne, mais qu'il te suffise d'imaginer l'automne, le brouillard gris, lourd, mouillé, qui se traîne au ras de la steppe. Et là, tout soudain, qu'est-ce qui surgit de la brume et des ténèbres ?

– Aucune idée, maugréa Sofia, je n'y étais pas.

– Moi non plus je n'y étais pas, mais l'anecdote est célèbre.

– Eh bien, raconte, se résigna la tante.

– C’est un wagon, oui, un lugubre wagon de marchandises qui passe à frôler Tchékhov, un wagon qui glisse sans rails, ou bien sur des rails invisibles. Croyant avoir affaire à un wagon fantôme, le pauvre Tchékhov prend ses jambes à son cou. Il court aussi vite et aussi loin qu’il peut, il en perd ses bésicles, sa barbichette ballotte comme un cœur qui bat la chamade. Il est sur le point de s’effondrer lorsqu’il aperçoit enfin, parmi les touffes de fraxinelles et de pâturins, une ombre qui balance une lanterne. Il l’identifie grâce à ses boutons métalliques sur lesquels se reflète la lueur de son fanal : c’est un employé du chemin de fer. Sans s’arrêter de trembler, Tchékhov lui raconte ce qu’il vient de voir. Le cheminot le rassure : allons, ce n’est probablement qu’un wagon qu’on a mal accroché et qui aura profité d’une pente pour s’en aller tout seul. Sauf qu’un wagon, ça roule sur des rails, insiste Tchékhov, et ici, des rails, y en a pas ! Oh, que si, rétorque l’employé, que si, y a des rails, seulement vous ne les voyez pas parce qu’ils sont dissimulés sous les carex et les absinthes. Du coup, sachant de quoi il retourne, Tchékhov cesse sur l’instant d’avoir peur. Mais le souvenir de ce wagon l’effleurant avec une douceur impertinente de papillon de nuit est demeuré pour le reste de sa vie le symbole de la plus grande terreur qu’il ait jamais éprouvée. Moi aussi, il suffit que je *sache* de quoi il retourne pour que toute peur me quitte. Le canon peut tonner toute cette nuit si ça lui chante, ça m'est bien égal dès lors que je connais la raison de son raffut. »

Sofia la regarda avec sévérité :

« Comment peux-tu être aussi désinvolte, Yelena Maksimovna ? Et si ton père, dont nous n'avons aucune nouvelle, se trouvait quelque part sur la trajectoire de ces affreux obus, y as-tu pensé ?

– La guerre ne le rattrapera pas, affirma Yelena. Et à supposer qu'elle arrive jusqu'à lui, il saura bien lui échapper. C'est un homme étonnant, tu sais. »

Mais elle ne croyait pas un mot de ce qu'elle venait de dire. Et ses lèvres tremblaient, et des larmes brûlantes mouillaient ses joues. Bien sûr que son père n'était pas invulnérable ! Si les lois de la balistique alliées à celles de Dieu – ou du hasard – voulaient que les deux cent quatre-vingt-dix balles en plomb d'un obus fussent précipitées, à l'instant de l'éclatement du projectile qui les contenait, et à plus de six cent vingt mètres par seconde, sur le lieutenant général Mannenkhov, elles ne passeraient pas à travers son corps comme si elles franchissaient un rideau de pluie : elles l'entailleraient, le déchiquetteraient, le mutileraient jusqu'à le ravager à mort.

Le brassage presque ininterrompu des hélices, des roues à aubes et même des simples avirons, arrachait aux profondeurs de la mer le remugle de ses sables, de ses algues, de ses épaves. Senteurs qui remontaient s'étaler en surface, imprégnant ce soir la ville entière d'une odeur d'engloutissement.

Yelena et sa tante demandèrent un supplément de pain afin de saucer le bouillon dont il n'y avait plus une quantité suffisante au fond de leurs assiettes pour le recueillir avec une cuillère ; mais depuis que les minoteries avaient été réquisitionnées par l'armée, les boulangers n'avaient plus assez de farine à vendre aux restaurants, aussi la serveuse fit-elle comme si elle n'avait rien entendu, et les deux femmes durent se contenter d'élever les assiettes jusqu'à leur bouche et d'aspirer bruyamment le liquide.

« Yelena, dit Sofia en se torchant les lèvres d'un mouvement du coude, tu enfileras tous les vêtements que tu pourras, tu les passeras les uns sur les autres, tant pis si ça te fait ressembler à une matriochka, au moins ça te tiendra chaud.

– Le bateau ne sera pas chauffé ?

– Je n'en sais rien. »

Comme elles remontaient vers leur Tri Svetitelja, elles se retrouvèrent au milieu d'un encombrement d'hommes fébriles qui s'échangeaient des informations en yiddish.

Yelena, qui l'avait appris pour pouvoir lire *La Cerisaie* dans cette langue et s'assurer que le traducteur n'avait pas trahi son cher et adoré Tchékhov, expliqua à Sofia : ces gens qu'on vient de croiser, qui faisaient de grands gestes en parlant haut, qui répétaient *vakhhhh ! vakhhhh*[1] *!* en se frappant la poitrine, qui roulaient (ou levaient) les yeux au ciel, ce sont des commerçants juifs persuadés que les centaines de cosaques qui ont déferlé sur Sébastopol pour échapper aux bolcheviks vont déclencher un pogrom et piller autant de maisons et de magasins qu'ils pourront afin d'emporter de quoi vivre là-bas, sur la terre inconnue vers laquelle les navires vont les conduire – n'est-ce pas au même genre de dévastation que se livre Lopakhine, devenu le nouveau propriétaire de la Cerisaie, lorsqu'il ordonne d'abattre tous les cerisiers dont le bois est supposé servir à construire un nouveau monde, un monde de datchas pour riches estivants ?

« Je ne me rappelle pas ce passage où il fait couper tous les arbres, dit Sofia. Non, je ne m'en souviens pas du tout.

– Parce qu'au théâtre on ne voit pas l'abattage. Je suppose que visuellement, ce serait trop difficile à mettre en scène. Alors on perçoit seulement, venus des coulisses, la cognée des haches et le

1. Expression de tristesse particulière au yiddish russe (selon Claude Frioux, dans l'édition de la Pléiade de l'œuvre d'Anton Tchékhov).

craquement des arbres quand ils tombent. J'ai toujours pensé que ça devait ressembler au bruit du canon dans le lointain – un peu ce que nous entendons ce soir, n'est-ce pas ? »

La rue Catherine que suivaient Yelena et sa tante paraissait plus ténébreuse que les fois précédentes. Les innombrables douilles qui la jonchaient et accompagnaient la marche des deux femmes d'un bruit de crécelle donnaient à penser que des soldats s'étaient entraînés au tir sur les cages de verre des becs de gaz.

Peut-être en raison de l'obscurité qui a la réputation de favoriser les trafics, cette partie médiane de Sébastopol, ces demeures opulentes et blanches alignées comme un trait d'union entre la ville des collines et celle du bord de mer, était devenue le pré carré des spéculateurs. À tous les carrefours, dans l'embrasure des portes cochères, au seuil des églises, se tapissaient des changeurs de banknotes, des revendeurs de bijoux de quatrième ou cinquième main, de diamants volés, de boucles d'oreilles sectionnées *in vivo* à la pince coupante, de colliers arrachés. Éparpillé sans précautions particulières sur des nappes étalées à même le sol, l'or, qui connaissait une ascension fulgurante depuis le premier siège de Sébastopol, celui de 1856, se vendait en lingots, en poudre, en copeaux blonds et ourlés qu'on s'échangeait contre des centaines de milliers de *karbovanets*[1] que des femmes habillées de noir puisaient de leurs mains ridées dans le secret de vieux cabas en paille. On en proposait même, sous le nom d'or potable, en boisson rafraîchissante garantie concoctée selon la recette inventée par les Chinois. Sur un pupitre d'écolier où la pointe sèche d'un compas avait gravé des dessins obscènes, s'étalaient des rognons d'ambre confiés à la garde d'un petit garçon d'Éthiopie au nez si incroyablement retroussé qu'à chaque ondée la pluie s'y engouffrait. Il la chassait en bouchant alternativement chaque narine et en soufflant très fort, et l'eau jaillissait vers le ciel comme le jet d'un cachalot dont le gamin avait d'ailleurs le gros front noir et bombé.

---

1. Devise monétaire de la nouvelle République populaire d'Ukraine, utilisée jusqu'à l'introduction de la hryvnia en 1996.

19

Plus tard, depuis la chambre qu'elles partagaient, « ces dames Mannenkhova » comme les appelait Aniouta Petrovna, la servante des Tri Svetitelja du quai Grafskaïa, virent une fanfare s'installer dans une gloriette proche. Sans nouvelles de Maksim Féodorovitch qui n'arrivait toujours pas, Sofia et sa nièce avaient besoin de réconfort, alors elles ouvrirent grand la fenêtre pour profiter de la musique.

Le chef de la fanfare, un petit homme sautillant aux yeux bridés, commença par se présenter comme membre du très conservateur Ulema Jemyeti, le Conseil des hommes instruits. Il dit avoir fui sa fertile vallée de Ferghana après l'hécatombe perpétrée par des bataillons de l'Armée rouge parmi les planteurs de coton – il cita le chiffre exorbitant de vingt-cinq mille victimes, mais c'était un ouï-dire dont lui-même admit qu'il devait être très exagéré. Puis il enfila des gants blancs, brandit une fine baguette et commença à battre la mesure.

Sa fanfare jouait trop fort et passablement faux, mais, même massacrées, les *Danses polovtsiennes* et *Kamarinskaïa* eurent l'avantage de couvrir le bruit sourd, épais, de l'artillerie rouge qui roulait dans le lointain comme un charroi du diable.

Afin de lutter contre le froid tout en gardant la fenêtre ouverte pour continuer d'entendre la musique, Yelena et Sofia s'étaient enlacées. Elles dansaient dans les bras l'une de l'autre, les yeux mi-clos mais les lèvres entrouvertes.

Chaque fois qu'une figure de valse la rapprochait de la fenêtre donnant sur la mer, Yelena pouvait voir l'agitation du port devenir de plus en plus frénétique sous l'impulsion d'une noria de navires de tous tonnages, militaires ou commerciaux, en provenance de Kertch, Novorossiisk, Yalta, Odessa, Varna, Batoum, etc., qui ralliaient Sébastopol pour participer à l'évacuation des milliers de Russes que la prise de l'isthme de Perekop par les Rouges avait fait passer du statut de réfugiés à celui d'assiégés.

Comme des oiseaux envahissant un arbre à la tombée du jour, il ne cessait d'en arriver de nouveaux, tous plus ou moins maculés, souillés, déplumés – antennes filaires sectionnées et flottant au vent, mitrailleuses privées de leurs affûts, artillerie tertiaire débarquée.

La vétusté de nombreux bâtiments (l'Empire russe n'avait pas encore comblé les pertes extrêmement sévères subies par sa marine dans le détroit de Tsushima lors de la guerre de 1904-1905 contre le Japon), et le pavillon bleu-blanc-rouge que les Russes avaient obtenu de faire flotter en tête de mât en signe qu'ils se plaçaient sous la protection de la France, ne plaidaient pas en faveur d'une grandeur retrouvée de la Marine impériale.

Le processus était toujours le même : on ne voyait pas arriver les navires, et tout soudain ils étaient là, vous brûlant les yeux de leurs escarbilles, défilant le long du quai en quête d'une place introuvable pour finir par s'amarrer à couple.

La fanfare acheva de jouer un charleston dont les notes fraîches, presque espiègles, dissonaient avec le climat d'abattement et de lourdeur qui oppressait la ville. En l'absence d'un public à saluer, les musiciens, sur un signe de leur chef, s'inclinèrent très bas face aux vagues noires, frangées d'écume, qui figuraient assez bien un parterre d'hommes en smoking, le crépitement de l'écume imitant alors celui des applaudissements, tandis que le ressac simulait le frottement soie sur soie des robes du soir – à compter de cette nuit, des millions d'opposants allaient de toute façon devoir apprendre à vivre dans une Russie et une Ukraine imaginaires.

« Hep ! madame, appela le chef de fanfare en pointant le bout de sa baguette vers la fenêtre derrière laquelle se profilaient les ombres de Sofia Féodorovna et de sa nièce.

– Qui ça ? Moi ?

– Oui, vous, *barynia*, dans la chambre où l'on dansait tout à l'heure... la chambre où brille encore de la lumière...

– Eh bien quoi ? fit Sofia avec impatience.

– Où vont-ils nous conduire ? Vous le savez ?

– Soyons déjà satisfaits qu'ils nous emmènent !

– Oh, quant à partir, à présent ça a l'air d'être du sûr : mes gars et moi, on nous a affectés à un aviso français qui fera partie de l'escorte des bateaux russes. C'est le *Bar-le-Duc*, du nom de la ville qui a été le kilomètre zéro de la Voie sacrée, l'artère vitale de la bataille de Verdun. Heureux présage, non ?

– Nous aussi, fit Sofia, on nous a désigné un navire, et particulièrement glorieux lui aussi : le *Georguii Pobedonossets – Georges le Victorieux*, en français. »

Plus tard, apprenant le naufrage du *Bar-le-Duc* qui, dans la nuit de tempête du 12 au 13 décembre, drossé sur les récifs à l'ouest du cap Doro, avait coulé en moins d'une demi-heure, entraînant dans la mort une trentaine de personnes dont les musiciens de la fanfare, Sofia Féodorovna devait se souvenir de ces paroles vite emportées par le vent de la mer. Longtemps, elle chercherait à se rappeler le titre du morceau d'adieu interprété par la fanfare, elle finirait par se persuader qu'il s'agissait de *I'm a Little Blackbird Looking for a Bluebird*[1], jusqu'à ce que des années plus tard, dans un train de nuit de la Compagnie internationale des wagons-lits et des Grands Express Européens, Viorica Dumitrascu, la soprano roumaine avec qui elle partageait le compartiment 17, lui apprenne qu'en réalité la chanson du petit oiseau noir avait été composée six ans après l'appareillage en catastrophe de la flotte russe de Sébastopol.

Né de la combinaison des éclats des feux de position des navires avec les myriades de gouttelettes d'eau que le brassage des hélices et des roues à aubes levait au-dessus de la rade, une sorte de halo doré s'était formé. Ce n'était qu'une illusion d'optique, un trompe-l'œil dû à l'ensoleillement artificiel produit par plus de deux cents bateaux illuminés, mais dans le calme parfait précédant la tempête, ce mirage flottait comme une bulle irisée

1. *Je suis un petit oiseau noir qui cherche un oiseau bleu*, chanson emblématique de la jeune interprète afro-américaine Florence Mills.

au-dessus de la rade, accentuant par contraste l'aspect décharné du ballon captif aux flancs creux qui venait de s'envoler d'un terrain vague à l'est de Lazarevskaïa, emportant dans le ciel de nuit des canonniers chargés d'évaluer la pertinence des tirs d'obusier de l'Armée blanche.

Au-dessus de la ville rampait un nuage solitaire. À chaque départ de pièce, il progressait un peu plus, le front bas comme un bélier têtu, glissant irrésistiblement vers la partie du ciel où stagnait la luminescence vague de la lune.

Seul un mince et fragile rideau de cavalerie protégeait encore Sébastopol.

Un premier incendie empuantit l'atmosphère. L'entrepôt de la Croix-Rouge américaine s'était embrasé. Les produits pharmaceutiques, les pansements, le latex, brûlaient en dégageant une fumée épaisse, collante, dont l'odeur, curieusement, rappelait celle des aisselles en sueur.

Simultanément retentirent de violentes explosions qui firent naître des geysers de grêle sombre. Une poussière épaisse crépita sur la ville et le port. Signe qu'ils considéraient la bataille de Sébastopol comme perdue pour eux avant même d'avoir commencé, les Blancs faisaient sauter leurs magasins à poudre.

On n'entendait ni cris ni plaintes, juste les hennissements des chevaux cosaques, les cris rauques des oiseaux de mer, et le tambour sans fin des souliers sur les appontements – bien avant la nuit, tout ce que la ville comptait d'habitants, résidents ou gens de passage, avait déjà convergé vers le port, et du port vers la digue où étaient amarrés les navires. Les obus n'avaient commencé à tomber que plus tard, un peu au hasard semblait-il ; de toute façon, beaucoup n'éclataient pas, se contentant de s'enfoncer dans la terre à la façon d'une vrille, tournant sur eux-mêmes avec un bruit suraigu.

Tandis que sa nièce achevait de trier ce qu'elles allaient emporter à bord du *Georguii Pobedonossets* et ce qu'il leur faudrait se résoudre à abandonner dans la chambre (le cadet, à l'amirauté, avait bien insisté sur le fait que la place leur serait comptée de façon drastique), Sofia Féodorovna descendit régler le montant de leur séjour.

Mais il n'y avait personne derrière le comptoir.

Elle éleva la voix, « Madame Scheglov ! madame Scheglov, je voudrais payer ma petite note ! », mais en vain, alors elle appela la servante, « Aniouta ! Aniouta Petrovna ! peux-tu me dire combien je dois pour notre séjour, à ma nièce et à moi ? Si tu ne connais pas le montant exact, si madame Scheglov n'a pas encore eu le temps de faire le compte, donne-moi au moins un ordre de grandeur afin que je puisse laisser, là sur le comptoir, une somme qui couvre à peu près… »

Ni la patronne ni la servante ne répondirent. Avaient-elles fui ? Ou bien les avait-on arrêtées et emmenées Dieu sait où ? Il était tout de même bizarre qu'elles aient filé comme ça sans demander leur dû, non ? Mais on racontait que des Rouges avaient réussi à s'infiltrer dans la ville et commencé à appliquer leur justice, ça expliquerait que madame Scheglov et Aniouta Petrovna aient disparu, on ne savait que penser, toujours est-il que la Tri Svetitelja était vide.

La porte donnant sur la rue avait été mal fermée, elle battait continuellement. Comme le vent était tombé, Sofia en avait déduit que c'était le souffle pourtant lointain des explosions qui faisait bouger cette porte. C'est inimaginable, se dit-elle, les répercussions qu'une guerre peut avoir sur les plus petites choses de la vie quotidienne – et encore n'était-ce là qu'une guerre civile, qu'une « révolution », ça n'avait pas la même amplitude que le conflit mondial qui s'était achevé deux ans auparavant après avoir fait, pour ce qu'on pouvait connaître d'un bilan qui n'était pas définitif, quelque dix-huit millions de morts, dont plus de trois millions pour le seul empire de Russie.

Au nom du principe de prévoyance, Sofia Féodorovna se refusait souvent les satisfactions les plus immédiates, les renvoyant à plus tard, les remettant à quand elle serait plus âgée, ne fût-ce que de quelques minutes – c'est ainsi qu'elle commençait par manger la partie d'un fruit qui lui semblait la moins sucrée, se réservant la tranche la plus suave pour l'instant suivant, lorsqu'elle serait un tout petit peu plus vieille.

Garder le meilleur pour la fin, toujours, c'était sa devise.

Or c'était au moment où, se sentant vieillir pour de bon, elle aurait eu besoin d'une plénitude d'onctuosité, de moelleux, où elle aurait dû enfin toucher les dividendes de ses petits sacrifices, que la révolution lui pourrissait la vie – oh ! encore modestement, bien sûr, mais ça n'était qu'un début, qu'une alerte en attendant la grosse déflagration en train de mûrir quelque part.

Voyez plutôt : depuis son réveil trop matinal (il ne faisait pas encore jour lorsqu'une sorte de tocsin avait sonné aux clochers de la ville), Sofia Féodorovna avait déjà dû renoncer à un petit-déjeuner du genre de ceux qu'elle appréciait tellement à Zagoskine, puis, n'ayant pas réussi à obtenir ne fût-ce qu'un demi-broc d'eau chaude, elle s'était contentée d'une toilette primaire, et elle n'avait eu pour toute distraction que les évolutions des navires dans le port car personne ne lui avait apporté les journaux du matin – au manoir, Pavel se levait avant l'aube pour faire chauffer le moteur de la Panhard & Levassor et aller chercher tous les titres de la presse quotidienne qu'il pouvait trouver, jusqu'au *Goudok*, un journal dédié aux transports ferroviaires mais qui avait parmi ses collaborateurs occasionnels un certain Mikhaïl Boulgakov dont Maksim lui avait fait découvrir les talents d'écrivain.

Elle alla vers la porte dans l'intention de la bloquer de telle façon qu'on ne puisse pas entrer.

Un bruit la fit se retourner vivement : Yelena descendait l'escalier, traînant alternativement une valise qui rebondissait de marche en marche avec un bruit sourd, ainsi qu'un énorme ballot confectionné à l'aide d'un drap et hérissé de plein de protubérances.

Parvenue en bas de l'escalier, la jeune fille abandonna son fourniment et se pencha pour renouer le lacet d'une de ses bottines.

Au même instant, la silhouette d'un grand cosaque habillé de façon extravagante se profila dans l'encadrement de la porte. Dans sa main droite il tenait une chachka dont la lame légèrement incurvée reflétait d'un côté la lumière de la lune montante et de l'autre le rougeoiement de l'incendie de la Croix-Rouge américaine qui se rapprochait du front de mer. Sofia Féodorovna l'interpella : savait-il si l'ordre d'évacuation avait finalement été donné et, dans l'affirmative, avait-il une idée du lieu précis où il convenait de se regrouper ?

Le cosaque s'immobilisa sur le seuil, se raidit comme s'il observait un garde-à-vous, puis, touchant d'un doigt son papakha[1], il dit que, d'après les bruits qui couraient, le général Wrangel était en train de mettre la dernière main à un discours.

« En fait, ce ne sera pas un vrai discours, non, juste quelques mots d'adieu à la terre de Russie. On attend ça pour 4 heures du matin. Mais peu importe ce qu'il dira, ce sera surtout le signal d'embarquer adressé à tous les réfugiés ; et, à l'intention des bateaux, celui d'avoir à pousser leurs feux de façon à pouvoir appareiller au plus tard à midi.

– Et si les Rouges tentent de s'y opposer en tirant sur les appontements ?

– La flotte Wrangel dispose d'assez de tourelles de gros calibre pour donner la réplique à l'artillerie bolchevique. Mais avec cent cinquante mille candidats au départ à répartir sur cent vingt bateaux, Wrangel a pour l'heure d'autres urgences que pointer ses canons sur les soldats de l'Armée rouge.

– Des combattants si nombreux ! murmura Sofia.

– Et surtout si dangereux ! fit en écho Yelena.

– Bah, grimaça le cosaque, c'est sûr que les Rouges vont s'enhardir d'autant plus qu'ils se savent couverts par les derniers ordres de Trotski.

1. Chapeau en peau de mouton karakul, en agneau persan ou en fourrure d'astrakan. Un cosaque n'ôte jamais son papakha.

– Et quels sont, s'il vous plaît, ces derniers ordres ? »

Sofia Féodorovna n'était jamais aussi exquisément polie que dans les situations extrêmes où les autres personnes perdent le sens des convenances. S'il lui arrivait un jour d'être condamnée à mort, elle apprendrait par cœur quelques mots pour remercier le bourreau qui s'avancerait vers elle pour lui lier les mains – ce que d'ailleurs, elle refuserait avec la dernière énergie.

« Des ordres qui leur confèrent un droit...

– Un droit ! coupa Sofia – elle s'en étouffait presque. Ces forcenés ont donc des droits ?

– Celui d'exterminer librement les ennemis du peuple et de piller leurs demeures, oui, un droit qu'ils tiennent de Trotski – de Trotski *en personne* », précisa-t-il.

Il parlait comme s'il n'était pas lui-même un des bénéficiaires de ces ordres. Presque comme s'il les réprouvait.

Sofia s'y trompa. Elle avait d'emblée choisi de faire confiance au grand cosaque – mais n'était-ce pas elle qui avait insisté pour engager Pavlin Antonovitch, le moujik fou ? Désignant la valise ficelée comme un rosbif et le gros baluchon boursouflé, elle se plaignit de n'avoir trouvé aucune espèce de véhicule pour les conduire, sa nièce et elle, aux appontements où accostaient les navires.

« Je suis confuse de vous demander ça, mais pourriez-vous nous aider à transporter notre bagage jusqu'au bateau ? Je vous assure que nous n'emportons que l'essentiel, et sans doute est-ce encore trop, mais je n'ai pas le cœur à laisser ces quelques souvenirs derrière nous…

– *Si je pouvais ôter de ma poitrine et de mes épaules cette lourde pierre, si je pouvais oublier mon passé !* murmura Yelena – et, bien sûr, elle citait un passage de *La Cerisaie*.

– Vous parlez joliment bien, mademoiselle », remarqua le cosaque.

Il souleva cérémonieusement son bonnet couleur framboise pour la saluer.

« Merci, mais je n'y suis pour rien : c'est de Tchékhov, Anton Pavlovitch Tchékhov. Est-ce que vous aimez Tchékhov ?

– Et surtout, coupa Sofia Féodorovna, allez-vous nous aider ?

– Vous aider ? répéta le cosaque. Vous aider à quoi ? »

Il répondait à Sofia, mais son regard s'était fixé sur Yelena : sa physionomie lui disait quelque chose, lui rappelait un autre visage qu'il tentait d'identifier en l'associant à un environnement déjà référencé dans ses souvenirs ; mais il avait beau faire défiler les lieux, les circonstances, les saisons et les heures, rien ne coïncidait trait pour trait avec le faciès triangulaire, les joues aux pommettes marquées, les yeux bleus et les lèvres pâles de cette jeune fille qui n'en finissait pas de croiser son lacet et de le faire passer à travers les œillets innombrables qui s'ouvraient sur le côté de ses bottines. Il était pourtant sûr de l'avoir déjà vue quelque part, sûr qu'elle avait tenu, ou avait été appelée à tenir, un certain rôle dans sa vie. Mais peut-être était-il ivre. Plus il cherchait, plus sa mémoire vacillait. C'était comme s'il pénétrait dans une pièce qui, au fur et à mesure qu'il la traversait, se serait remplie d'un brouillard d'un blanc éblouissant qui, sans rien perdre de sa luminosité, deviendrait en même temps de plus en plus opaque.

La voix de Sofia Féodorovna l'arracha à la sensation de noyade qu'il commençait à ressentir.

« Je suis la baronne Mannenkhova, dit-elle, et voici ma nièce Yelena Maksimovna. Nous devons embarquer sur le *Georguii Pobedonossets*. Mais bien entendu il n'y a pas le moindre porteur pour nous assister. Alors, si vous pouviez nous prêter la main pour les bagages ? Au moins jusqu'au quai, car j'espère bien qu'ensuite l'amirauté aura prévu quelque chose pour conduire les passagers à bord. »

Hébété par une longue errance à travers des verstes et des verstes de steppe noire et de neige sale, avant d'être victime de l'ivrognerie de l'aiguilleur de Chișinău – il préférait ne pas penser au jour où il lui faudrait expliquer tout ça aux commissaires de la Tchéka[1] –, le cosaque se rappelait vaguement que sa colonne avait quitté Kiev avec la mission de favoriser la pénétration du bolchevisme en Europe de l'Ouest, et, en annexe, l'ordre de détruire tout ce qui relevait du règne des aristocrates.

Il regarda intensément Yelena, fixant son visage et son cou, se demandant s'ils faisaient partie des éléments contre-révolutionnaires qu'on lui avait enjoint de faucher – il lui semblait bien que oui, mais le brouillard blanc, le brouillard de l'amnésie, était de plus en plus dense.

La chachka à la main, il se prépara néanmoins à passer à l'acte.

Ce lui serait d'autant plus facile que la jeune femme en avait enfin terminé avec ses bottines et que, à portée de lame, elle allongeait le cou comme pour mieux voir si ses lacets étaient passés dans tous les orifices. Le cosaque frissonna. C'est vrai qu'il ne faisait pas chaud ce soir, mais il devina que ce n'était pas la température proche de zéro qui le faisait frissonner.

D'un brusque balancement de la tête, il imprima un mouvement de fouet à son tchoub, cette touffe

1. Police politique. De son nom complet « Commission extraordinaire de lutte contre la contre-révolution et le sabotage », chargée de pouvoirs d'enquête comme de l'exécution des décisions qu'elle prenait, elle intervenait dans tous les secteurs de l'économie, de l'administration et de l'armée.

de cheveux que les guerriers de son peuple se laissent pousser au sommet du crâne. Le long toupet vint battre contre ses mâchoires crispées.

« Je m'appelle Bissenko, dit-il alors, sentant confusément qu'il fallait que quelqu'un se décide à parler. Nikola Alexandrovitch Bissenko. »

Il marcha vers elle, vers cette jeune fille qu'il devait couper en deux puisque la Révolution en avait décidé ainsi et qu'elle l'avait choisi pour ce faire. Elle n'avait pas l'air de se douter de quoi que ce soit. Elle était pâle parce qu'elle était fatiguée, ses lèvres tremblotaient parce qu'elle avait froid, elle aussi.

Comme s'il craignait que sa chachka lui échappât pour aller accomplir toute seule l'œuvre sanglante pour laquelle on l'avait forgée, le grand cosaque la serrait avec une telle force que la poignée en forme de bec d'aigle s'était incrustée douloureusement dans la paume de sa main.

Quant à Yelena, sans doute impressionnée par la stature, l'accoutrement et peut-être aussi la lame de Nikola Alexandrovitch, elle amorça une légère génuflexion, allongeant son pied droit derrière son pied gauche et commençant à plier les genoux vers l'extérieur – oh, ce n'était pas la révérence solennelle qu'on lui avait enseignée en prévision du jour où elle devait être présentée à la cour du tsar, ce dont l'avait privée à jamais l'exécution de Nicolas II et de sa famille, mais le signe de respect presque instinctif d'une jeune fille de l'ancien régime envers un sous-officier de cavalerie. Et puis elle savait que les cosaques, dans leur majorité, avaient combattu pour les Blancs contre les Rouges.

« Si j'ai un conseil à vous donner, lui dit Bissenko (ses paroles contredisant sa pensée, ou le contraire – il ne savait plus très bien lui-même où il en était), c'est de partir sans attendre. Filez d'ici. Là, maintenant, tout de suite. Foutez le camp. Courez sans vous retourner. Ah ! vous devriez déjà être loin de moi…

– Mais… nos bagages ? intervint Sofia.

– Vierge de bon Dieu, jura le cosaque, oubliez ça ! Je vais vous les porter, moi, vos foutus bagages, je finirai bien par trouver une brouette pour les trimbaler. Le nom de votre navire ?… »

20

Tard dans la nuit, lorsque les efforts des junkers des écoles militaires qui avaient été requis pour assurer un semblant de service d'ordre commencèrent à porter leurs fruits et que les candidats à l'évacuation eurent été rassemblés sur toute la longueur des appontements, Piotr Antonovitch Kalakine retrouva Bissenko.

La veille, les deux hommes avaient été séparés chacun d'un côté de la perspective Ekaterininskiy par des élèves-officiers qui offraient à la population un défilé d'adieu, et ils s'étaient vainement couru après à travers toute la ville, quand l'un escaladait les collines, l'autre dévalait les ruelles vers le front de mer...

Lorsque Kalakine rejoignit Bissenko, celui-ci était occupé à redresser la roue voilée d'une brouette tout en tétant une bouteille de vin trouvée Dieu sait où. Il avait allongé sa chachka près de lui, et Kalakine remarqua tout de suite qu'un ruisseau de sang vermeil avait coulé dans l'étroite gouttière creusée sur presque toute la longueur de la lame.

Ça n'avait jamais été l'idée du capitaine d'infiltrer les Blancs (Dieu sait qu'il avait fulminé, pesté, juré, quand il avait compris que le train à bord duquel il était monté avec son escouade ne roulait pas dans la bonne direction), mais il fallait admettre que c'était pourtant un bon plan. En témoignait ce sang pas encore coagulé sur la lame de la chachka.

C'était en tout cas cette erreur d'aiguillage qui avait permis à un cosaque de sa compagnie de tomber sur la riche héritière des Mannenkhov dont Kalakine croyait avoir à jamais perdu la trace dans l'immensité des neiges russes.

Cette admirable brute de Bissenko avait dû l'égorger d'une oreille à l'autre comme il en avait reçu l'ordre.

Voilà un haut fait, songeait Kalakine, pour lequel on devrait bien accrocher une médaille sur la poitrine de Nikola Alexandrovitch Bissenko, et accorder une prime à l'aiguilleur de Chișinău qui avait, certes par erreur mais quel fourvoiement de génie, dirigé le convoi Oural n° 15 vers le sud de la Crimée au lieu de l'orienter cap à l'ouest, en direction de la Vistule et des marais de Polésie.

Et maintenant, que ce brave Nikola consente à s'asseoir, qu'il allume une cigarette, qu'il boive un verre de vodka (c'est tout de même autre chose que sa vinasse non fermentée) et raconte :

« Eh bien, camarade, comment la mijaurée est-elle morte ? en appelant son père au secours ? et la tante, qu'as-tu donc fait de la tante, ô Nikola Alexandrovitch, cher vieux salopard ?

– De quoi diable parles-tu, camarade capitaine ?

– De l'exécution d'une partie de notre mission – du moins d'une partie dont tu t'es acquitté avec succès si j'en juge par ce sang frais sur la lame de ta chachka. Mais dis-moi, qu'as-tu fait de la tête ?

– La tête ?...

– Celle que tu as tranchée – conformément à mes ordres, je m'empresse de le préciser, car ne t'imagine pas que je permettrai que tu sois le seul à tirer bénéfice de cette affaire. »

Le cosaque hésita. Baissant les yeux, il s'absorba dans la contemplation de son sabre. Après un instant de réflexion, il dit :

« Au regret de te décevoir, camarade capitaine, ce sang n'est pas celui de la petite Mannenkhova, si c'est à elle que tu penses. »

Lui, Nikola Alexandrovitch Bissenko, il avait déjà presque oublié cette fille. Le souvenir des terribles combats qui, les 7, 8 et 9 novembre, s'étaient déroulés dans l'isthme de Perekop, entraînant la défaite des armées du général Wrangel et leur retraite jusqu'au cul-de-sac de Sébastopol – cette réminiscence avait effacé et remplacé des pans entiers de la mémoire du cosaque. Désormais, quand il sollicitait des images du passé, c'étaient des visions de la tuerie qui avait ensanglanté les marécages de la mer Putride qui lui apparaissaient en premier. Le reste de tout ce qu'il avait vécu, en remontant jusqu'à des épisodes pourtant très forts de son enfance, demeurait inaccessible, tapi derrière les abominations de Perekop, les hurlements, les souffrances, le froid glacial qui paralyse le corps et l'esprit.

Une vive déconvenue remplaça aussitôt la jubilation qui avait illuminé le visage de Kalakine.

« Ah… tu ne l'as donc pas trouvée ?

– Je ne l'ai pas cherchée.

– Pourtant, une part importante de tout ce que la Russie compte de gens de l'ancien temps s'agglutine ici, en Crimée. Alors, *der'mo togda*[1], comment as-tu pu passer à côté ? Il me semble qu'avec sa robe blanche, elle devait être facile à repérer.

– La robe blanche, elle l'avait endossée sur le portrait que nous avons vu à Zagoskine. Mais ici, à Sébastopol, cette robe n'était plus aussi blanche que sur le tableau, oh que non ! Il suffisait d'avoir le nez dessus pour constater qu'elle était pleine de taches, de souillures.

1. Merde alors !

– Le nez dessus ! releva Kalakine. Tu admets donc avoir vu la fille. Car si tu l'as reniflée, c'est que tu l'as vue.

– Jamais prétendu le contraire, camarade capitaine. J'ai seulement dit que je ne lui avais pas couru après. C'est le hasard qui l'a mise en ma présence. Et je ne l'ai pas reconnue tout de suite. Mais j'ai vu qu'elle était plutôt belle fille et j'ai voulu en savoir davantage. Alors je me suis approché d'elle façon chien de chasse, expliqua Nikola Alexandrovitch en fronçant le nez. D'assez près pour la flairer, la humer, la renifler comme tu viens de dire. Veux-tu savoir ce qu'elle sentait ? Je peux te décrire toutes ses odeurs, si c'est ça qui t'intéresse...

– Je m'en fous complètement », gronda Kalakine.

Quand il était dérouté, le capitaine était d'une humeur de chien. Et là, précisément, il ne comprenait plus : ce Bissenko qu'il avait toujours considéré comme un fruste, un rustaud, comme un bon barbare de cosaque, voilà que ce lourdaud, ce cuistre, semblait se révéler comme un amateur éclairé de préliminaires, friand de frottis légers de la pulpe des doigts sur les ailes ouvertes de la vulve d'une drôlesse pour, ensuite, s'en caresser les narines et s'enivrer de leur senteur sel et poivre, gourmand de coups de langue à rebrousse-nez, surtout le matin au réveil quand la drôlesse (la même ou une autre) avait son haleine de tubéreuse, son souffle animal, opulent et lourd – la petite Mannenkhova, elle, il devinait que c'était tout le contraire : même tombée dans la crasse la plus répugnante, c'était une obsessionnelle de la pureté illimitée, pureté des pupilles bleues, des papilles roses.

« Selon moi, poursuivit Bissenko sans tenir compte de la prétendue indifférence de son supérieur, elle avait trouvé le moyen de prendre un bain en prévision d'un voyage qu'elle devinait long et salissant. Comment s'y est-elle prise, au milieu de cette apocalypse, pour trouver du savon et une baignoire, ou un tub, ou un baquet ? Et l'eau chaude, hein ? Comment elle a fait pour l'eau chaude ? Je n'en sais rien, mais la petite pute est sûrement moins naïve qu'elle en a l'air. En tout cas, il émanait de son corps l'odeur des gens qui sortent d'un bon bain chaud : un parfum d'eau de rose et d'églantier sur fond de cendres de bois résineux. D'un autre côté, elle a probablement dû rester plusieurs jours sans pouvoir changer de linge car, quand elle faisait voler sa robe, faut reconnaître que ça sentait un peu la pisse. Cette *devushka* est déconcertante, camarade capitaine : jamais tout à fait ceci, ni tout à fait cela.

– Mais contre-révolutionnaire, incontestablement, dit Kalakine. Ça au moins, ça ne se discute pas. Et… ?

– Et quoi ?

– Eh bien, et après ?

– Rien. Je l'ai escortée jusqu'à son bateau.

– Mais ce sang sur ta lame ?…

– Celui de mon cheval. Il n'y avait pas assez de place pour tout le monde sur les bateaux. Alors défense aux cosaques d'embarquer leurs chevaux. On a reçu l'ordre de les abattre et de balancer leurs dépouilles à la mer. Donc moi… »

Bissenko s'interrompit pour se tourner vers la rade d'où s'élevaient des cris : abordé par un contre-torpilleur, un cargo s'était embrasé, il chavirait lentement, lâchant des sortes de rots profonds au fur et à mesure qu'il basculait en déversant dans l'eau des grappes de marins embrasés qui dansaient sur les vagues comme autant de petites mèches de bougies rougeoyantes.

Ainsi le grand cosaque put-il dissimuler à son capitaine les larmes qui mouillaient ses joues, et qui continueraient de ruisseler chaque fois qu'il évoquerait son cheval qu'il avait fait agenouiller dans le crépuscule de Sébastopol, face à la mer, pour lui donner le coup de grâce.

21

Sofia et Yelena faisaient partie des réfugiés qui, trop timorés ou trop bien éduqués pour rendre la pareille à ceux qui n'hésitaient pas à les bousculer, n'avaient pas encore réussi à s'aligner sur une des jetées contre lesquelles s'amarraient les chaloupes assurant le va-et-vient avec les navires prêts à appareiller. Perchées sur un appontement de fortune que des lamaneurs avaient bricolé au plus vite en rassemblant quelques chalands, les deux femmes grelottaient, les pieds dans l'eau qui submergeait leur plateforme instable à chaque fois qu'un bâtiment soulevait des vagues en passant à proximité.

Le vent qui s'était levé avec le soir était si âpre, si mordant que Sofia Féodorovna ne songeait déjà plus à tout ce qu'elle laissait derrière elle et qu'elle ne reverrait sans doute jamais ; son regard et sa pensée se concentraient sur les bateaux qui poussaient leurs feux, elle rêvait au bien-être qu'elle allait ressentir quand Yelena et elle seraient enfin appelées à monter à bord du *Georguii Pobedonossets* et qu'elles pourraient se réfugier dans les entrailles de l'énorme vaisseau qui, paralysé par l'amputation de sa machine, attendait sur rade l'assistance des remorqueurs occupés à déhaler vers la haute mer les navires qui avaient déjà fait leur plein de passagers.

La nuit était tombée, mais une vague clarté résiduelle flottait encore dans le ciel, sans doute par suite des incendies qui s'étaient propagés à travers la ville.

Une foule nombreuse apparut sur la perspective Nakhimov.

Pour ne pas attirer l'attention d'éventuels tireurs d'élite, personne ne brandissait de lumignons, et ce défilé de silhouettes sombres, qui se voulait une marche en hommage au général Piotr Nikolaïevitch Wrangel, faisait surtout songer à une fournée de damnés arrivant aux Enfers.

De temps en temps, de façon imprévisible, un obus passait à basse altitude. Il rayait le ciel d'un sillage d'étincelles rouge et or, et d'un long sifflement désespéré. On comptait un, deux, trois, et il éclatait. Ou pas.

À la tête des ombres, vêtu d'une tcherkeska[1] noire qui faisait ressortir l'extrême pâleur de son teint, marchait le général Wrangel, accompagné d'une grande partie de la population.

Il s'arrêta devant des élèves de l'école Atamanskiy qui lui rendaient les honneurs. Après les avoir remerciés pour leur fermeté d'âme, il les adjura de ne pas se culpabiliser :

« *Ce n'est pas à nous qu'incombe la responsabilité de la catastrophe que nous vivons. J'ai ce soir la conviction que les États-Unis et l'Europe nous ont trahis – il n'est pour s'en convaincre que de voir à quelle extrémité nous en sommes réduits en dépit des promesses qu'ils nous ont faites. Je dispose de si peu de navires que je crains de ne même pas pouvoir y embarquer les restes de notre magnifique armée qui a rejoint Sébastopol en se vidant de son sang. Notre armée qui ne s'enfuit pas, mes amis, mais qui se retire avec ses états-majors, ses armes et ses drapeaux, et avec surtout la ferme intention de revenir. Où allons-nous ? Je ne le sais pas, car je n'ai reçu aucune réponse aux demandes incessantes que j'ai envoyées aux nations du monde. Mais nous avons du charbon, alors nous prenons la mer. Tous nos navires feront*

1. Long manteau pour homme, d'origine caucasienne, cintré à la taille, avec des manches larges et des cartouchières sur la poitrine.

flotter le pavillon bleu-blanc-rouge en tête de mât, en signe que nous nous mettons sous la protection de la France et de sa Marine, qui, elles, acceptent de nous assister. Dans un premier temps, nous ferons route sur Constantinople où nous trouverons un abri pour lécher nos plaies et préparer notre exil. Cette escale sera brève. Pour quelle expatriation à plus long terme devrons-nous bientôt quitter la capitale de l'Empire ottoman, cela je l'ignore. Par l'intermédiaire de la radio, je continue de négocier sans relâche, réclamant un refuge provisoire où attendre le jour lumineux, le jour radieux où nous revêtirons l'uniforme national, bondirons sur nos chevaux et nous jetterons dans la bataille, pour notre foi, notre tsar et notre patrie ! En attendant, je compte sur vous tous, militaires et civils, officiers ou simples soldats, valides ou blessés, pour observer ordre, discipline et solidarité. Car je ne puis parler en votre nom que si je suis convaincu que, là-bas, nous resterons tels que nous avons été sous le ciel de Russie, c'est-à-dire indéfectiblement attachés à nos idées, à nos principes[1]. »

Le samedi en fin de journée, Pétersbourgeois, Moscovites, Ukrainiens, Kiéviens, Odessites, Tatars, Tchouvaches, et tant d'autres qui fuyaient depuis

1. Texte authentique.

si longtemps qu'ils en avaient presque oublié d'où ils venaient, embarquèrent sur le *Georguii Pobedonossets* qui fut alors pris en remorque par le brise-glace *Ilya-Mouromets*.

Les passagers du vieux cuirassé avaient du mal à cacher leur dépit : bien que l'énorme brise-glace eût toutes les qualités marines d'un puissant remorqueur, ils eussent préféré être halés par le *Kronstadt* à cause d'une rumeur selon laquelle ce navire-atelier emportait dans ses flancs un fabuleux trésor en pierres précieuses dissimulé dans une des innombrables cachettes qu'il offrait du fait de la complexité de ses aménagements intérieurs – et avec un peu de chance, sait-on jamais… ?

Les quais étaient agités d'un vent de folie. Hommes, bêtes, véhicules, tout ce qui était mobile se pressait vers les bateaux. Le moindre espace libre était aussitôt encombré de marchandises. Des véhicules de toutes sortes ne cessaient d'apporter des charges. Lorsqu'une portion de quai était saturée, des soldats se précipitaient et, s'aidant de leurs baïonnettes, jetaient à la mer tout ce qu'ils pouvaient – on avait hâte d'en finir.

Selon les ordres de l'amiral Kedrov, commandant en chef de la flotte, on envoya en tête de mât un grand pavillon tricolore. Il avait été fabriqué avec les moyens du bord. Les couleurs de la

République française auraient dû se détacher joliment contre le gris plombé du crépuscule, mais le drapeau ne se déploya pas et resta collé contre le mât. Sans doute à cause des étoffes employées pour sa confection : Yelena avait tenu à participer en offrant son écharpe bleue, Sofia ses bas rouges, et un *kapitan-leïtenant*[1] avait sacrifié la veste blanche de sa tenue d'été.

Mais la bruine persistante avait imprégné et alourdi le plastron du *kapitan-leïtenant*, la laine des bas rouges et celle de l'écharpe bleue.

Malodorant, sale et bruyant, le *Georguii Pobedonossets* fit une première impression détestable sur Sofia et sa nièce. Elles ne s'aventurèrent à l'intérieur du vieux dreadnought que pour se réchauffer d'une bouffée de tiédeur, préférant rester sur le pont et s'agripper au bastingage jusqu'à disparition complète des rivages de Crimée – ce qui ne tarda pas, car les fumées des navires se mêlaient aux ténèbres naturelles de la nuit, engendrant une brume épaisse qui descendait des nuages comme un rideau de scène tombe des cintres et occulte le décor.

Il ne cessait d'arriver de nouveaux bateaux, tous plus ou moins maculés, souillés, essoufflés,

1. Équivalent d'un lieutenant de vaisseau de la Marine française.

dépouillés de leur artillerie tertiaire, leurs hunes de tir tronquées, amputées.

Les bateaux passèrent la nuit et une partie du lendemain à l'extérieur de la rade, tous les tubes d'artillerie braqués sur la ville. L'attente s'installa, poisseuse, oppressante, encore que l'immense majorité des candidats à l'exil ne sût pas vraiment ce qu'il fallait attendre. Dans les profondeurs de la ville, des détonations claquèrent toute la nuit, des tirs groupés d'une douzaine de coups de feu à la fois, ce qui donna à penser que les Rouges, sous l'impulsion de cet enragé de Béla Kun, avaient entrepris le grand nettoyage de Sébastopol et fusillaient à tour de bras, sans jugement. En principe, on n'aurait pas dû procéder à des exécutions capitales durant la nuit, mais la révolution était par définition imprévisible, marginale, décalée.

Dans quelques jours à Constantinople, dans la lumière de miel de la Sublime Porte, et l'odeur d'une roseraie aux premières lueurs de l'aube, les commandants des navires russes éparpillés le long des quais de la Corne d'Or, du Bosphore et de la mer de Marmara, allaient recevoir par TSF, de leurs homologues britanniques restés à Sébastopol, une estimation provisoire des massacres de Crimée : les bolcheviks avaient passé par les armes ou pendu plus de cinquante mille ennemis de classe, dont huit mille la première semaine.

Le vent avait tourné, il soufflait à présent du large vers la terre. Bientôt on n'entendit plus que le froissement de la mer sur les coques se mêlant aux ronflements des hommes qui avaient choisi de dormir sur le pont.

Beaucoup se souviendraient de cette dernière nuit en vue du Bosphore comme d'une nuit sous les étoiles. Mais leur mémoire les trompait, le ciel était bas et il n'y avait pas d'étoiles, non, aucune étoile.

22

Bizerte
1921

Peu à peu, les Bizertins se désintéressèrent des bateaux russes.

Inanimée, inerte, comme pétrifiée au mouillage qu'on lui avait désigné, l'escadre venue de Crimée via Constantinople avait fini par faire partie du paysage au même titre que les tourbillons de poussière couleur chameau, les bouquets de palmiers que le vent de sable faisait crisser, les maisons aux cheminées boursouflées de nids de cigognes. S'il arrivait encore qu'on jetât un coup d'œil aux navires, c'était pour se moquer des antiques croiseurs à éperons ou des petits sous-marins qui, en surface, naviguaient à la vapeur ; ou bien des morceaux de ferraille qui se détachaient d'un navire et s'abîmaient dans la mer – ç'avait été le cas de quelques cheminées mal haubanées, rongées par les gaz de houille comme par une lèpre.

Ce qui aiguisait bien davantage la curiosité des Bizertins, c'était cette torpédo jaune qui, après avoir réchauffé et emballé son moteur, s'élançait vaillamment à l'assaut de la pente reliant le quartier du port aux hauteurs de Bizerte. Son conducteur actionnait en permanence la double paire d'avertisseurs en forme de trompettes dont il avait équipé sa voiture, jetant la panique parmi les poules, mais agglutinant des dizaines d'enfants dans son sillage.

Arrivé à destination, après avoir serré le frein à main et désigné deux gamins pour caler de grosses pierres sous ses roues et deux autres pour crachoter sur ses souliers et les faire reluire avec leur mouchoir, Agustin Ottomar se recoiffa en contrôlant dans l'ovale de son rétroviseur la bonne ordonnance de sa coiffure, puis il enfila une veste de lin grège et traversa le patio inondé de soleil.

Juchée sur son Koken, Zennuba le regardait venir.

Comme Tarik l'avait espéré, sa mère avait pris goût au fauteuil, non pas tant pour la supériorité symbolique qu'il lui conférait en l'élevant audessus des fellahs, des ânes et des moutons qui fréquentaient la route de Ghezala vers Sejnane, que pour la vue panoramique qu'il lui permettait d'avoir sur le Vieux Port, et sur la mer par-delà les murs de la Kasbah.

Zennuba salua l'Américain d'un geste de la main – la gauche, car la droite reposait sur les genoux de Chadia qui avait grimpé à côté d'elle.

Munie de ciseaux à ongles, d'un repousse-chair en corne, d'un jeu de limes et d'une pince à cuticules, la jeune fille s'évertuait en effet à restaurer les mains de sa mère comme elle l'eût fait d'un tableau dégradé par le temps et l'indifférence.

« Et les pieds ? s'enquit l'Américain en s'approchant.

– Très abîmés eux aussi, répondit tout bas Chadia. Forcément, elle ne met jamais de babouches, même pas de chaussettes, et elle est toute la journée à piétiner dans le gravier. Mais je ne me risquerai pas à les lui soigner : les pieds, c'est trop particulier, il faut s'y connaître, j'aurais peur de faire de ma mère une éclopée ! Il lui suffira d'enfiler de jolis souliers brodés pour cacher ses ongles. »

Zennuba sourit, les yeux mi-clos.

« *Azul, massa Mokhtari, manik ann tgam*[1] *?* » dit Agustin en s'inclinant devant elle.

Il était plutôt fier du naturel avec lequel il avait réussi à placer cette salutation que Tarik lui avait enseignée deux jours auparavant. L'accent n'était sans doute pas parfait, mais l'Américain

1. « Bonjour, madame Mokhtari, comment allez-vous ? »

n'avait d'autre ambition que de montrer qu'il n'était pas du genre à rester campé sur ses terres lexicales, qu'il ne se comportait pas comme ces Français qui n'avaient aucun respect pour la langue amazighe – beaucoup ne savaient même pas qu'elle existait en tant que telle, ils la considéraient comme une sorte de bourgeon né de l'arabe.

« Nous autres, Américains, reprit-il en mélangeant cette fois français et anglais, on a l'habitude d'aller droit au but, et c'est exactement ce que je vais faire. Je cherchais une occasion de m'entretenir seul à seul avec vous, et je crois l'avoir trouvée : si vous n'avez pas peur de monter en voiture avec moi, je suis tout disposé à vous conduire sans plus attendre chez un bon pédicure. Il y en a forcément un à Bizerte. Il va de soi que je réglerai le prix de son intervention et des éventuels onguents, pommades ou je ne sais quoi, qu'il vous prescrira. Si vous ne connaissez aucun pédicure, on demandera, on se renseignera – tenez, auprès de ce gamin déluré, celui qui n'a plus de cheveux, Ramzy-j'me-mêle-de-tout…

– Ramzy tout court », corrigea froidement Zennuba.

Elle ne tolérait pas qu'on se moquât du petit guide. Ni de qui que ce soit en général. Elle se faisait de toute créature vivante, et donc pas seulement des êtres humains, une très haute idée. Son empathie la portait également vers les plantes émaciées, brûlées par le soleil, vers les bêtes malades, aveugles, amputées, qui trouvaient réconfort et protection dans l'enclos du patio.

« Va pour Ramzi tout court, concéda Agustin. Et surtout, *massa* Mokhtari, n'allez pas penser que vous emmener chez le pédicure va me faire perdre du temps et de l'argent : je serai heureux, tellement heureux si je peux contribuer à soulager vos pauvres pieds. »

Zennuba n'était jamais montée dans une automobile. Mais quand il lui arrivait de voir passer une de ces machines, elle admirait l'harmonie souvent audacieuse de ses formes, le brillant de sa carrosserie, elle aimait entendre gronder le moteur, elle était même devenue capable de deviner l'instant où, dans la portion de côte à près de trente pour cent qui grimpait au patio, la mécanique trop sollicitée allait se mettre à bafouiller, à émettre des sons rappelant les blatèrements de détresse d'un dromadaire à l'agonie ; mais ignorant tout de l'aménagement intérieur d'une automobile, elle s'en était fait une idée toute personnelle, imaginant un habitacle encombré par des assemblages de tringles et de rouages baignant dans de l'huile. Au lieu de quoi le compartiment arrière dont Agustin Ottomar lui tint la portière ouverte en lui souhaitant la bienvenue à bord se composait de matériaux plutôt luxueux, doux au toucher – cuir, bois verni, moquette épaisse couvrant le plancher, et jusqu'à une paire de miroirs de courtoisie artificiellement mouchetés de taches noires censées imiter les anciennes psychés au mercure. De l'ensemble se dégageait une curieuse odeur mêlée d'encaustique et de graisse, et force était de reconnaître que la machine avait plutôt fière allure, comme ces paquebots en route pour l'Extrême-Orient qui, à peine sortis de Marseille, et donc encore épargnés par la mer, venaient compléter leur plein de charbon à Bizerte.

Zennuba dut pourtant se mordre l'intérieur des joues pour ne pas crier lorsque l'Américain lança son moteur, lequel répondit par une série de pétarades qui ébranlèrent la carrosserie au point qu'on pouvait craindre que la voiture, en partant, ne laissât sur place quelques-unes de ses pièces, et en premier lieu les larges marchepieds qui la ceinturaient et qui s'étaient mis à frissonner et à onduler comme des ailes de papillon.

Avec la vitesse qui augmentait à chaque tour de roue, la descente jusqu'au port sembla vertigineuse à Zennuba – vertigineuse avec tout ce que ce mot comportait de mal-être, de nauséeux, d'imploration silencieuse pour que ça s'arrête enfin. Sans cesse chavirée et renvoyée d'un côté puis de l'autre, la pauvre femme ne saisissait que des bribes du discours qu'Ottomar avait commencé d'improviser à son intention.

La visite au pédicure n'était qu'un prétexte sur lequel il avait sauté pour lui « vendre » son projet matrimonial. Car il était bien décidé à ne pas retourner en Amérique sans avoir épousé Chadia. Il considérait en effet qu'il serait plus facile pour la jeune fille d'être admise aux États-Unis si elle se présentait devant l'officier de l'immigration en qualité de *Mrs.* Chadia Ottomar, épouse d'un citoyen de Pueblo (Colorado), plutôt que comme Chadia Mokhtari, native et résidente de Bizerte (Tunisie), sans aucune attache avec un quelconque ressortissant américain.

Sans compter qu'il pouvait miser sur l'indolence proverbiale des Arabes et le laxisme des fonctionnaires du protectorat français pour rendre les formalités du mariage plus faciles ici qu'à Pueblo.

Ainsi avait-il tout organisé : sa jeune fiancée et lui quitteraient Bizerte pour Gênes où ils embarqueraient à bord d'un steamer de la *Navigazione Generale Italiana* à destination de New York. Conçu pour les lignes d'Amérique du Sud, rapide, confortable sinon luxueux, le *Principessa-Giovanna* devait effectuer, entre Gênes et New York, une ou deux traversées promotionnelles, « vitrines » destinées à faire la démonstration de ses qualités face aux prestigieux navires de la White Star, de la Cunard, de la Compagnie Générale Transatlantique ou de la Hamburg-Amerika Linie.

L'Américain avait déjà acheté les billets. C'est-à-dire qu'il avait réuni l'argent pour les acheter. Ou plus exactement il avait commencé à économiser dans ce but...

« Je nous ai pris des premières classes, se vantait Agustin. Pas tant pour le confort de la traversée – ça, de toute façon personne n'y peut rien, c'est l'océan qui décide – que pour l'arrivée aux États-Unis : les passagers de première sont traités avec tout de même un peu plus de considération. Pas question que notre chère Chadia subisse l'interrogatoire d'un crétin d'inspecteur qui la bombardera de questions stupides, du genre : *Are you an anarchist ?* Le débile qui vous la pose, juché sur un haut tabouret et flanqué d'un interprète, a-t-il jamais obtenu un *Yes, I am* de la part d'un véritable anarchiste ? En réalité, noyées parmi une trentaine d'autres questions, trois seulement appellent une réponse véritablement intéressante : la 6, la 16 et la 22 – j'ai tout étudié dans les moindres détails –, qui font référence aux capacités économiques du postulant. Ce dernier sera-t-il en mesure de contribuer à l'accroissement des richesses de son nouveau pays ou va-t-il n'être qu'un poids mort qui comptera sur les quelque cent six millions d'Américains déjà recensés pour assurer sa subsistance et celle de sa famille ?

Limité en vocabulaire, bâti sur une syntaxe parfois approximative, le français d'Agustin Ottomar ressemblait quelquefois à une langue étrangère à peu près inintelligible.

Chadia n'en était pas moins grisée par le peu qu'elle en devinait. Bien que déformés, dénaturés, des mots comme paquebot, dîner du commandant, robe de gala, Cinquième Avenue et Broadway la faisaient frissonner de plaisir anticipé, même si elle avait vite compris qu'un photographe de cartes postales ne serait jamais assez fortuné pour lui offrir la malle-cabine de ses rêves, une sorte d'armoire de poche (bon, de très grande poche…) vernissée bleu de Prusse, toute cloutée d'or, avec des compartiments intérieurs tapissés de satin crème, exactement comme un cercueil de luxe, et dont des photos avec promesse de récompense avaient été accrochées aux troncs des palmiers après qu'elle eut été égarée (mais comment diable ?) par les deux portefaix chargés de la déposer au Grand Hôtel de Bizerte à l'intention de *mister* Ottomar.

Craignant que Zennuba ne conçût de la méfiance du fait qu'il était encore célibataire, il lui avoua que ce n'était pas faute d'avoir eu des battements de cœur pour quelques jeunes femmes ; mais il s'agissait de simples attendrissements qui n'avaient guère laissé de traces dans sa vie, pas même des zestes d'amertume.

Une certaine Rachel W. Hampton avait été la première à dérégler ses certitudes. C'était une brune aux yeux très pâles, avec un nez dont les ailes palpitaient à la moindre émotion, une lèvre supérieure un peu trop mince et qui pouvait apparaître légèrement duveteuse selon la façon dont elle prenait la lumière.

En fait, le trésor que recelait Rachel Hampton était à l'intérieur de sa bouche : il consistait en un alignement parfait de petites dents blanches dont une salive abondante brouillait les contours, estompant les pics des canines et les sommets arrondis des molaires comme le brouillard peut le faire d'une cordillère. À croire, disait Agustin Ottomar à la jeune fille, que vous avez du flou artistique plein la bouche, miss Hampton, or si quelqu'un s'y entend en mises au point, c'est bien moi !

En bouches tout court il était pareillement expert, grâce à quoi il avait eu une autre révélation concernant la salive de Rachel – mais ce secret *bis*, qui consistait en une déconcertante mais exquise odeur de guimauve que ladite salive libérait en séchant sur la peau, Agustin s'était dispensé de le divulguer car il n'avait réellement de valeur que pour lui. Des années après le mariage de la jeune femme avec un autre homme que lui, il en était toujours désespérément amoureux.

« C'était une passion dévorante, *massa* Mokhtari, une de ces passions qui ne se raisonnent pas, que rien ne peut apaiser. Mais j'entrevois le bout du tunnel, le terme de mon calvaire : mon premier espoir de guérison depuis toutes ces années, c'est cette envahissante et troublante émotion – envahissante et troublante tout en restant purement esthétique, rassurez-vous – qui m'a saisi l'autre jour en surprenant l'orbe du sein gauche de mademoiselle Chadia. »

Pour souligner ses propos, il les accompagnait de coups de volant d'une telle brusquerie que chaque fois que la route, comme la poitrine de Chadia Mokhtari, dessinait une courbe, la carlingue semblait vouloir se désolidariser du châssis.

On arriva enfin sur les quais du Vieux Port où des membres du Destour[1] manifestaient contre la menace de voir des biens *habous*[2] gérés, voire carrément confisqués, par la puissance coloniale française. La torpédo jaune fut obligée de ralentir, puis de s'arrêter. Ottomar en profita pour se pencher vers sa passagère :

« Avez-vous bien saisi tout ce que je vous ai dit, *massa* Mokhtari ? »

Il avait au moins une raison de s'inquiéter d'avoir été compris : Zennuba avait tiré de sa

1. Parti politique tunisien ayant pour objectif affiché de libérer la Tunisie du protectorat français, tout en demeurant dans le cadre de la légalité.

2. En droit musulman un bien est dit *habou* lorsqu'il est immobilisé en sorte qu'il ne soit ni donné, ni loué, ni vendu, mais consacré à une œuvre pieuse – et donc en somme confié à Dieu.

manche un long mouchoir brodé, l'avait roulé en boule et s'en tamponnait les yeux.

Pleurait-elle ?

« Est-ce que vous pleurez, *massa* Mokhtari ? »

Elle secoua vivement la tête, elle avait hâte de le rassurer, non *sir*, oh ! non elle ne pleurait pas, mais elle mourait de chaud, la sueur marbrait son vêtement, le plaquait sur son corps, elle qui avait pourtant l'habitude et le goût du soleil se sentait devenir aussi aride et décharnée que le squelette crayeux d'une antilope retrouvé dans les sables brûlants du désert.

L'Américain jeta un coup d'œil sur le tube de cuivre qui abritait le thermomètre de bord : après avoir quitté l'ombre des rameaux épineux des arganiers, dévalé les dizaines de mètres de dénivelé depuis le patio, après avoir arrêté la voiture le long des murailles de la Kasbah qui retenaient la touffeur à la façon d'un four et éprouvé la disparition instantanée de la fraîcheur qu'avait apportée le vent de la course, il constata qu'il faisait ici, au niveau de la mer, trois degrés de plus que sur les hauteurs.

Mais cela n'expliquait pas le trouble que ressentait Zennuba.

« Pour pleurer, *sir*, j'attendrai le jour du mariage. Si mariage il y a.

– Dites oui, *massa* Mokhtari, accordez-moi la main de Chadia, donnez votre consentement et la chose est faite !

– On voit que vous ne savez rien des préparatifs qu'exigent des noces à notre façon amazighe. Si l'on tient du moins à ce que les choses soient faites comme il se doit – c'est-à-dire comme l'aurait voulu Abdul-Salam (qu'Allah l'accueille dans son paradis, car c'était un homme juste). »

Il n'eut pas besoin de la regarder pour savoir qu'elle ne se contenterait de rien moins que l'excellence. Il tenta tout de même de réduire la voilure :

« Peut-être avez-vous raison. Moi, je pensais qu'une cérémonie toute simple et toute belle, à l'image de Chadia…

– Vous n'avez pas idée non plus de ce qu'est la beauté de Chadia, le coupa Zennuba.

– Je crois pourtant que si, sourit l'Américain en s'efforçant de rester aimable.

– Non ! répéta Zennuba en tapant du pied comme une chamelle en colère. Vous savez ce qu'est un kaléidoscope ?

– J'en ai une bonne vingtaine à la maison, tous gagnés au tir à la Winchester. Dans des kermesses, précisa-t-il. Bon, les miens sont de simples jouets – je parle des kaléidoscopes, pas des carabines – mais le principe est le même…

– Elle aussi, ma fille, est faite de tout un tas de petits morceaux, de petits éclats enfermés dans un espace clos.

– Fragments d'une femme », murmura Agustin.

Car bien qu'elle fût en âge d'être *demandée*, la sœur du bouchkara était encore une enfant.

« Écoutez-moi bien, continua Zennuba, je vous explique : si vous lui dites des choses qui la secouent, des trucs qui la chavirent...

– ... des émotions ? précisa le photographe.

– Des émotions, répéta-t-elle avec la satisfaction d'employer le mot juste, tous les petits éclats en elle vont s'agiter, exactement pareil que dans le tube du kaléidoscope, et se mettre en mouvement, et se rassembler, et s'organiser pour former des dessins très beaux, difficiles et subtils, tels que la lampe de mariage, le tabouret ou le hanneton, des chevrons dentelés et des quadrilatères, des croix, des étoiles et des hachures... »

Elle marqua un silence comme si, doutant des capacités de l'Américain, elle croyait nécessaire de lui laisser du temps pour assimiler les informations qu'elle lui donnait. Puis elle reprit :

« Vous rougissez, vous pâlissez, votre respiration s'accélère, la sueur coule sur votre visage : c'est votre façon à vous de traduire les émotions que vous éprouvez, pas vrai ?

– Il y a un peu de ça, sûrement, concéda-t-il. Mais il en va de même pour tout le monde, non ? Je doute que les gens comme vous – comme Chadia et vous – viviez ces choses-là autrement...

– Chez nous, dans notre peuple (elle pesa sur le mot *peuple*, l'ornant mentalement d'un P majuscule et maniéré), il y a beaucoup de choses – *ces choses-là*, comme vous dites – que nous n'éprouvons pas tout à fait comme vous. »

Il n'insista pas. Il sentit qu'elle avait posé une barrière qu'il ne devait pas franchir. Plus tard, peut-être s'ouvrirait-elle – le *pas tout à fait* le lui laissait espérer ; mais jusqu'à nouvel ordre il était tenu de garder ses distances. Au même instant, il constata qu'il devait légèrement relever le visage s'il voulait regarder Zennuba dans les yeux : elle était plus grande que lui.

D'abord brouillonne et tapageuse, la protestation organisée par le Destour s'était disciplinée, les manifestants s'étaient rangés derrière leurs leaders et, encouragés par les youyous des femmes, ils prenaient maintenant la direction de la mairie. Dans l'ignorance de l'endroit exact où trouver un pédicure, Agustin s'en était remis au hasard et, roulant au pas, il engagea la torpédo à la suite du cortège dans l'air du soir qui sentait le jasmin.

« Vous croyez en Dieu ? » fit soudain Zennuba.

Bien que prononcée sur un ton solennel comme si la réponse du photographe pouvait avoir les plus graves répercussions sur sa vie, la question relevait plutôt de l'affirmation tant il lui semblait impossible de concevoir que l'homme venu lui demander la main de sa fille n'eût pas la foi.

Il hésita.

À Pueblo (Colorado), il n'était pas très assidu aux offices, et il aurait été incapable de dire le nom du pasteur de son église. Mais il avait participé financièrement à la réfection du clocher en bois après que la foudre l'eut incendié, et il ne manquait jamais un enterrement, surtout si celui-ci était suivi d'un brunch.

À Pueblo (Colorado), ce n'était pas exactement le même Dieu qu'à Bizerte, mais les « contours » du Dieu des Amériques et du Dieu de Tunisie devaient être à peu près les mêmes : on devait pouvoir les superposer sans que l'un éclipsât l'autre.

Il se demanda ce qu'il en était du Dieu de tous ces Russes dont les bateaux avaient envahi les eaux du lac Ichkeul.

Un dimanche où, grâce à Tarik qui avait déniché une barque à fond plat, il s'était glissé au cœur de la flotte somnolente en quête d'une bonne photo, il avait assisté à une procession de passagers qui sous la conduite d'un évêque s'étaient rassemblés sur le pont du *Georguii Pobedonossets* pour bénir la mer tandis que, des profondeurs du navire, et malgré l'épaisseur du blindage, montait un chœur de voix féminines. Tarik lui avait dit que ces voix lui rappelaient celle d'une chanteuse qui s'appelait Habiba Msika.

Agustin avait pris plusieurs clichés de Tarik écoutant. Il avait prévu d'intituler la carte postale *Jeune débardeur tunisien en extase à l'écoute des vocalises de la cantatrice Habiba Msika*.

Malheureusement, quand il avait entrepris de développer les plaques impressionnées ce jour-là, elles étaient toutes floues en raison des mouvements désordonnés de la barque. De toute façon, la légende qu'il avait choisie était bien trop longue pour tenir dans l'espace que l'imprimeur lui avait réservé.

23

Les places publiques, les grands rassemblements grouillent toujours de gens égarés. Il n'en allait pas autrement du marché. Alors, on s'adressait à Zennuba comme si elle était censée tout savoir des gens de Bizerte et de leur ville.

Pourquoi elle ? Comment pouvait-elle être à la fois totalement insignifiante et souverainement importante ? Importante et imposante ? C'était sa dignité naturelle qui la sortait du lot, c'était la quiétude, la sérénité qu'elle mettait dans chacun de ses gestes en dépit de l'agitation, du caquet suraigu de la foule et des odeurs parfois écœurantes des marchandises exposées au soleil et aux mouches, qui la faisaient remarquer, elle, elle avant tout le monde. Tarik en avait été témoin dès son enfance, chaque fois qu'il accompagnait sa mère au marché ou dans les souks pour porter les deux cageots, l'un réservé à la verdure (blettes, fenouils, laitues, etc.), l'autre à l'argenture (le nom dont le gamin baptisait les poissons luisants, les karous, morjènes et autres ouaratas), et cette prééminence de Zennuba justifiait l'énergie forcenée qu'il avait déployée pour desceller le Koken, l'arracher au petit steamer condamné, puis le charrier sur son dos jusqu'au patio pour y glorifier sa mère.

Ce soir-là, pour la première fois depuis plus de trente ans, angoissée par la grande affaire du mariage possible de sa fille Chadia avec l'Américain, Zennuba ne chanta pas.

Elle prépara le repas en poussant des soupirs, absorba sa part en grommelant des mots incompréhensibles, puis, sans prendre la peine de souhaiter le bonsoir à ses enfants, sans desservir ni râper quelques copeaux de savon dans l'eau destinée à la vaisselle, elle traversa le patio, grimpa sur son fauteuil et s'y installa avec de nouveaux soupirs, mais de contentement cette fois : là-haut, rien de (trop) contrariant ne pouvait l'atteindre.

C'est alors qu'elle aperçut le lézard en embuscade sur le repose-pieds. Du genre *agama*, à tête courte et massive, triangulaire, nettement séparée du tronc, longue queue arrondie recouverte d'écailles. Cinq doigts, phalanges très écartées.

Le reptile avait vu le grillon qui, lui, sur une pierre qui dépassait du muret, ne l'avait pas encore repéré. Ses antennes étaient tranquillement allongées, au repos. Il était d'un noir luisant, bien cuirassé (on imaginait le craquement de cette cuirasse sous les dents du lézard, et la matière molle – quel goût pouvait-elle bien avoir ? – se déversant dans la gueule grande ouverte du prédateur).

Alors, un peu comme un pénis se redresse sous un afflux de sang, les longues antennes du grillon se soulevèrent, se raidirent pour palper et identifier l'agresseur.

Mais il était trop tard pour l'insecte.

Trop tard aussi pour l'agama qui, tout à ses préparatifs d'attaque, avait négligé de surveiller l'approche silencieuse d'un des chats du patio, qui le crucifia d'un coup en enfonçant ses canines dans l'impressionnante mais vulnérable cuirasse d'écailles.

Il faut croire que le suc qui gicla alors sur la langue du petit félin le ravit au-delà de toute gourmandise, car il plissa les paupières et les maintint ainsi un long moment, ne laissant plus brasiller dans l'obscurité que deux minces éclats dorés.

Cet intervalle de temps coïncida très exactement avec celui pendant lequel le fauteuil Koken et son occupante, désaccouplés du reste du monde, parurent flotter en apesanteur au-dessus de la masse nuiteuse qui envahissait le patio telle une marée montante.

Tarik escalada le monticule de terre et de caillasse pour s'élever jusqu'aux chevilles, puis jusqu'aux genoux de Zennuba. Une fois là-haut, il enfouit son visage dans les plis de la fouta[1] grège rayée de rouge-violet qu'elle avait drapée sur ses genoux. Et il retrouva aussitôt le parfum de sa mère, cette odeur d'amande verte associée à celle, légère et fraîche, des graines de nigelle.

« *Yemma*, qu'as-tu dit à l'Américain, concernant ma sœur ?

– À propos de ta sœur, je n'ai rien dit à l'Américain.

– Mais vous êtes restés ensemble pendant des heures ! Il a bien fallu que vous en parliez à un moment ou à un autre. C'est pour Chadia qu'il est monté jusqu'au patio, c'est pour elle qu'il voulait te voir.

– Bon, il m'a vue. Mais c'est après mes pieds qu'il en avait. Il m'a emmenée chez un pédicure, si tu veux tout savoir. Avec les hommes, il faut décidément s'attendre à tout. Qui aurait pu prévoir que ton père serait emporté par un torrent d'olives ?

– Et des demi-portions, encore ! »

Du bout des doigts, Tarik remonta quelques centimètres de fouta, jusqu'à découvrir les pieds nus de sa mère. Ils étaient toujours aussi terreux au niveau de la voûte plantaire, là où plusieurs décennies d'imprégnation poussiéreuse, devenue sans doute indélébile, dessinait comme la ligne de

1. Longue pièce d'étoffe servant de jupe nouée à la taille.

flottaison d'un navire – ça tournait décidément à l'obsession, cette présence des bateaux russes : après avoir monopolisé la conversation des Bizertins, voilà que la flotte leur servait de référence pour estimer la hauteur de salissure dans laquelle ils pataugeaient ! – mais les dessus de pieds, et surtout les orteils, avaient été lavés, brossés, massés, soigneusement dégagés de la gangue de crasse qui les ternissait ; leurs ongles, que le pédicure avait limés après en avoir repoussé les cuticules à l'aide d'un bâton de buis, luisaient à présent d'un rouge onctueux, épais, cossu.

De l'index, Tarik en caressa doucement le vernis.

« C'est beau, *yemma*, vraiment réussi… avec d'aussi jolis pieds, tu vas vite te trouver un nouveau mari… »

Elle consentit à sourire.

« Je retournerai peut-être voir ce pédicure. Pour mes mains, cette fois. »

Tarik emmêla aux siens les doigts de sa mère et les couvrit de baisers.

« Qu'est-ce qu'elles ont, tes mains ?

– Elles sont nues, vois-tu. Il leur manque le henné.

– Si tu parles de henné, *yemma*, c'est donc que tu as pris ta décision. »

Il enfouit plus profondément son visage dans la fouta jusqu'à percevoir, à travers le coton cardé, la senteur tiède du sexe de Zennuba, un parfum boisé avec des notes salines et, en finale, un fond de violette qui le ramena brutalement à la lointaine époque où, le retenant par les mains, sa mère le faisait glisser entre ses cuisses, sous ses dessous, comme dans un tunnel – c'était au temps où Chadia n'existait pas encore, où il était le fils unique, avec possession despotique et plénière de sa mère.

« Avoue que tu lui as dit oui, à ce type ! Allons, *yemma*, avoue… »

Elle reconnut avoir été tentée : offrir l'Amérique à sa fille, ça c'était un cadeau ! Même si le type qui prétendait l'emmener là-bas, de l'autre côté de l'océan, s'avérait mauvais époux – n'était-ce pas le cas de la plupart des fiancés, que de tourner à l'aigre ?

En même temps, quelque chose en elle criait non, non, surtout pas ça, car elle devinait qu'en laissant partir sa fille elle la perdrait, elle ne la reverrait probablement jamais, c'était si loin, l'Amérique, cinq à six jours de traversée quand tout allait bien, et une fois là-bas, le *Denver and Rio Grande Western Railroad* qui mettait plus de trente-cinq heures pour relier Pennsylvania Station (New York) à Grand Junction (Colorado). Et Grand Junction, ce n'était pas encore Pueblo. Elle savait tout ça, Zennuba, et bien plus encore sur les périls innommables qui guettaient une jeune Amazighe sur les *railways* de ce soi-disant Nouveau Monde qui ne cessait de contrefaire l'Ancien.

« Donc, résuma Tarik, l'orbe (décidément, le mot faisait florès) du sein gauche de ma sœur n'est plus à l'ordre du jour et tu as très proprement éconduit Agustin Ottomar ?

– C'est le mariage de ta sœur qui n'est plus à l'ordre du jour, précisa Zennuba. Mais l'orbe de son sein gauche demeure un objet de ravissement et je crains que nous n'en ayons pas fini avec les demandes en mariage.

– Prions Dieu qu'Il nous envoie l'époux idéal.

– Même l'époux idéal, même si le Prophète en personne – qu'Allah le couvre de Sa gloire – le faisait entrer dans cette pièce en le tenant par la main, je devrais le récuser.

– Mais…

– Un jour tu comprendras. »

Malgré le soin que mettaient équipages et passagers des bateaux internés à garder leurs lieux de vie le plus salubres possible, voire à les transformer en tout ce dont une communauté naissante pouvait avoir besoin, les émigrés se plaignaient d'être les uns sur les autres.

Et c'est une vérité de dire que le pire était la promiscuité. Un moyen d'en diminuer les effets était de délimiter des sortes de cellules aux murs mous mais à peu près opaques, de telle façon qu'il fût quasi impossible aux passagers de se surprendre les uns les autres dans leurs activités quotidiennes les plus triviales.

Pour les Bizertins, le seul moyen d'entrer en contact avec eux restait le troc, qui consistait presque exclusivement à leur fournir de la nourriture contre à peu près n'importe quoi. Quelques jours avaient suffi pour épuiser le stock de denrées fraîches que les fugitifs avaient réussi à embarquer et que les conditions de navigation n'avaient pas trop détériorées.

En attendant le versement des premiers subsides du gouvernement français, une baleinière à moteur avait été armée pour délivrer en urgence aux passagers des bateaux des provisions de bouche sous une forme immédiatement consommable.

Certains réfugiés s'en prenaient à d'autres que leur trop bonne mine faisait soupçonner de dissimuler des réserves clandestines de fèves, d'olives, de dattes, de figues, voire de gousses d'ail ou d'oignons qui, s'ils étaient efficaces pour la santé, s'avéraient par chance difficiles à consommer clandestinement ; ingérés crus, ils rendaient l'haleine aigre pour au moins vingt-quatre heures, ce qui permettait de repérer les mauvais joueurs, ceux qui tentaient d'échapper à l'accablement général. On les sermonna, on leur parla fraternité, solidarité. Ils présentèrent des excuses, partagèrent l'ail et les oignons qu'ils avaient troqués.

Comprenant qu'ils étaient là pour un long moment, les émigrés prirent leur sort en mains. Les dernières larmes qu'il fallut sécher furent celles d'une petite Natacha de six ans qui avait fait tomber son cadeau d'anniversaire – une sucette – dans la mer.

Chaque jour, dès les premières lueurs de l'aube, le ballet des chaloupes de servitude reprenait entre le cuirassé *France* et les navires russes pour ne s'interrompre qu'à la tombée de la nuit. Mais cette animation, très disciplinée, était celle d'une prison : le 18 décembre 1920, en accord avec Georges Leygues, président du Conseil, le vice-amiral Gabriel Darrieus, préfet maritime de Bizerte, avait en effet signé un ordre stipulant que les Russes confinés à bord des bateaux de guerre réfugiés à Bizerte ne devaient avoir aucune relation avec la terre, pour quelque raison que ce fût.

À travers cette contrainte, le Protectorat espérait contenir l'épidémie de fièvre typhoïde qui s'était déclarée à bord de certains bateaux, et prévenir celle de choléra qui menaçait. Le préfet maritime avait délimité une zone où la navigation était strictement interdite, sauf en cas d'homme à la mer, d'incendie ou par dérogation exceptionnelle signée des autorités françaises. Cette disposition était appliquée de jour comme de nuit par le moyen de vedettes armées assistées d'une pinasse et de deux canots à moteur, chacune de ces rugissantes petites unités étant placée sous le commandement d'un officier marinier.

Yelena et sa tante toléraient mal leur confinement à bord du *Georguii Pobedonossets*. Elles ne s'en plaignaient pas ouvertement, mais elles n'en pensaient pas moins. Si la situation avait été inversée, si ç'avait été à des Français d'être déracinés et propulsés sur les champs de lin et de pavot de Zagoskine (argumentait Sofia), ou à Yalta dans la blanche datcha où Tchékhov écrivit *La Cerisaie* (appuyait Yelena), jamais on ne les aurait traités de façon si inflexible, ni surtout si humiliante, ils auraient pu se mettre à table sans y avoir été invités alors que les émigrés n'avaient pas même des tréteaux sur lesquels jeter un haillon de nappe. Mais eussent-ils disposé de tables, auraient-ils su où les dresser ?

Un certain Sergueï Vercholiev, escroc notoire qui profitait de la débandade générale pour mettre la plus grande distance possible entre la police et lui, coiffé d'un chapeau à large bord sans forme, ses maigres épaules saillant sous l'étoffe usée d'un manteau bien trop flou pour être honnête – il avait toujours les mains dans les poches, ce Vercholiev, au fond desquelles il tripotait des objets qu'on ne voyait pas mais qui produisaient d'étranges bruits métalliques, comme le barillet d'un revolver qu'il faisait cliqueter de la même façon machinale qu'on égrène un chapelet –, expliqua aux deux femmes que le mal tant redouté des Français n'était pas tant d'ordre sanitaire que politique :

« En réalité, mesdames, on tremble à l'idée que vous ayez pu être contaminées par le poison bolchevique.

– Moi, une révolutionnaire ? » s'esclaffa Sofia.

Au même instant Nikola Alexandrovitch Bissenko remontait la coursive en direction de la pièce que les passagers du *Georguii Pobedonossets* avaient transformée en école. Il ralentit devant la porte entrouverte et s'immobilisa un instant pour considérer Yelena qui taillait des crayons. Elle le vit, reconnut en lui le cosaque si serviable qui, sans cesser de jurer le nom du Seigneur comme elle ignorait que même un cosaque pût jurer, avait slalomé à travers la foule paniquée pour transporter son bagage et celui de sa tante jusqu'à l'appontement où attendait la chaloupe à vapeur chargée de transférer les passagers sur le *Georguii.*

Alors elle lui sourit.

Au même moment, Tarik et sa mère conversaient dans le patio, elle sur son fauteuil, son fils à ses pieds.

« ... et pour finir, disait Zennuba, je lui ai clairement fait comprendre qu'il devait renoncer à cette idée.

– *Clairement fait comprendre ?* releva Tarik.

– D'accord, concéda Zennuba, j'imagine toujours que l'autre en face a saisi ma pensée. Sauf que j'utilise trop de mots. Ou au contraire pas assez. Et bon, ça fait qu'on laisse s'installer des zones d'incertitude verbale, et ce discours qu'on voulait limpide et tendu, eh bien ! il s'égare, il se perd dans une brumaille de mots. En tout cas, je lui ai bien dit que c'était impossible.

– À cause de… ?

– Eh bien, il est plutôt bel homme, et il m'a suffi d'entendre rugir sa torpédo pour comprendre qu'il était aussi un homme riche – oui, mais ici, loin de sa terre, il n'est qu'un *mouchtana*, un étranger non seulement venu d'une autre terre mais qui a une autre façon de vivre, d'une autre culture, alors il peut faire ce qu'il veut, cet Américain : tout le monde, tout *son* monde, s'en fiche complètement. Mais nous, Amazighs en terre amazighe, on a des choses à respecter, une mémoire, des rituels, un sang, une histoire, et… et je ne sais pas trop, mais on ne se marie pas n'importe comment, chez nous ce n'est pas seulement *Mes bien chers frères, mes bien chères sœurs, nous voici rassemblés sous le regard de Dieu pour unir cet homme et cette femme, alors si quelqu'un ici a une raison de s'opposer à ce mariage, qu'il parle maintenant ou se taise à jamais, et maintenant vous pouvez embrasser la mariée et vous avancer vers le buffet qui est particulièrement bien garni, j'y ai veillé personnellement et je ne serai pas le dernier à lui faire honneur...* »

Tarik leva les yeux et tendit le cou pour mieux voir sa mère qui trônait au-dessus de lui, en majesté sur son fauteuil de gloire, la tête frôlant presque les nuages qui couraient bas ce soir-là, comme c'est souvent le cas quand la chaleur que la lagune a emmagasinée tout au long d'un après-midi ensoleillé s'élève et rencontre l'air froid qui descend des djebels.

« Sois franche avec moi, *yemma* – tu as vraiment une raison de t'opposer au mariage ?

– J'en ai une, oui mon fils, la meilleure des raisons : même si c'était mon vœu le plus cher, et le tien, et celui de Chadia, il me serait impossible de consentir à cette union. »

Alors elle raconta ce que c'était qu'une noce amazighe, la célébration de la fusion d'un homme et d'une femme, et l'alliance de deux familles à travers les épousailles, une authentique cérémonie nuptiale telle qu'on l'avait toujours célébrée depuis le temps des premiers royaumes berbères. Et plus elle parlait, plus Tarik comprenait que jamais sa famille, du moins de ce qu'il en restait, ne saurait être à la hauteur de ce passé : manque d'argent, manque de pouvoir, manque de tout...

Zennuba évoqua la dernière noce à laquelle on l'avait conviée – il s'agissait du mariage de la petite Mesbah, Dyhia Mesbah, avec Munatas Aït Idir dont le prénom signifie *Réunissez-vous autour de lui*, et ce fut précisément la façon dont les choses se passèrent au cours de la semaine que dura la fête, cette longue semaine de réjouissances où, de l'aube jusque tard dans la nuit, une partie des femmes assises en cercle dans la cour avaient, de leurs mains enduites de beurre, frotté la semoule jusqu'à ce que chaque grain fût à peu près de la taille d'une tête de grosse fourmi, tandis que les autres convives s'occupaient des viandes et des bouillons, et de dénoyauter les prunes appelées à donner au couscous le goût sucré qui convient à ce genre de célébration. Le visage luisant de transpiration, les hommes s'occupaient aussi à rôtir les moutons.

« Combien de moutons ? » demanda Tarik.

Sa mère dit que dans la cour de la maison de la mariée, là où avait eu lieu l'abattage, il avait fallu jeter du sable sur le sol pour éviter aux invités de patauger dans la bouillasse sanglante dont le niveau attestait de l'abondance et de l'éclat des agapes.

« Je vois, fit Tarik. C'est l'argent qui te fait peur – ou plutôt son absence. Tu crains que nous n'ayons pas assez de fortune pour offrir une réception digne de celle qu'ont donnée les Aït Idir.

– Il n'y a pas que le festin, répondit sa mère. Si l'on veut respecter la tradition, Agustin est supposé arriver à cheval. On faisait ainsi autrefois, je l'ai vu de mes propres yeux.

– Mais nous ne sommes plus autrefois, *yemma*. Et s'il faut un cheval…

– Pas n'importe quel cheval, mais un cheval de fantasia, un pur-sang arabe… Ou alors un dromadaire – oui, un dromadaire pourrait convenir à condition qu'il coure à la vitesse du sirocco. Dans les deux cas, cheval ou dromadaire façon sirocco, nous serions obligés d'ajouter le harnachement magnifique, la sellerie, les fusils. Allons, remercions Dieu que tout ceci ne soit qu'un rêve ! » soupira Zennuba qui, tout bas, ajouta avec un regret mal dissimulé que si les choses étaient allées assez loin pour que cette histoire de dromadaire fût à l'ordre du jour, elle aurait exigé une femelle – d'après elle, les chamelles étaient plus douces, plus dociles, la texture et la couleur sable de leur pelage parfaites pour mettre en valeur une jeune mariée en tenue nuptiale, ornée de bijoux partout où son corps pouvait en arborer, revêtue de la resplendissante robe berbère tunisienne avec son ébouriffante et féerique cascade de perles cuirassant sa poitrine du cou jusqu'à la ceinture.

Un peu avant minuit, le ballet des chaloupes de servitude cessa brusquement. Les feux de position des navires s'éteignirent un à un. Le grand cuirassé fut le dernier à garder des lumignons dans ses superstructures.

Six jours d'affilée, Tarik avait réussi à faire ainsi partie de l'équipage de la baleinière qui assurait la liaison entre le *France* et certains des navires ancrés dans la rade. Mais à son grand dépit, sa fonction était de rester sur la baleinière pour y monter la garde – or il s'était juré de prendre pied sur le pont bosselé et rouillé du cuirassé.

Car à trois ou quatre occasions il avait pu apercevoir la jeune Ukrainienne vêtue de blanc, il les avait vues, elle et la femme plus âgée qui l'accompagnait, se relayer pour descendre à terre et rapporter de quoi améliorer le triste ordinaire du bord.

À la poupe du vieux navire, assises l'une à côté de l'autre, elles attendaient patiemment qu'une embarcation accostât le *Georguii* – vêtue d'une de ses deux robes blanches, la lumière ardente du soleil d'Afrique jouant dans la blondeur de ses cheveux, Yelena servait d'appât pour attirer l'un ou l'autre des pêcheurs arabes : Ali, Mohamed ou Jibril consentirait-il à la conduire à terre et à la ramener à bord, et si oui, que voulait-il pour prix de ses services ? De l'argent, elle en avait, et même beaucoup, sauf qu'ici il ne valait rien. Alors quoi ? Un petit tableau ? Il lui restait une douzaine de croquis à la mine de plomb, cinq ou six fusains, une étole en renard de Sibérie, des boutons de nacre rose qui avaient fermé une toilette de chez Jeanne Lanvin rapportée d'un voyage à Paris – gravés au chiffre de la maison de couture, ces boutons étaient aussi recherchés que des pièces de monnaie venues de quelque lointain pays.

Yelena se faisait répéter plusieurs fois l'heure du retour ainsi que l'endroit du port où elle serait certaine de retrouver la chaloupe et son passeur ; elle ne voulait à aucun prix se mettre dans son tort.

24

Tarik finit par être déchargé du rôle ingrat de surveillant de baleinière ; il hérita la fonction enviée qui consistait à chaperonner une émigrée tout au long de sa tournée de ravitaillement, à veiller à sa sécurité et à ce qu'aucun commerçant ne profitât de l'éventuelle faiblesse de sa protégée pour l'arnaquer.

Yelena était déjà à bord de la chaloupe – une embarcation à tableau arrière, configuration plutôt rare pour un bateau de Méditerranée – quand Tarik la rejoignit. Ils échangèrent un sourire, puis le jeune Tunisien suggéra à Yelena de changer de place afin de protéger sa robe d'éclaboussures toujours possibles – d'innombrables déchets, difficiles à identifier mais généralement fort peu engageants, souillaient l'eau du Vieux Port.

Yelena le remercia d'un mouvement de la tête et se hâta de gagner un autre banc de nage.

S'emparant de l'aviron de godille, Tarik le positionna dans l'engoujure prévue à cet effet, et, faisant face à l'arrière, ce qui l'obligeait à tourner le dos à Yelena, il entreprit d'animer la pelle en lui faisant décrire dans l'eau des sortes de huit.

Chaque fois qu'il lui indiquait une curiosité qui méritait son attention, Yelena le gratifiait d'un sourire, rarement d'un mot, jamais d'une phrase entière. Son français était pourtant parfait, il en avait eu la preuve en la suivant discrètement à travers les souks et en l'écoutant négocier avec les marchands.

Pratiquer le troc lui était d'autant plus inconfortable qu'elle devait alors s'encombrer des objets qu'elle était prête à offrir contre des courgettes, tomates, laitues cressonnettes, arbouses, kakis, graines de coriandre, pour agrémenter les poissons frais qu'elle rapporterait s'il lui restait de quoi les troquer ; sinon, Sofia et elle se contenteraient de légumes macérés dans l'huile d'olive.

Elle portait en bandoulière, sur l'épaule gauche, un sac de marin rempli des objets qu'elle espérait convertir en marchandises. La plupart étaient des éléments décoratifs empruntés au navire de guerre devenu son gîte : tapes de bouche en bronze, sifflets de maître d'équipage, rubans frappés du nom du *Georguii Pobedonossets* en lettres d'or ayant servi à orner les coiffes des officiers, cravates de même origine, et jusqu'à deux ou trois casquettes à la mode russe, munies de visières disproportionnées.

Elle avait passé des heures devant un éclat de miroir à s'entraîner à coiffer ces casquettes prodigieuses avec assez de grâce et d'impertinence pour ne pas avoir l'air d'une déguisée. Elle se faisait rire elle-même, malgré la réprobation de Sofia qui, l'ayant surprise devant sa petite glace en train de faire des mines et d'envoyer des baisers à son reflet, lui avait conseillé d'essayer plutôt de prendre un air chagrin : se retrouver expatriée, émigrée, réfugiée, n'était-ce pas comme être en grand deuil ?

Toujours est-il que, depuis que la flotte russe avait jeté l'ancre dans la lagune, la jeune femme avait réussi à échanger sept casquettes contre sept minifestins que sa tante n'avait pas boudés.

Troquer avec les vendeurs de fruits et légumes était une entreprise d'autant plus délicate que Yelena ne pouvait proposer que des objets dont le volume occupé dans son sac équivalait peu ou prou à celui des denrées qu'elle espérait y enfourner à la place.

Guettant la moindre occasion de lui venir en aide, Tarik la suivait comme son ombre, sans se mêler de son négoce et s'écartant ostensiblement dès qu'il la voyait ralentir devant un étal ou s'arrêter pour remonter la bandoulière sur son épaule rendue douloureuse par le poids du sac. À la prochaine occasion, se disait-il, je lui demanderai la faveur de me laisser porter son foutu sac – mais il trouvait chaque fois une bonne raison de se dérober.

En fait, il aimait tout autant qu'il la détestait cette filature dont il retirait surtout un sentiment de frustration : après huit expéditions de ce genre dans le sillage de Yelena, il ignorait encore tout de l'odeur de son corps sous l'étoffe légère de la robe blanche, il n'avait jamais osé s'approcher d'assez près pour respirer le parfum de sa chevelure, ou de son haleine.

Il s'en consolait en pensant que, de toute façon, les émanations des fruits et légumes que la jeune femme empilait dans son sac n'auraient pas manqué de s'interposer entre ses narines à lui et ses senteurs naturelles à elle. Une vie où un homme a même des légumes comme concurrents ne peut être qu'une suite de coups bas, songea-t-il, avant d'appeler doucement :

« Mademoiselle, mademoiselle… »

Il avait choisi de s'adresser à elle en français parce que c'était une langue qu'ils avaient la chance d'avoir en commun – lui l'avait apprise à travers l'entreprise de francisation linguistique de la Tunisie que menait le Protectorat ; et puis *mademoiselle* sonnait tellement plus joliment que *miss* dont le petit son sifflant rappelait celui d'une bouée qui se dégonfle, ou *Fräulein* qui n'était pas loin de sonner comme frôlement, un mot qu'il n'aimait pas à cause de sa connotation avec le monde des bestioles de la nuit – il avait la phobie des papillons nocturnes.

Quant à elle, si elle était bien la jeune aristocrate russe qu'il avait pressentie, elle avait dû fréquenter la cour impériale où il était de bon ton de parler un français irréprochable.

« J'aimerais vous entretenir d'une affaire », poursuivit le bouchkara.

Elle esquissa un sourire, heureuse d'entendre parler français, cette langue des soirées au théâtre de Jytomyr, des amis retrouvés au fumoir où, à l'entracte, pour peu que le champagne fût assez bon et la pièce assez médiocre, on n'en finissait pas de refaire le monde malgré l'insistance de l'appariteur qui agitait frénétiquement la clochette appelant les spectateurs à regagner leur place.

« Une autre fois, peut-être, répondit-elle en mimant une soudaine précipitation. Là, je n'ai pas le temps, je dois me hâter de rejoindre la chaloupe qui me ramènera à bord du *Georguii*.

– Ça ne prendra que quelques minutes… »

Elle fit celle qui n'avait pas entendu, ou mal compris :

« Sinon, j'aurais des ennuis. Je risquerais une punition, voyez-vous. »

Elle eut un petit rire gourmand qui finit en cascade, comme si, en contribuant à briser l'asphyxiante routine de son exil flottant, l'éventualité d'être punie était au fond assez réjouissante.

Tout dépendait de la punition, bien sûr, mais Yelena ne manquait pas d'imagination pour en inventer d'amusantes – se livrer à des filles de moujiks pour se faire humilier par elles, notamment par une certaine Olga Siedelnikovna, cheveux blondasses, gros yeux bleuâtres à fleur de tête, lèvres gercées, avait constitué une de ses distractions favorites au cours des longs hivers crépusculaires de Zagoskine.

Ce n'était pas tant la pénitence qui l'électrisait, que les arguments forcément douteux qu'elle devait développer pour convaincre Olga de l'attacher à un bouleau et de s'asseoir face à elle sur une souche ou un seau renversé, enfin sur ce qui se trouvait là, pour lui cracher au visage en visant les narines ou pour la gifler en se moquant d'elle. Mais quelle satisfaction, quelle euphorie quand, ses épaules pressées contre le tronc de l'arbre, elle sentait la rugosité de la corde griffer ses poignets, la respiration un peu précipitée de sa punisseuse et l'odeur fade de sa bave.

Peut-être à cause des jérémiades qu'elle ne manquait jamais d'émettre avant d'accepter de se prêter à ce jeu – *va encore pour cette fois, jeune maîtresse, mais jure-moi que c'est la dernière :*

pour sûr, je serai congédiée, et peut-être bien pire, Oy ! o Gospodi[1], *si on me surprend à te faire sans raison des méchancetés pareilles* –, Olga Siedelnikovna était de loin la meilleure « partenaire » de Yelena qui ressentait, sous sa domination, la honte délicieuse qui était le but qu'elle recherchait en offrant son visage aux humiliations que la jeune paysanne, tout en maugréant, finissait par lui infliger.

Accusés d'être des *koulaks*[2] parce qu'ils étaient en mesure de prêter des chevaux de trait à des cultivateurs plus pauvres qu'eux, les Siedelnikov avaient été condamnés à la confiscation de leur bétail, de leurs réserves de fourrage et de semences, et à cinq ans de prison.

Leur fille n'avait pas survécu aux rigueurs de la détention, mais Yelena l'ignorait encore. Il lui arrivait souvent de s'endormir en pensant à cette jeune et vilaine Olga Siedelnikovna qui savait si bien l'injurier, la ligoter en la traitant de sale-bête-d'aristocrate-qui-aurait-mérité-d'avoir-le-nez-écrasé-sous-un-sabot-bien-englué-de-bouse-fraîche.

Yelena lui écrivait quelquefois au village de Zagoskine pour lui rappeler ces saynètes, et lui

1. Ô mon Dieu !

2. Paysans qui, pour avoir pu acquérir des terres, le plus souvent à travers plusieurs générations et à crédit, avaient atteint un certain niveau d'aisance que leur reprochaient les bolcheviks.

proposer, si Dieu permettait qu'elles se revoient un jour, d'autres déviances du même ordre qu'elle construisait derrière ses yeux clos au cours des trop longues heures d'oisiveté à bord du cuirassé.

À son tour, Tarik émit une sorte de gloussement qui fit battre ses lèvres à la façon dont les chevaux font parfois clapoter les leurs – *flaaaap ! flaaaap !*

« Allons donc ! Vous n'êtes plus une petite fille, vous n'avez plus l'âge d'être punie ; et si vous l'étiez quand même, je me mettrais à votre service pour vous défendre.

– Oh... même contre toute une flotte de guerre ? ironisa-t-elle.

– Bah ! On dit que l'escadre a été désarmée. C'est en tout cas l'impression qu'elle donne. »

Elle se retint de lui faire remarquer que le jour même, à l'aube, le cuirassé *Général-Alexeïev*, que tout le monde considérait comme le navire amiral de la flotte du général Wrangel, s'était assuré du bon fonctionnement de ses tourelles de 250. Ses tympans en vibraient encore.

« Ce que je voulais vous dire, reprit Tarik, c'est qu'on a parlé d'un mariage dans ma famille. Ma sœur Chadia, une jeune fille très belle, avec un citoyen américain.

– *Pozdravlyayu*, fit Yelena, félicitations. »

Ne voyant pas ce qu'ils auraient pu ajouter l'un ou l'autre, elle salua poliment d'un mouvement de la tête et pivota sur elle-même, présentant son dos au bouchkara.

Elle avait opéré ce demi-tour en fermant ses yeux que le soleil d'Afrique avait tendance à irriter. Elle fut surprise, en les rouvrant, de trouver Tarik de nouveau face à elle, comme si elle et lui étaient restés immobiles, et si, pendant ce bref instant où elle avait gardé les yeux clos, c'était le port de Bizerte qui avait tourné autour d'eux.

« Oui ? dit-elle. Eh bien quoi ?

– L'affaire à laquelle je pense, celle que je veux vous proposer, c'est à propos de ce mariage. Si vous acceptez, vous serez payée. En francs tunisiens. Un joli pactole. Et du coup, plus besoin de troc, fini tout ça ! »

Il bombait le torse, ce qui lui allait plutôt bien, comme s'il était certain de faire à Yelena une de ces propositions qui ne se refusent pas – sauf que la jeune fille n'avait pas la moindre idée de ce dont il pouvait s'agir. Elle le dévisagea, aussi décontenancée qu'il semblait sûr de lui :

« Voilà qui est très généreux de votre part. Je vous en remercie.

– C'est donc oui ? fit-il, le visage rayonnant.

– Ce n'est pas oui, ce n'est pas non, c'est juste que je ne vois pas du tout quel rôle je pourrais jouer dans votre mariage – dans celui de votre sœur, je veux dire.

– Je vous explique, alors…

– Une autre fois, coupa-t-elle en prenant soudain un ton plus sec. Là, je suis pressée. »

Pressée ? Elle ne l'était pas le moins du monde : si elle manquait la chaloupe assurant la navette entre le port et le *Georguii*, elle n'aurait aucun mal à convaincre un pêcheur curieux de scruter de plus près son physique slave si exotique ici, de la ramener jusqu'à la coupée du vieux cuirassé en échange de quelques-uns des roubles impériaux déclassés que sa tante et elle avaient traités au sel d'oseille pour leur rendre leur éclat à défaut de leur restituer leur valeur.

Pour Yelena et les quelque six mille autres passagers de l'escadre Wrangel, le temps s'était de toute façon quasiment arrêté à l'instant où les ancres du *Georguii Pobedonossets* avaient crevé la surface de la lagune d'Ichkeul : en accueillant les navires russes à Bizerte alors que tous les autres pays méditerranéens leur fermaient leurs ports, les responsables français leur avaient signifié qu'ils garderaient le statut d'internés jusqu'à ce que la France eût reconnu le gouvernement soviétique, ce qui, au vu des imbroglios de la situation politique, pouvait prendre un temps considérable.

Mais si rien d'extérieur ne pressait Yelena, elle n'en était pas moins folle d'impatience : après les incommodités du froid et de la neige qui avaient constitué la toile de fond de sa vie à Zagoskine, elle brûlait de découvrir la rutilance brûlante des étés nord-africains telle que l'évoquaient un vieux guide *Algérie et Tunisie*, plusieurs numéros des *Échos d'Orient*, ainsi qu'*Un été dans le Sahara* d'Eugène Fromentin – pages poisseuses et tavelées de taches de café qu'elle avait dénichées dans le salon d'un hôtel turc de Saint-Mamas, quartier russe de l'ancienne Byzance médiévale.

25

Depuis que les réfugiés avaient quasiment dépouillé le navire-atelier *Kronstadt* de la plupart de ses apparaux, la rade résonnait sans interruption du fracas des marteaux, du crissement des scies à métaux et du sifflement des chalumeaux employés à transformer la flotte de guerre en une véritable petite ville de Russie : les ponts et les postes d'équipage du *Georguii Pobedonossets* étaient ainsi devenus une école, un dispensaire, un bureau de poste, une bibliothèque, un théâtre, un coiffeur pour dames, une cordonnerie, un cabinet dentaire, une église, etc.

Ces travaux profitaient surtout au vieux cuirassé qu'on avait déplacé pour le mouiller à proximité des installations de l'association du Sport nautique où il pouvait reposer son flanc tribord contre un quai du canal qui reliait la lagune à la mer. À certaines heures, une grande confusion régnait sur son pont où se bousculaient la foule des femmes qui attendaient, avec leurs bouilloires, la distribution d'eau chaude pour le thé du soir, et les groupes d'hommes qui, pour pallier le manque de cabines et empêcher que la nécessaire cohabitation devînt une insupportable promiscuité, avaient entrepris de construire sur le pont supérieur des sortes de maisonnettes en planches et bâches goudronnées.

Yelena tendit la main à Tarik – ce n'était pas parce qu'elle était prisonnière d'un monstre de ferraille rouillée qu'elle devait renoncer aux habitudes et aux lois de la vie sociale.

Après un instant d'hésitation, le jeune bouchkara prit la main de Yelena et, comme on fait d'un petit oiseau, l'enferma entre les siennes, bien décidé à la retenir le temps de lui débiter le discours qu'il avait préparé. Elle ne pourrait faire autrement qu'écouter jusqu'au bout.

N'avait-elle donc pas compris qu'il avait pitié d'elle ? Qu'il avait deviné sa détresse malgré sa jolie robe blanche aux manches ballon, bouffantes et si légères qu'on pensait qu'elles allaient s'envoler comme les bambalounis que fricassait la femme de Khalil ? Il ne manquait à Yelena que des gants montant jusqu'aux coudes pour avoir tout à fait l'air de l'héroïne d'un de ces romans qu'il arrivait à Tarik de trouver abandonnés dans le fumoir d'un bateau, et qu'il récupérait pour les échanger chez le libraire de la rue Moussa Ibn Noçaïr contre des romans populaires illustrés plus accessibles, tels *Le Secret de l'Enfant* par Paul Rouget ou *Les Tortures d'une Vierge* de Jules de Gastyne. Chadia les lisait à haute voix à sa mère. Lecture faite, les deux femmes en arrachaient les pages pour emballer le poisson qu'elles achetaient sur le port : c'était un papier de meilleure qualité que celui des journaux, même mouillé il résistait aux épines des rascasses, dorades et autres poissons-lions.

« Au fait, dit-il, moi c'est Tarik Aït Mokhtari.

– Yelena Maksimovna Mannenkhova, répondit-elle en se présentant à son tour.

– *Guinaryia* ? fit tout près d'eux une voix de femme un peu rauque.

– Elle demande si vous voulez lui acheter un artichaut », traduisit Tarik.

Yelena le dévisagea comme s'il tombait de la lune. À côté de lui se dandinait une vieille femme enveloppée dans un sefsari dont elle devait retenir les pans dans sa bouche édentée, ses deux mains étant occupées à agiter en l'air, tels des hochets, un artichaut violet et un artichaut blanc.

« Elle vous fait cette proposition parce que c'est la pleine saison ici chez nous, expliqua-t-il. En salade ou farcis, en tajine avec de l'agneau et des petits pois, c'est vraiment très bon.

– Est-ce que j'aime les artichauts ? » se demanda Yelena.

Elle n'avait aucune idée du goût qu'ils pouvaient avoir. Mais elle savait que Tchékhov les appréciait : il en avait beaucoup planté dans son potager de Melikhovo, le domaine qu'il possédait près de Moscou. À Zagoskine, le climat ne se prêtait pas aux artichauts, il faisait trop froid. Alors il était possible qu'elle n'en eût jamais mangé. De toute façon, elle n'avait plus rien à troquer.

Tarik pouvait-il lire dans les pensées ? Toujours est-il qu'il avança la main pour intercepter les artichauts que brandissait la vieille et en saisir deux qu'il tendit à la jeune Ukrainienne :

« Si vous n'avez plus rien à échanger, faites-moi plaisir, laissez-moi vous offrir ces artichauts. Un pour vous, l'autre pour votre maman. Moi aussi j'ai une mère, et pour moi elle compte plus que tout au monde.

– La mienne est morte, dit Yelena d'un ton dépourvu d'émotion.

– Lors des massacres d'Odessa ? »

Comme Yelena gardait le silence, Tarik insista :

« Pardonnez-moi, mais je rassemble tous les éléments que je peux trouver sur la grève générale et les émeutes de juin 1905, quand le tsar a eu tellement peur des proportions que prenait l'insurrection et de la menace que représentait le cuirassé *Potemkine* qui venait d'arriver à Odessa qu'il a proclamé la ville en état de guerre... Vous êtes ukrainienne, alors j'ai pensé que, peut-être...

– Je suis née en Ukraine, j'y ai vécu jusqu'à aujourd'hui, c'est vrai. Mais des gens, des proches, m'ont affirmé que j'étais aussi parfaitement russe. J'aimerais savoir, mais à qui demander ? Ma mère est morte d'une infection contractée quelques jours après ma naissance. Je ne suis jamais parvenue à savoir quelle part de responsabilité j'ai eue dans cette fièvre qui l'a emportée. Quant à mon père, il a disparu.

– Et la personne âgée qui voyage avec vous ?

– Oh... c'est ma tante Sofia. Comme vous l'avez remarqué, elle n'est plus toute jeune. Il lui arrive d'oublier des choses. Ou de confondre. »

Mais il ne l'écoutait déjà plus, trop occupé à lui raconter sa mère à lui, à expliquer le mal qu'il s'était infligé, les souffrances qu'il avait endurées pour desceller le fauteuil Koken, l'arracher au plancher d'acier du *Varthema*, et le porter sur la corniche tout au bout du patio, où il l'avait planté fier et droit comme un mât de navire, face au port, face à la mer, afin d'y faire trôner sa mère qui, là-haut où elle pouvait s'imaginer voler dans l'air tiède du petit matin qui embaumait la graisse chaude dont on enduisait les pains, le charbon brûlé, le varech et le jasmin, avait enfin l'air de ce qu'elle était : une reine, sa reine.

Yelena interrompit sa rêverie :

« Dites, pardonnez-moi, mais il faut vraiment que je retourne à la chaloupe, moi, maintenant… »

Elle avait porté à hauteur de son nez les deux artichauts qu'il lui avait offerts et elle les flairait comme s'il s'agissait d'un bouquet de fleurs parfumées.

« Vous ne vous y retrouverez jamais toute seule. C'est l'heure où les pêcheurs rentrent au port, il va y avoir des barques éparpillées dans tous les sens. Et vous ne parlez pas l'arabe.

– Mais les Tunisiens parlent français.

– Sauf ceux qui font semblant de ne pas comprendre, pour montrer qu'ils en ont plus qu'assez du Protectorat et qu'ils ont déjà tourné la page des années de colonisation. Laissez-moi vous reconduire, je connais tous les pêcheurs, je pourrai toujours emprunter une barque pour vous ramener à bord de votre bateau. Et j'en profiterai pour vous expliquer en quoi consiste cette affaire…

– Quelle affaire ?

– Eh bien, celle à laquelle je voudrais vous associer. Une affaire vraiment exceptionnelle. »

Obligé de marcher devant Yelena afin de la guider à travers la foule des Bizertins qui goûtaient la douceur de l'air au cours de leur promenade vespérale sur le Vieux Port, Tarik s'arrêtait fréquemment sous prétexte de saluer une connaissance, en réalité pour s'assurer qu'elle le suivait ; et il lui exposait son projet, donnant l'impression de lui raconter une histoire d'autant plus captivante qu'elle se présentait comme un feuilleton, découpée en autant d'épisodes que de haltes, et qui avait commencé par cet aveu :

« Ça va peut-être vous étonner, mais nous sommes très pauvres. Ma mère, ma sœur et moi, je veux dire. Tant que mon père était vivant, ça pouvait encore aller. On ne roulait pas sur l'or, mais entre son salaire, le mien et ce que gagnait Chadia comme vendeuse chez Al Arfaoui, on ne s'en sortait pas trop mal. À présent, c'est plus difficile. Oh, bien sûr, nous ne sommes pas des mendiants, mais *yemma* et moi allons tout de même devoir annoncer à Agustin Ottomar que nous ne pouvons pas répondre favorablement à sa proposition.

– Quelle proposition ?

– Il a demandé la main de Chadia – vous ne le saviez pas ? »

Elle marqua un temps d'arrêt, puis reprit sa marche.

« Non, comment l'aurais-je su ? Qui me l'aurait dit ? Sur les bateaux, on n'est pas au courant de ce qui se passe en ville. Ce n'est pas que ça ne nous intéresse pas, mais notre monde et le vôtre sont aussi étrangers l'un à l'autre qu'un homme dont on a arraché la langue peut l'être vis-à-vis de celui dont on a coupé les oreilles.

– Cet Américain et ma sœur, ça a failli être un grand beau mariage, soupira Tarik. Mais il n'aura pas lieu. Chadia ne prendra pas le paquebot pour l'Amérique, ni le train pour Pueblo, ni rien du tout.

– J'en suis tout à fait désolée, dit Yelena avec une indifférence polie.

– Je crois plutôt que vous vous en fichez complètement, corrigea Tarik. La preuve : vous ne me posez aucune question. »

Elle écarquilla les yeux :

« Et à propos de quoi devrais-je vous questionner ?

– Je pensais que... eh bien, que vous seriez curieuse de savoir comment elle allait prendre ça, ma pauvre Chadia... parce que moi j'en suis toujours à me demander comment je vais pouvoir lui annoncer que tout est fini avant même d'avoir commencé...

– Elle est très amoureuse de ce... comment l'appelez-vous, déjà ?

– Agustin Ottomar.

– Drôle de nom. Pourquoi Agustin et pas Augustin ?

– Et Ottomar ? renchérit Tarik. C'est un nom, ça, Ottomar ? Dans un livre ou dans un film, ça oui, je ne dis pas, mais comment peut-on s'appeler Ottomar dans la vraie vie ?

– Oh, on peut, confirma Yelena qui se souvenait d'avoir déchiffré, dans un musée de Petrograd, un cartel à propos d'un Ottomar-quelque-chose qui avait réussi une étude photographique décomposant le vol d'une cigogne de façon si impressionnante qu'on avait fait de lui un précurseur du cinématographe[1].

– En fait, reprit Tarik, je ne sais pas trop ce que ma sœur pense de lui. Il lui plaît, c'est sûr, mais je doute quand même un peu qu'à seize ans elle soit éperdument amoureuse. Je veux dire : qu'elle ait pleinement conscience de ce que c'est qu'aimer.

– Nous autres, femmes, sommes plus précoces que vous, sourit Yelena.

– Oui, il paraît – mais je suis certain que si le mariage n'a pas lieu, ce n'est pas tant l'amour perdu d'Agustin Ottomar qui la fera pleurer que le fait de devoir annuler la noce et les fêtes merveilleuses qui vont avec.

– Merveilleuses ? » releva Yelena en essayant de dissimuler son incrédulité.

Il lui suffisait de regarder autour d'elle et de comparer ce qu'elle voyait avec ce qui avait été son environnement à Zagoskine pour se convaincre que « merveilleuses » avait au moins deux acceptions – l'une bizertine, l'autre ukrainienne.

« Et il y a le voyage, ajouta Tarik, le grand voyage au terme duquel une jeune fille de Bizerte

1. Ottomar Anschütz (1846-1907), photographe et inventeur allemand.

aurait pu devenir citoyenne des États-Unis d'Amérique. Jamais mon père (qu'Allah lui accorde le pardon) n'aurait cru une telle chose possible...

– Avec de nouvelles fêtes "merveilleuses" pour célébrer ça ? sourit Yelena.

– Et pourquoi pas ? Agustin m'a laissé consulter quelques-uns des classeurs où il range des photos de mariage qu'il a prises un peu partout à travers le monde et dont il compte tirer des cartes postales : tous ces clichés, ça prouve bien qu'on fait toujours la fête pour un mariage, même chez les Amish.

– Les... quoi ?

– Les Amish. Des gens très rigides, ils suivent les préceptes de la Bible au mot près – ils ont tellement peur de ressentir de la vanité qu'ils vont jusqu'à s'interdire la fierté de savoir jouer d'un instrument de musique. Vous, bien sûr, vous devez en jouer à la perfection.

– Jouer de quoi ? »

Yelena commençait à se perdre dans les circonvolutions que prenait la conversation de Tarik.

« À vous de me le dire. Voyons, de quel instrument vous a-t-on appris à jouer ? Je vous imagine la joue posée sur celle d'un violon...

– Qu'est-ce que vous racontez ? Où avez-vous pris que les violons avaient des joues ?... Oh oui, vous voulez parler de cette partie un peu renflée, en bas, près du cordier – la caisse de résonance ?

De toute façon, moi, c'est le piano. Mais je vous en prie, évitons ce sujet, je pourrais me mettre à pleurer rien qu'à évoquer notre piano, celui que nous avons dû abandonner à Zagoskine, un instrument d'excellence acheté à Moscou chez Becker, le facteur de pianos qui fournissait Tchékhov, oui, Tchékhov en personne. »

Elle renifla comme si, en effet, elle ravalait des larmes, puis reprit :

« Ah ! notre Becker… Même si certaines de ses touches sont à présent muettes, même s'il est devenu un repaire de vrillettes, même s'il suffit désormais d'en soulever le couvercle pour faire s'envoler un essaim de papillons de nuit… »

Mais Tarik, qui au fond n'avait que faire des émois musicaux de la jeune fille, était déjà revenu à ses Amish :

« Sous prétexte que Dieu nous ordonne de vivre dans la simplicité, voilà des gens qui vont jusqu'à refuser les bienfaits du monde moderne ! Agustin nous a raconté qu'il avait remisé sa torpédo dans un entrepôt de South Street, Manhattan, en attendant de pouvoir l'embarquer sur l'*India*, un steamer arrivé à New York avec un retard de dix-huit jours dû aux émeutes qui avaient éclaté à Liverpool, suite à l'appel des syndicats qui croyaient le moment venu d'instaurer le communisme au Royaume-Uni et s'appuyaient sur la colère des Noirs et des Asiatiques qui, après avoir vaillamment combattu durant la Grande Guerre, se retrouvaient démobilisés, sans emploi, devenus une population improductive, voire embarrassante pour le pays auquel ils avaient pourtant sacrifié leur vie. Aux provocations verbales, les autorités avaient répliqué en massant des chars d'assaut dans les rues de Cardiff et Liverpool, les deux villes les plus touchées par la révolte. Un point de non-retour avait été atteint le 5 juin lorsque Charles Wotten, un jeune marin des Bermudes, avait essayé d'échapper à la foule déchaînée : rattrapé par des factions racistes, il avait été jeté dans la Mersey et, sans autre forme de procès, lapidé de pierres et de briques jusqu'à ce qu'il coule à pic. »

Yelena avait confirmé que ces événements avaient été diffusés et largement commentés à bord des bateaux russes, les exilés craignant que de telles manifestations, visiblement inspirées par l'esprit d'intolérance qui semblait servir d'exutoire à un monde épouvanté par l'effroyable bilan chaque jour en progression des victimes de la guerre, n'incitent les autorités françaises à limiter encore leurs libertés.

Agustin avait décidé de profiter du retard de l'*India* pour faire quelques clichés de la communauté amish de Lancaster, en Pennsylvanie. Pour aller là-bas, il avait été forcé de se rabattre sur une carriole qui ressemblait à un cube monté sur quatre roues, le tout peint en noir sans même un liseré de couleur pour l'enjoliver. Par chance, c'était une voiture à cheval, dont le canasson chargé de la tirer avait une bonne bouille qui cassait un peu l'aspect funèbre du véhicule. Cela dit, et toujours selon Ottomar, les jeunes filles amish n'avaient pas le droit de se maquiller – toujours à cause de la vanité comprenez-vous ? –, aussi étaient-elles particulièrement fraîches et roses, peut-être plus attirantes que les autres Américaines dont poudres et fonds de teint attiraient invinciblement les fumées les plus poisseuses de la ville pour former avec elles des croûtes disgracieuses.

« Pour en revenir à ma sœur, je ne sais pas comment lui dire la vérité.

– Ce n'est pas à vous de gérer son chagrin, si chagrin il y a, mais plutôt à votre maman – les mamans sont faites *aussi* pour ça, non ? C'est en tout cas ce que prétend ma tante Sofia qui a tendance à se prendre pour ma mère.

– Mais si Zennuba console Chadia, qui consolera Zennuba ?

– Zennuba, c'est votre maman ?

– C'est elle, confirma Tarik en avançant le menton à la manière de ces soldats qui se figent au garde-à-vous dans l'attente de la médaille qu'un gradé va leur épingler sur la poitrine – à quel point il était fier de sa mère, celui-là, le meilleur bouchkara de Bizerte, on n'a pas idée !

– Parce que votre maman serait désolée, elle aussi, si le mariage tombait à l'eau ? »

À cet instant, il y eut des cris. C'était un chamelier qui passait en courant, suant et vociférant, à la poursuite d'un chamelon échappé à sa garde. Une cloche, au cou de l'animal, sonnaillait comme un tocsin.

Tarik poussa Yelena sous le porche d'une maison pour empêcher qu'elle soit bousculée, mordue peut-être. Pour ce faire, il dut la toucher, du moins son vêtement, et de la blancheur de la robe qu'il froissa brièvement monta une bouffée acidulée qui le surprit, habitué qu'il était aux senteurs musquées des parfums orientaux.

Le jeune homme espérait que l'animal allait multiplier les ruades, les coups de tête, retrousser les babines pour projeter sa bave visqueuse sur le chamelier qui le talonnait et sur les gamins qui s'accrochaient à sa toison laineuse. Des poissonnières qui s'étaient assises sur le bord du chenal, jambes pendantes pour laisser la fraîcheur de l'eau s'insinuer dans les plis de leur abaya, se mirent à rire et lancer des youyous à l'intention de la bête qui, ayant finalement choisi de capituler, plia les genoux pour montrer sa soumission en baraquant.

La poursuite avait donc cessé aussi vite qu'elle avait commencé, et avec elle, à la grande déception de Tarik, la garde rapprochée qu'il montait devant Yelena dont il savourait la senteur verte, pointue, dans laquelle la jeune fille semblait enchatonnée comme une pierre fine dans un serti à griffes. Il se résolut à reprendre la conversation là où il l'avait laissée, c'est-à-dire à la désolation qui ne manquerait pas de submerger Zennuba et Chadia quand elles devraient rendre officielle l'annulation du mariage et décommander les invités.

« Chadia a déjà dû en recruter une cinquantaine, révéla Tarik. J'ai trouvé des brins de paille dans notre chambre, signe qu'elle a couru à travers champs pour lancer ses invitations aux paysans qui, en ce moment, se préparent à récolter le blé. C'est qu'une noce, chez nous, c'est une grande affaire, ça ne se résume pas à manger bien et beaucoup, puis à danser jusqu'à l'aube, non, ça peut durer entre quatre et sept jours, les gens ont besoin de s'organiser, et pour ça ils doivent connaître les dates exactes le plus tôt possible. Chadia, je la crois impatiente de prendre le bateau pour l'Amérique, elle se contenterait sûrement de quatre jours. Mais pas Zennuba. Parce que pour elle, pour ce qui reste de la famille qu'elle a fondée avec mon père, c'est-à-dire essentiellement elle et moi, il n'y aura sans doute jamais d'autre mariage que celui de ma sœur. Alors il faut qu'il soit inoubliable.

– Vous-même, vous n'avez pas l'intention de... »

Il sourit :

« Oh, je ne dis pas non, mais pour se marier, il faut être très amoureux, voyez-vous, et même au-delà d'amoureux.

– C'est quoi, "être amoureux au-delà d'amoureux" ?

– Ça, je ne sais pas exactement.

– Eh bien, trancha-t-elle avec comme un reproche dans la voix, quand on ne sait pas, on ne dit pas. »

Il la regarda, étonné de lui découvrir les lèvres si fines alors que l'instant d'avant elles lui avaient semblé deux coussinets roses et renflés. Ce n'est qu'en la fréquentant davantage qu'il comprendrait que la bouche de Yelena se recroquevillait comme sous l'effet d'un froid intense à la moindre contrariété qu'éprouvait la jeune fille.

« Je ne suis plus maître de rien, avoua-t-il dans un murmure. Il faut que je veille sur ma mère, sur ma sœur – deux femmes seules, elles sont persuadées qu'elles sauront se débrouiller sans moi, mais elles se trompent. »

Baissant encore le ton, il ajouta :

« Et puis il y a la Tunisie.

– C'est un beau pays, dit Yelena.

– Ah oui ? Qu'est-ce que vous en savez ? Vous n'en avez rien vu, sinon cette flaque d'eau salée, la lagune de Bizerte – certains disent le lac, en fait c'est un peu les deux. Mais lac ou lagune, et même si ça vous a paru très joli, ce n'est qu'un petit, tout petit, confetti de Tunisie. C'est bien autre chose, mon pays ! »

Soudain, il se rendit compte qu'il adoptait un ton combatif, presque hargneux, pour lui parler. Il s'en voulut. Il n'avait aucune raison de se montrer désagréable – n'était-ce pas lui qui, depuis l'arrivée des bateaux de guerre, avait cherché par tous les moyens à entrer en contact avec cette jeune fille ? Sans doute était-elle, à présent qu'il la voyait de près, qu'il pouvait la toucher, moins exceptionnelle que l'idée qu'il s'en faisait. En y réfléchissant, moins exceptionnelle n'était d'ailleurs pas l'expression qui convenait : c'était juste qu'elle n'était pas la réincarnation parfaite d'Habiba Msika – le souffle brûlant et rauque d'Habiba ne pouvait pas avoir habité cette modeste poitrine aux seins que l'arrondi du corsage faisait deviner comme charmants de forme mais enfantins, ni avoir pu se frayer un chemin en remontant le long de cette gorge où sous la peau claire (blanche, bien trop blanche, presque maladivement pâle) palpitaient de fines veines bleues, et encore moins s'être épanoui dans cette bouche aux lèvres humides et presque translucides – la bouche d'Habiba Msika, elle, était comme un trait de dague, un sillon sec, d'un pourpre profond, indélébile ; elle avait à coup sûr un goût de sang, tandis que celle de la fille d'Ukraine devait sentir le laitage.

Il voulut lui demander pardon pour sa rudesse, mais les mots justes ne lui venaient pas, et puis il craignait qu'elle ne considérât qu'il s'humiliait devant elle. Or la proposition qu'il s'apprêtait à lui faire imposait que ce fût elle l'humiliée.

Comme il se taisait (c'était toujours pareil avec lui, il cherchait ses mots), elle le relança :

« Venons-en au fait, voulez-vous ? N'aviez-vous pas quelque chose à me demander ? Bien qu'ayant à peu près tout perdu, je ne vois pas ce que je pourrais…

– Si, dit-il. Servir.

– Servir ? Servir à quoi ?

– Servir *de quoi*, rectifia-t-il. »

Docile, elle répéta :

« Je ne vois pas *de quoi* je pourrais servir…

– De vieille femme », dit-il.

Et aussitôt il ajouta :

« Mais ne le prenez pas mal. »

Un vent léger, drôle de vent tiède et bouclé, s'était levé. Ce n'était pas encore le crépuscule, mais il n'allait pas tarder, ses ombres prémonitoires posaient déjà sur la blancheur des maisons du port des touches d'indigo légèrement brossé de noir. Une camionnette ralentit et s'arrêta un instant entre les deux jeunes gens et le chenal. Avant qu'elle ne reparte, le visage de Yelena se refléta sur une des vitres latérales du véhicule – *même en grimaçant*, se dit-elle, *je n'aurai jamais le profil d'une femme âgée.*

« Vous voulez que je me déguise ? fit-elle avec scepticisme. C'est à cause du carnaval ? Vous le célébrez quand, ici ? »

Elle se remémorait les carnavals politiques dont Anatoli Lounatcharski, alors à la tête de la section Culture et Éducation de la Douma de Petrograd, entendait faire autant de vitrines pour exposer et intensifier la propagande bolchevique jusque dans les plus modestes localités de l'immense Russie : à l'imitation des processions religieuses, le peuple révolutionnaire en fête était convié à se mettre en marche, et c'était cette déambulation qui, à elle seule, ferait fête. Yelena se souvenait particulièrement d'un de ces défilés un soir de novembre à Zagoskine, le cortège s'était arrêté devant une plaque de rue dont le nom venait d'être changé – la rue des Artilleurs s'appellerait désormais rue de la Paix. En approchant de la plaque, la procession s'était comportée un peu comme un serpent qui, après une longue reptation, se love sur lui-même : sans qu'il fût besoin de mots d'ordre, la petite foule avait d'elle-même formé un demi-cercle face à la nouvelle plaque que masquait encore un pan d'étoffe rouge s'assombrissant au fur et à mesure que l'imprégnait la neige fondue tombant mollement du ciel. La fanfare avait joué une marche dont les musiciens avaient tenu la dernière note assez longtemps pour permettre à un commissaire politique de monter sur l'estrade et de tirer sur un cordon. L'étoffe rouge s'était alors décrochée, l'espace d'un instant elle avait palpité dans le vent, et puis une rafale plus forte l'avait emportée, et le nom du jeune partisan bolchevique mort d'avoir été traîné derrière un camion par des tsaristes était apparu en grosses lettres de fer vermillon tandis que les drapeaux s'abaissaient. Vinrent ensuite les discours que la populace écouta d'une oreille distraite, en tapant la semelle pour se réchauffer, puis on distribua du thé brûlant et des syrniki.

« Pas besoin que vous vous déguisiez, dit Tarik, bien au contraire. L'idée, si vous acceptez ma proposition, c'est justement de rester vous-même. »

Il ajouta que c'était la toute dernière chance de donner au mariage de Chadia ce prestige si particulier qui, chez les Amazighs, s'attache aux épousailles. Si Zennuba n'avait pas les moyens de célébrer dignement les noces de sa fille – et même mieux que dignement : avec une magnificence jamais égalée chez les Bizertins, oui, voilà ce qu'il fallait, de la grandeur, du faste, seuls capables de faire oublier l'humiliation qu'avait infligée à sa famille la mort grotesque d'Abdul-Salam englouti dans le gouffre noir, huileux, odorant jusqu'à la nausée, des olives chemlalis –, alors mieux valait persuader Agustin Ottomar d'oublier à jamais les seins attendrissants de Chadia et annuler la noce.

« À moins qu'il n'ait absolument besoin d'enrichir son catalogue de cartes postales avec les images d'une jeune poitrine », conclut Tarik.

Yelena éclata de rire :

« Vous ne croyez tout de même pas qu'il aurait traversé l'océan et une partie de la Méditerranée seulement pour ça ? D'autant qu'il n'avait aucune certitude de rencontrer en Tunisie une jeune fille dotée d'une paire de seins aussi… dirai-je "ensorcelants" ?

– En fait, répondit le bouchkara (il parlait tout bas, comme s'il avait un peu honte des mots qu'il prononçait), en fait, c'est surtout le sein gauche de Chadia – l'orbe du sein gauche, pour reprendre son expression – qui l'a envoûté. Les Américains, vous savez, entretiennent une sorte d'obsession de la morphologie féminine : pour eux, la femme parfaite devrait afficher 90 centimètres de tour de poitrine, 60 de tour de taille, 90 de tour de hanches. »

Tarik marqua un temps, puis répéta plus bas :

« 90-60-90, le nombre d'or de la femme. Ma sœur a des mensurations légèrement supérieures : 101 pour le tour de poitrine, 57 pour le tour de taille, et 91 pour les hanches. Loin de nuire à son charme, ces dimensions avaient évidemment de quoi séduire Agustin Ottomar, citoyen américain de Pueblo, Colorado. Moi, ajouta-t-il, en regardant intensément Yelena, je m'en fiche. Parce que moi, ce qui me bouleverse, ce sont les visages. Et dans les visages, ce que je tiens pour le mirhab[1], c'est la bouche. Et tapie au plus secret du mirhab, c'est la langue.

– Vous, vous avez un fantasme », dit Yelena.

Ils se dévisagèrent en silence. Perplexes l'un et l'autre. Il était clair que Tarik ignorait le sens du mot fantasme et qu'il n'insisterait pas sur ce sujet, ce qui rassura Yelena qui, bien qu'elle sût, elle, de quoi il s'agissait, ne savait comment le lui expliquer – il y avait encore quelques manques dans sa connaissance du français.

« Vous pensez si je me suis renseigné avant d'accorder la main de Chadia à un photographe ambulant ! reprit le bouchkara.

– Et le bilan de vos investigations ?

– De mes... quoi ?

– Investigations, répéta Yelena. Vos recherches, votre enquête, si vous préférez...

– Résultat mitigé : même aux États-Unis, l'industrie de la carte postale est sur le déclin, et l'amour aussi, dont elle était l'un des miroirs. » Agustin peinait à composer des tableautins saupoudrés de poudre d'argent, il suffisait de voir ces

1. Niche creusée dans un des murs d'une mosquée pour indiquer la direction de La Mecque et dans laquelle l'imam dit la prière.

séducteurs rastaquouères, ces danseurs de tango ultra-gominés dans les bras desquels basculaient de longues jeunes femmes efflanquées, poitrine plate, bouche vermillon, cheveux en vagues souples piquetées d'œillets pourpres, d'aigrettes et de barrettes s'avançant sur le visage… « Allons ! Même sans faire de folies, poursuivit Tarik en aidant Yelena à embarquer, jamais nous ne pourrons financer la part qui, dans un mariage amazigh, revient à la famille de la mariée. Notre mère a passé des nuits blanches à tourner et retourner la somme de ses obligations dans tous les sens, et elle est toujours retombée dans les mêmes ornières, si profondes qu'elle en attrapait le vertige et croyait son cœur près de se décrocher. Où trouver de quoi payer les sept tenues de cérémonie qu'est supposée endosser Chadia, dites, je vous le demande ?

– Sept robes pour se marier ? s'exclama Yelena – et cette fois elle avait plissé les yeux comme pour lutter contre un éblouissement.

– C'est-à-dire, détailla Tarik, que dans le cas d'un mariage qui doit durer sept jours, l'usage est de prévoir une tenue différente pour chaque journée. Logique, non ? »

Elle en convint. Alors il se mit à compter sur ses doigts :

« Nous disons donc une robe pour *Saboun*, une pour *hazen el-Farch*, une autre pour le jour du hammam, encore une autre pour *Henna*, pour *Harkous*, puis pour *Outeya*... et enfin, pour *Dokhla*, la nuit de la consommation du mariage, la robe de mariée proprement dite, minimum une *kissoua* avec bustier, jupe longue en satin blanc, quantité de paillettes et de broderies – vous me suivez ?

– Et comment ! confirma Yelena, bien qu'elle n'eût pas la moindre idée de ce en quoi pouvaient consister ces jours de fête aux noms si singuliers, sinon qu'ils devaient être assourdissants, épuisants et magnifiques. »

Et déjà Tarik reprenait :

« Sans compter qu'il n'y a pas que l'habillement : il faut aussi trouver de quoi payer le hammam pour au moins cinquante personnes, et souvent davantage parce que la fiancée n'y va pas seule, au hammam, elle s'y rend en cortège, accompagnée par les chants et les danses de ses nombreuses parentes et amies, auxquelles se joignent la *negafa* – incontournable, la *negafa* : c'est elle la mémoire, elle qui garantit le respect scrupuleux des rites nuptiaux – et ses assistantes qui aident la fiancée à endosser des tenues souvent difficiles à revêtir à cause de tous les bijoux qui les alourdissent et dont les attaches, broches, fermoirs, épingles, chaînettes, se prennent dans les plis, bloquant le passage d'un bras, la rotation d'un poignet... »

À entendre Tarik lui décrire ces noces auxquelles sa voix grave conférait un caractère théâtral, Yelena avait ouvert de grands yeux sidérés.

C'est qu'elle ne voyait pas les choses comme lui, oh non, pas du tout : du petit peu qu'elle avait pu entrevoir de la modestie des maisons bizertines dont les cubes de tous les blancs imaginables, blancs sales, blancs jaunis, bleuis, cassés, écrus, grisés, églantine, saumonés, entouraient le bassin du Vieux Port, elle avait déduit que les épousailles d'Agustin et Chadia seraient sans tambour ni trompette, plutôt guitare sèche et flûtiau, des noces de couche-tôt somme toute, car à quoi bon s'éterniser à table quand les derniers osselets ont été sucés, rongés jusqu'à la moelle, qu'on a raclé le couscoussier jusqu'au dernier grain, vidé les théières et qu'on a encore le bout du nez tout poisseux de miel et de sirop d'orgeat ?

Avec ses yeux écarquillés, Yelena ressemblait à ces Parisiennes qui élargissaient démesurément leur regard en se rasant les sourcils puis en les redessinant de la pointe d'un crayon très fin, de façon à les allonger tout en les faisant retomber vers le coin externe de l'œil.

La jeune Ukrainienne avait d'ailleurs cru reconnaître quelques spécimens de ces élégantes, sans doute des épouses d'une nouvelle génération de Prépondérants, à bord de felouques sur lesquelles

les pêcheurs bizertins les accueillaient contre une légère rétribution ; mais elle se trompait, ces femmes qu'elle prenait pour des Parisiennes étaient pour la plupart des prostituées tripolitaines ou cyrénaïques, panachées de quelques Romaines, Napolitaines, Vénitiennes et Siciliennes, la proportion des Italiennes dans cette partie du monde ayant doublé depuis que la péninsule avait, dix ans auparavant, défait l'Empire ottoman et obtenu la rétrocession des provinces de l'ancienne Libye.

« … et je ne vous dis pas la ruine, poursuivait Tarik, pour des gens comme nous, que ce lait, tout ce lait qu'on doit acheter pour le verser – pour le gâcher, oui, le mot juste c'est bien gâcher – dans le bassin du hammam où la fiancée plonge pour se purifier !

– *Boje moï !* répéta Yelena avec incrédulité – elle commençait à trouver ce genre de mariage en effet très impressionnant. S'immerger dans du lait, quelle drôle d'idée ! En Russie, le jour de l'Épiphanie, on se purifiait en cassant la glace pour sauter à trois reprises dans l'eau des rivières ou des étangs – une fois au nom du Père, une fois au nom du Fils, et enfin au nom du Saint-Esprit. Il faut dire, ajouta-t-elle en souriant (elle était enchantée de faire étalage de sa science toute neuve, en partie acquise grâce à ses lectures durant les longues heures de ce voyage dont le terme et le but semblaient ne jamais devoir cesser de reculer), il faut dire que nous sommes un peuple d'eau : Japhet, notre grand ancêtre, était l'un des trois fils de Noé.

– Les gens comme moi venons plutôt du feu que de l'eau : Berbères ou Amazighs, nous sommes la civilisation la plus ancienne d'Afrique du Nord, un peuple qui était encore sans écriture quand il est apparu. Dites, vous pouvez imaginer ça : des gens tellement primitifs qu'ils ne connaissaient aucun moyen de garder une trace de ce qui les concernait ? C'est dire si nos racines s'enfoncent profond, si elles vont puiser loin leur mémoire ! Notre grand ancêtre, c'était Hercule. Au milieu de vastes déserts s'élevait une grande et forte ville, on l'appelait Capsa, et Hercule en était, dit-on, le fondateur. C'est là-bas, à Capsa, qu'Hercule s'est jeté dans les flammes d'un brasier funéraire pour échapper à l'atroce souffrance que lui infligeait le port d'une tunique empoisonnée par le sang d'un centaure qu'il venait de tuer – enfin c'est ce qu'on raconte, moi, bien sûr, je n'ai assisté à rien de tout ça. Quand Hercule fut tout près de mourir, les dieux l'arrachèrent à ce monde pour l'emporter dans l'Olympe où il se consola en épousant Hébé, la plus jeune des filles de Zeus, une déesse ravissante mais maladroite : un jour qu'elle était chargée de présenter aux dieux un plat de petits poissons particulièrement délicats – il s'agissait d'aphyes...

– Aphyes, dites-vous ? Je me demande si nous avons ça en Ukraine.

– Je ne sais pas non plus s'il y en a en Méditerranée. La bestiole serait toute blanche, ce qui fait penser qu'elle naîtrait de l'écume de la mer. Tenez, prêtez-moi votre main, là, juste un instant… »

Amusée, Yelena lui abandonna sa main gauche. Il la prit dans les siennes, qui étaient brûlantes, et aussi précautionneux qu'un bijoutier qui s'apprête à faire essayer sa toute première bague à une jeune cliente, il isola son auriculaire :

« À ce qu'on dit, l'aphye serait moins longue et moins grosse que votre petit doigt. Mais bon, moi je n'en ai jamais vu.

– Si c'est vrai, fit Yelena, il ne doit pas y avoir beaucoup à manger sur un poisson aussi riquiqui.

– Riquiqui peut-être, mais divin à coup sûr. À supposer qu'elles aient existé, ce qui est impossible parce qu'il n'y a pas d'autre dieu qu'Allah, les divinités de l'Olympe ont dû être des personnes raffinées, approuva Tarik, tout à fait du genre à se nourrir de choses probablement sublimes mais en toutes petites quantités.

– Et donc, la fille de Zeus… ?

– La jeune Hébé ? Les récits des temps anciens disent que ce jour-là, s'étant pris les pieds dans je ne sais quoi, elle se serait étalée de tout son long en éparpillant ses aphyes. Et ainsi, foutu, le festin de petits poissons ! Même des dieux qui n'existent pas ne se seraient pas abaissés à manger ce qui est tombé par terre. »

Yelena ne le quittait pas des yeux, comme si, en plus de l'écouter, elle cherchait à confirmer ce qu'il disait en lisant sur ses lèvres. Hésitant, un peu vague, un peu vacillant, son regard trompa Tarik.

« Pardonnez-moi, fit-il, je vois bien que je vous ennuie avec mes petits poissons.

– Vous ne m'ennuyez pas le moins du monde, le rassura la jeune Ukrainienne, j'adore qu'on me raconte des histoires.

– Cette dame qui voyage avec vous...

– Sofia Féodorovna, dit Yelena. C'est ma tante, la sœur de mon père.

– C'est donc elle qui vous raconte des histoires ?

– Quelquefois oui, c'est elle. D'autres fois, quand elle est fatiguée... »

Elle s'interrompit. Tarik la regardait fixement.

« Eh bien quoi ? Qu'arrive-t-il quand elle est fatiguée ?

– Alors c'est moi qui me les raconte – les histoires, je veux dire.

– À voix basse ? »

Elle parut décontenancée.

« Oui et non. En fait, elles sont déjà dans ma tête. Je me raconte des histoires que j'ai dans la tête, voilà.

– Vous connaissez celle de Cendrillon ? demanda-t-il de but en blanc.

– Qui ne la connaît pas ?

– Qu'est-ce que vous en pensez ? »

Juste comme il posait sa question, une sorte de gravité avait envahi son visage et le vert profond de son regard s'en était encore assombri. Yelena hésita :

« Oh... eh bien, je suppose... tout dépend de la façon de la raconter, n'est-ce pas ? »

Il frémit, comme en prélude à un frisson. Il en allait toujours ainsi avec cette Cendrillon dont il avait découvert l'histoire dans un livre bilingue qui, en compagnie d'une riche édition du Coran, constituait, sur une étagère tapissée de drap vert, toute la bibliothèque des Aït Mokhtari ; le père de Tarik l'avait acheté à un colporteur qui l'avait persuadé que l'ouvrage aiderait Tarik et Chadia à apprendre le français tel qu'on le parlait à Paris, bien que son auteur, Arsène Houssaye, se fût un peu moqué de ces messieurs les gens de lettres en rédigeant une *Histoire du 41e fauteuil de l'Académie française*, alors qu'il était bien connu que les statuts de l'Académie limitant à quarante le nombre de ses membres, elle n'avait nul besoin d'un fauteuil surnuméraire. S'il ne regrettait pas son acquisition (le bouquin avait de la classe, crânement posé sur son étagère peinte à la couleur de l'islam), Abdul-Salam avait fait promettre à

Chadia de ne pas lire *La Pantoufle de Cendrillon*, de ne pas même l'ouvrir de peur de tomber sur une des gravures signées Gustave Doré – l'attirance de ce dernier pour certains passages quelque peu tendancieux de la Bible ne le rangeant pas particulièrement dans la catégorie des artistes pour jeunes filles.

26

« Nous partons ! *Sarie, sarie !* s'égosilla le pêcheur en pesant sur sa perche.

– *Eajal*[1] *!* modula à son tour Yelena – mais en montant d'une octave, car elle avait une voix claire, de pinson ou de rossignol disait son père. Il me semble que j'ai entendu ce mot, *eajal*, à tous les instants de ma vie, ajouta-t-elle en se laissant aller contre un coussin orné de passementeries dorées et d'une broderie représentant l'enseignement du Coran dans une madrasa. Et tout ça pour échouer ici, dans ce port au milieu de nulle part à nous dépêcher pour… pour quoi, au fait ? Ah oui, pour nous chamailler à propos d'une Cendrillon qui n'a jamais existé… »

Pour aider la felouque à gagner le milieu du chenal, le bouchkara repoussa du pied le quai d'où pendaient des défenses.

1. « Faisons vite ! »

« Pourquoi voulez-vous qu'on se querelle ? Il n'y a pas matière à se disputer à propos de Cendrillon. Cette fille, tout le monde s'en fait la même idée : une pauvre servante, une fille qui ne paye pas de mine, habillée de vieux haillons qui sentent mauvais, mal coiffée, peut-être quelques furoncles ici ou là... Bon, rien à voir avec vous, ajouta-t-il en ricanant.

– Alors pourquoi m'en parlez-vous ? C'est perdre son temps. Tandis que Tchékhov, dans *La Cerisaie*, décrit très exactement ce que nous sommes en train de vivre : le passage d'un monde à un autre. C'est à la fois infiniment doux et tout à fait désespéré.

– Connais pas, fit Tarik. *La Cerisaie*, ça parle de cerises, c'est ça ?

– Pas seulement, oh ! pas seulement. J'en ai un exemplaire bilingue sur le bateau, une colonne en russe, la colonne d'à côté en français. Je vous le prêterai, si vous voulez. Comme ça, vous pourrez vous faire une idée du pays d'où je viens. »

Tarik n'avait que faire de Tchékhov, de sa *Cerisaie* et de la Russie – de toutes les Russies, comme disait parfois Yelena. Mais les livres sont des objets très subtils, capables de longtemps garder l'odeur de la pièce où ils dormaient alignés, l'odeur du tabac qu'on a fumé près d'eux, de cet alcool hors d'âge qu'on a par maladresse renversé sur eux, celle de la maison sous la pluie, des petites fleurs sans nom et des feuilles d'automne qu'on a glissées entre leurs pages, le parfum évanescent d'une encre qui a formé des mots déjà pâlis.

« Ça va vous étonner, pour sûr, mais Cendrillon tient une place importante, très importante, et même à vrai dire tout à fait considérable, dans l'affaire que j'allais vous proposer.

– *Que vous alliez me proposer...* Est-ce que ça signifie que cette offre mystérieuse ne tient déjà plus ? Qu'ai-je fait, ou dit, pour être récusée, alors que je n'ai toujours aucune idée de ce que vous me réserviez ? »

Propulsée avec adresse, et surtout détermination, à travers les rangs serrés des chaloupes qui regagnaient leur mouillage après avoir passé des heures à tournicoter inutilement auprès des bateaux russes (seule Farouja, dont les papilles et les narines s'étaient habituées aux relents âcres du tabac russe et à la raideur des haleines chargées de vodka, continuait de faire son miel quotidien de l'immense découragement qui étouffait marins et passagers de la Flotte de la mer Noire), la felouque traversait de fines écharpes de vapeur bleutée, entraînant dans son sillage des effluves de kefta d'agneau.

« Selon vous, qu'est-ce qui pourrait remplacer l'argent que nous n'avons pas et faire en sorte qu'on n'oublierait pourtant jamais chez les Amazighs, les Berbères, les Hommes Libres, le mariage de la fille de Zennuba ?... »

Yelena revoyait son père penché sur ses livres comptables, la moitié du visage éclairée par une lampe d'icône d'une taille impressionnante, son autre profil, d'une lividité de marbre, tranchant sur la pénombre glaciale qui envahissait le manoir dès la tombée du jour – et Dieu sait que les nuits de Zagoskine étaient précoces, surtout en hiver. Durant de longues heures de veille, Maksim Féodorovitch consignait ainsi l'histoire financière du domaine, alignant sur des pages et des pages, sous forme de colonnes de chiffres tirées au cordeau, et qui semblaient interminables, et d'une certaine façon il était à souhaiter qu'elles le fussent car il ne pouvait y avoir de meilleur témoignage de la survivance de Zagoskine que cette suite d'additions et de soustractions que scandait, à intervalles réguliers, la calligraphie à l'encre rouge de la mention *À reporter*, un peu comme ces panneaux qui apparaissaient de plus en plus souvent en bordure de la chaussée pour signaler que, certes, la route continuait vers l'horizon, mais qu'elle n'était pas dépourvue de dangers.

« Je ne vois pas où vous voulez en venir, dit Yelena.

– Vous allez comprendre… »

Quand ils prirent pied sur le pont du cuirassé, la nuit s'était épaissie, un vent tiède faisait danser le long serpent d'ampoules électriques et de pavillons multicolores que le *Georguii* arborait ce soir-là depuis la proue jusqu'à la poupe ; car bien que les jeux fussent faits et que tous, civils comme militaires, fussent d'accord pour reconnaître que désormais plus rien ne pouvait changer la donne, il suffisait de l'annonce d'un revers des Rouges à l'occasion d'une modeste escarmouche pour qu'une bouffée d'espoir secouât les réfugiés, pour que le contre-amiral Behrens, qui, en succédant au vice-amiral Kedrov, avait hérité la responsabilité de l'ensemble des exilés, donnât l'ordre de hisser le grand pavois dans le seul but de réchauffer le moral des quelque trois mille exilés qui restaient consignés à bord des bateaux faute d'avoir trouvé un emploi à terre.

Si les Russes qui souhaitaient débarquer pour réaliser un troc ou s'offrir une « récréation » de quelques heures ne pouvaient le faire sans se soumettre au contrôle très strict des autorités françaises, les conditions d'accès étaient encore plus draconiennes pour qui voulait monter à bord d'un des navires internés. Aussi Yelena attendit-elle que la nuit fût suffisamment sombre pour s'assurer que personne n'avait remarqué la présence de Tarik et entraîner ce dernier jusqu'au pont inférieur où sa tante et elle disposaient d'un des quarante logements exigus et sans hublot que des charpentiers avaient sommairement aménagés de part et d'autre de la coursive qui menait à une grande salle servant, selon les besoins, de lieu de culte ou de réfectoire.

Ces deux affectations valaient à ce secteur du navire, situé trois niveaux sous le pont supérieur mais bien au-dessus de la ligne de flottaison, d'être à peu près propre alors que le reste du bâtiment était dans un triste état de souillure et de chienlit. Le signe le plus flagrant de sa décrépitude étant peut-être l'odeur aigre des vomissures qui stagnaient dans les entrailles du navire.

C'est pourtant vers ces fonds obscurs et pestilentiels que Yelena s'engagea après s'être retournée pour faire signe à Tarik de la suivre.

Ce dernier obéit, admirant l'aisance avec laquelle, sans jamais mettre en péril sa robe blanche, la jeune fille ondulait entre les apparaux de pont, les treuils, les glissières, l'enchevêtrement des tuyauteries hérissées de robinets, de détendeurs, de manomètres aux aiguilles hésitantes derrière des cadrans embués.

« Gare aux surbaux », lui chuchotait-elle en abordant les passages entre deux portes, surélevés pour éviter la propagation de l'eau d'une coursive ou d'une pièce à l'autre.

Rien n'indiquait qu'on dût parler tout bas, mais il aurait semblé incongru, presque choquant, de s'exprimer à voix haute.

Yelena s'était engagée sur une étroite passerelle qui courait à mi-hauteur de la paroi interne du cuirassé dont elle épousait les pleins et les déliés, cherchant à compenser le roulis du navire en se penchant alternativement d'un côté puis de l'autre – à croire qu'elle porte des ailes trop lourdes pour son corps d'ange, songeait Tarik.

Leurs pas résonnaient sur les marches de métal comme dans la nef d'une cathédrale. L'odeur tiède et huileuse qui sourdait de chaque mécanisme n'était d'ailleurs pas sans rappeler la senteur lourde des cierges autour desquels, les jours de fête, les fidèles formaient une ronde en l'honneur des saints qui, là-haut dans les cieux, dansaient, disait-on, à l'unisson de l'Église terrestre du Christ.

« Si on ferme les yeux, dit Yelena, on se croirait presque à Saint-Volodymyr-le-Grand, vous ne trouvez pas ?

– Je vous déconseille vivement de les fermer, gronda Tarik en se remémorant la chute de son père. Et je ne connais pas votre Saint-Machin-le-Grand. »

Pour être à même de prendre la jeune fille aux épaules et de la tirer en arrière si elle trébuchait et menaçait de basculer dans le vide, il s'était rapproché au point qu'elle pouvait sentir sur sa nuque la tiédeur de son souffle.

Mais elle avançait sans émoi, comme si elle avait toujours vécu dans cet univers de ferraille et d'obscurité. Seuls ses doigts crispés sur la rambarde témoignaient de sa concentration, sauf quand elle avait besoin de ses deux mains pour s'éventer afin de chasser l'odeur d'urine qui l'agressait en passant devant l'entrée d'un de ces réduits plus sombres et tarabiscotés où, depuis que les tinettes débordaient, les occupants du cuirassé venaient se soulager. Sur le blindage, ils avaient dessiné à la craie un visage bouche ouverte, langue tirée, cible évidente de leurs pissats – figure d'homme ou de femme, la ressemblance était assez imprécise, volontairement sans doute, pour que chacun pût assouvir le fantasme qu'il préférait.

De grosses lampes au corps ovale, peintes en gris mat, étaient appliquées à intervalles réguliers contre la muraille d'acier, mais par suite des restrictions d'énergie électrique, aucune n'était allumée. Tarik dit à Yelena que ces lampes lui faisaient penser à d'énormes insectes aux ailes repliées qui attendaient qu'on eût fini de circuler sur la passerelle pour s'envoler afin d'aller butiner, sur la langue de craie, le résidu des mictions des êtres humains.

« Écœurantes, ces bestioles, pas vrai ? »

Il s'attendait à ce qu'elle grimaçât, et il se réjouissait par avance de voir la mimique dégoûtée qu'elle allait faire pour marquer sa réprobation. Mais elle se contenta de lui répondre par-dessus son épaule que la plus immonde des mouches n'était pas, à tout prendre, tellement plus répugnante que celui que les Russes appelaient *l'Égal des Apôtres*, ce Volodymyr, grand-prince de Kiev, auquel était consacrée la cathédrale de la première ville d'Ukraine : qu'il ait largement contribué à la naissance de la future Russie, soit ! Mais était-il saint au point d'être canonisé et que la Russie le célèbre avec magnificence tous les 15 juillet, jour anniversaire de sa mort ? Ça, c'était beaucoup plus discutable.

« On le surnommait le Beau Soleil, vous devinez pourquoi ? »

Tarik n'en avait pas la moindre idée.

« Peut-être, risqua-t-il, parce qu'on l'avait considéré comme l'inspirateur, le précurseur, en quelque sorte le soleil naissant, le soleil montant des Russes, celui qui allait illuminer le monde ? »

Elle secoua la tête, faisant voler ses cheveux si blonds que, par contraste avec la pénombre où était plongé le ventre du dreadnought, ils lui faisaient autour du visage comme une auréole. C'est elle qui a l'air d'une sainte, pensa Tarik tandis qu'elle continuait de lui conter la légende du grand-prince de Kiev :

« C'est vrai qu'il se dégageait de sa personne quelque chose d'éblouissant, de radieux ; c'est ce qui a contribué au mythe en dépit de son côté nuiteux, de sa face obscure – excessivement obscure, même. Homme cauchemar, débauché, menteur et violent, sans cœur, sans âme, sans remords, violeur et sanguinaire, on le qualifiait aussi de *fornicator immensus et crudelis* – vous entendez le latin ?...

– Merci de vous en soucier, lui rétorqua-t-il un peu sèchement, mais oui, j'ai une audition parfaite des deux oreilles. »

Il détestait ne pas être pris en considération comme il le méritait – ou du moins comme il croyait le mériter. Elle s'empressa de lui sourire, comme pour atténuer l'indiscrétion de sa question :

« Pardonnez-moi si je me suis mal exprimée. Votre français est irréprochable – ce qui, j'en ai peur, n'est pas le cas du mien –, mais peut-être n'avez-vous jamais eu l'occasion de remarquer que le verbe entendre pouvait avoir plusieurs acceptions ?

– Ce qui veut dire ?

– Eh bien, entendre signifie aussi comprendre. Alors je me suis demandé si vous saviez le latin, cette vieille langue qui n'est plus guère employée que par les hommes d'Église, et que certains vont jusqu'à traiter de langue morte…

– Pas besoin de connaître la langue pour deviner ce que ça signifie. Et faites donc attention : c'est la troisième fois que vous manquez vous flanquer par terre ! »

Il se tut un instant. Elle aussi. Puis il expliqua qu'il avait depuis toujours l'habitude de dire merci quand on lui racontait une histoire, peu importait qui en était le conteur, peu importait que l'histoire fût vraie ou inventée.

« Alors merci pour votre histoire du Beau Soleil dont je ne savais rien. Et vous, connaissez-vous celle d'Habiba Msika ? »

Elle pencha la tête sur le côté – les oiseaux ont cette attitude-là, parfois, quand on leur parle.

« Écoutez ça, dit Tarik. Originaire du quartier juif de Tunis, ses parents étaient de simples gens, mais, comme dans le conte où Cendrillon l'orpheline a une fée pour marraine, Habiba était la nièce de Leïla Sfez.

– C'était elle, la fée ?

– Pas tout à fait, mais un peu quand même. Avec ce genre de créatures, on n'est jamais sûr de rien. Par contre, ce qui est certain, c'est que cette Leïla Sfez, qui se produisait alors avec succès dans les cafés chantants de Bab Souika, initia Habiba à la chanson arabe. Or Habiba ne faisait pas que chanter : elle déchirait, oui, sa voix déchirait ! Et très vite sa réputation dépassa les limites de la Hara, le quartier juif. Sitôt que la lune surgissait d'entre les nuages, Habiba Msika sortait de chez elle entourée de ceux qu'elle appelait ses Soldats de la nuit, certains d'une troublante beauté mais qui, par contraste, semblaient soudain frappés d'une incroyable laideur sitôt qu'Habiba dénouait son voile et donnait à voir une partie de son visage, fût-ce seulement le bout de son nez.

– Seulement le bout de son nez ? répéta Yelena amusée. Peut-être est-ce pour ça qu'ils ne sortaient que la nuit…

– Peut-être. C'étaient des bohémiens venus de divers horizons, essentiellement des intellectuels, des poètes, écrivains, journalistes, paroliers, compositeurs. Ils ont été à l'origine de l'avant-garde tunisienne en matière de chants, autour de divas elles-mêmes prophètes de la modernité, de l'esthétique raffinée et de l'art du beau. Habiba, poursuivit Tarik, je l'ai connue sur les quais un soir où son concert avait été un échec. Elle marchait tout au bord de l'eau, regardant son reflet qui dansait, et lui parlant, lui murmurant qu'elle allait le rejoindre et se noyer avec lui. Un pareil désespoir, ça ne lui arrivait jamais, mais ce soir-là, si. Il faut dire qu'avant même qu'elle commence à chanter, des spectateurs lui avaient crié dessus, lui reprochant d'être une femme indécente, une dégoûtante, une répugnante, tout ça parce qu'en quittant les coulisses, au moment où le rideau s'ouvrait, elle avait embrassé une femme qui était là, son habilleuse peut-être, toujours est-il qu'elle l'avait embrassée sur la bouche, or la scène était éclairée *a giorno*, tous les projecteurs braqués sur les visages des deux femmes, alors on avait tout vu, leurs deux langues qui se cherchaient, se trouvaient, s'enlaçaient, se caressaient, et qui dansaient ensemble comme deux serpents très jeunes, très avides, et surtout très chauds – ce qui est contraire à la physiologie des serpents, je sais bien, mais je vous dis les choses comme je les ai vues, comme tous les clients de la *cafichanta*[1] les ont vues ce soir-là, si fulgurant, si éblouissant, si incandescent ce baiser que je suis sûr que même les aveugles auraient pu le voir… Finalement, Habiba ne s'est pas jetée à l'eau, elle a pris un bateau pour Constantinople d'où elle comptait gagner Berlin et l'université Frédéric-Guillaume où elle s'inscrirait comme auditrice libre. Son obsession depuis toujours, c'étaient les sciences économiques, car d'après elle ce sont celles qui permettent la création, la répartition et la transmission. Elle était persuadée que c'est à ces sciences que les plus brillantes parmi les nations devaient le niveau d'excellence où elles étaient parvenues. »

Comme tout à l'heure à bord de la felouque traçant sa route au milieu des autres embarcations, Yelena eut la vision fugitive de son père occupé à chiffrer les gains et les pertes du domaine. Elle secoua la tête, effaçant cette image : ajouter, retrancher, diviser, multiplier ne servait à rien, ce qu'il fallait c'était composer avec tous ces chiffres, les combiner entre eux, les rendre productifs…

« Habiba m'écrit régulièrement depuis Berlin, reprit Tarik. Elle me fait part de ses progrès en matière d'économie, je lui parle de la nécessité qu'il

1. Déformation de « café chantant » passée dans l'usage courant.

y a pour les dockers tunisiens de s'unir, de revendiquer d'une même voix, bref de l'urgence à disposer d'un syndicat unitaire et puissant. Alors, à son retour en Tunisie, peut-être que… eh bien, il nous faudra une figure de proue, une égérie comme ils disent, et pour ça Habiba serait incomparable. Imaginez-vous qu'elle est allée quelques jours à Paris pour rencontrer une autre femme qui en France, et même en Europe, et jusqu'en Amérique à ce qu'il paraît, représente le luxe et l'élégance, et derrière tout ça les idées nouvelles, le monde de demain incarné par nous autres les travailleurs – avec les bouchkaras en première ligne… Alors oui, j'ai vraiment bon espoir… D'ailleurs, j'ai pris des contacts avec les communistes, ceux-là mêmes qui ont déjà soutenu une grève des dockers… Le monde finira par être beau, vous verrez ! »

À défaut de convictions solidement étayées, politiquement crédibles, Tarik Aït Mokhtari avait de l'enthousiasme. Un enthousiasme de petit garçon, sans doute un peu naïf mais si rafraîchissant après l'album d'images sanglantes dont la mémoire de Yelena ne pouvait s'empêcher de tourner les pages, fascinée malgré elle par cet étalage d'horreurs.

Elle regarda Tarik.

Il lui souriait.

À ce sourire elle répondit par un rire, un de ces rires pétillants et frais qui mouillaient ses dents, qui faisaient sa bouche plus rose, plus tendre, plus rare.

Tarik continuait de la dévisager avec, dans la profondeur de son regard, une flambée de désir dont il n'était pas conscient – elle, si.

« Tarik, dit-elle, vous permettez que je vous appelle Tarik ? Nous n'avons rien arrêté quant à la façon de nous adresser l'un à l'autre. Il serait peut-être temps de prendre une décision, vous ne croyez pas ? Moi, comme vous savez, c'est Yelena – c'est-à-dire Elena, mais Elena sous la pluie.

– Sous la pluie ? répéta-t-il interdit.

– Oui, une version mouillée d'Elena. Vous allez comprendre : au lieu d'un Elena tout sec, tout brut, vous mouillez la première syllabe : É devient Yé, c'est aussi bête que ça. »

Tout en lui contant les tribulations d'Habiba et sa détermination à renverser les codes de la société pour favoriser l'éclosion d'une nouvelle femme tunisienne, Tarik tint à raccompagner Yelena jusqu'à la cabine qu'elle partageait avec sa tante.

Un fort coup de vent soulevait la mer, il pleuvait sans discontinuer depuis midi et le pont du *Georguii* était devenu une véritable patinoire. Au fur et à mesure de leur progression vers la poupe (les logements les moins inconfortables avaient été aménagés à l'arrière du navire, comme autrefois les chambres des officiers à bord des vaisseaux de cinquante à cent vingt canons), Tarik et Yelena déchiffraient plus clairement le brouhaha qui semblait clapoter dans les fonds à la manière d'une carène liquide d'où émergeaient des informations pratiques, et surtout des ordres concernant les précautions à prendre pour lutter contre les épidémies.

S'agissant du typhus, les civils et les militaires embarqués sur les navires en provenance de Constantinople, Yalta, Kertch ou Théodosie, ainsi que les passagers des quelques bâtiments venus des ports de Roumanie et de Bulgarie, étaient tenus de se faire couper au plus vite la barbe et les cheveux – le rasage des sourcils n'était pas obligatoire, mais vivement conseillé.

Contre le choléra, les eaux de boisson seraient javellisées – à raison de quatre gouttes par litre, les buveurs s'en apercevraient à peine. En ce qui concernait le scorbut, ce vieil ennemi des navigateurs, le service de santé prescrivait d'associer quotidiennement une ou deux tranches de citron (la Tunisie n'en manquait pas) à du chou cru (dont les bateaux russes, à leur habitude, avaient fait ample provision).

« C'est ici, dit Yelena. Nous sommes arrivés. Enfin, arrivés, façon de parler, ou plus exactement façon de rêver. »

Tarik s'arrêta à courte distance de la cabine, attendant que Yelena lui fît signe de s'en retourner, ou, au contraire, qu'elle l'invitât à entrer.

27

En fait de cabine, il s'agissait d'un de ces grands placards aveugles que les charpentiers de marine avaient réussi à assembler là où le navire était réputé présenter le plus de stabilité, à l'emplacement des anciens magasins d'obus. N'excédant pas neuf mètres carrés, équipés de châlits superposés, ces logements de fortune étaient parmi les mieux protégés contre les coups de boutoir de la mer et de l'artillerie ennemie. En revanche, malgré la présence de plusieurs réseaux de tuyauterie où circulait la vapeur, une froidure humide, due à l'immersion de la coque métallique dans l'eau de la lagune dont la température hivernale n'excédait pas huit à dix degrés, régnait en permanence dans ces bas-fonds nuiteux du cuirassé. Les personnes âgées qui dans un premier temps s'étaient réjouies de se voir attribuer l'une de ces cabines *king-size* s'étaient empressées de l'échanger contre une niche aux dimensions plus modestes mais où l'on parvenait, en obturant tous les interstices, à maintenir la température ambiante à un niveau à peu près acceptable.

Sans plus se préoccuper du jeune bouchkara, Yelena courut s'agenouiller devant la couchette rudimentaire où était allongée sa tante.

« J'imagine que tu as toi aussi ton lot de mauvaises nouvelles ? fit Sofia.

– Peut-être pas si mauvaises que ça, tout compte fait, dit Yelena en accompagnant du regard la silhouette de Tarik qui s'éloignait pour regagner la passerelle métallique.

– Les Français ont enfin eu connaissance du bilan des pertes humaines consécutives à l'évacuation, reprit Sofia. Bilan effroyable, comme on devait s'y attendre. Les noms des victimes, du moins celles qui ont pu être identifiées, occupaient plusieurs dizaines de feuillets affichés sur un mur du réfectoire. Mais la bassesse n'ayant pas de limites, quelqu'un n'a rien eu de plus pressé que de les en décoller, les déchirer et les jeter à la mer. Autant prétendre éradiquer la mort en interdisant aux musiciens de composer des requiems... En tout cas, c'est là que je les ai retrouvés, flottant entre deux eaux, détrempés au point d'être devenus quasiment indéchiffrables. C'était comme si on avait essayé de tuer ces pauvres morts une deuxième fois, en noyant leurs noms. J'ai beau ne pas être très réceptive à tous ces trucs de religion, ça m'a fait l'effet d'un sacrilège. Alors, quitte à me flanquer à l'eau, je me suis débrouillée pour récupérer ces papiers, et je te prie de croire que ça n'a pas été facile : imbibés comme ils l'étaient, à peine je les touchais qu'ils se transformaient en charpie ! J'ai tout de même réussi à en ravoir pas mal, que j'ai nettoyés, épongés, et surtout prudemment repassés grâce au fer qu'a bien voulu me prêter la toute jeune épouse du lieutenant Zapolsky – je ne suis d'ailleurs pas sûre qu'elle soit sa femme, peut-être ne sont-ils que fiancés – ou même pas, si ça se trouve : il n'y a plus de morale, Yelena, plus de morale ! Ces tristes bateaux de guerre n'ont décidément rien à voir avec les élégants paquebots où un commissaire de bord présentait les passagers les uns aux autres sans jamais écorcher un nom ni un titre. Enfin bref, il ne me restait plus qu'à serrer ces papiers entre les pages d'un livre – mais pas n'importe lequel, il me fallait quelque chose de symbolique, un livre qui fût en rapport, un livre qui fît sens. »

Sofia Féodorovna se tut un instant pour reprendre son souffle.

« *La Cerisaie* ? » proposa Yelena.

C'est un fait qu'il y a des jours – et ce jeudi était une de ces journées singulières – où les pièces, pourtant innombrables et savamment tarabiscotées, du puzzle de la vie, se mettent en place presque d'elles-mêmes sur le plateau de jeu où elles s'incrustent avec une précision parfaite dans un paysage de caps tourmentés, d'isthmes effilés, de baies profondes, accueillantes mais un peu maniérées.

« Ma pauvre petite, je vais finir par croire que cette fichue *Cerisaie* dont aucun des personnages n'est assassiné, ni ne se suicide, ni ne périt dans un accident, ce qui, remarque-le, est une anomalie s'agissant d'une pièce russe, t'a complètement intoxiquée... Oui, je sais, le jeune Gricha, le fils de Lioubov Ranevskaïa, meurt noyé, mais ça intervient bien avant que la pièce ne commence – on n'a pas encore frappé les trois coups... et après le lever du rideau, et jusqu'à ce que celui-ci retombe à la fin du quatrième et dernier acte, personne ne meurt... Verse-moi un peu de thé, veux-tu ?... Au fait, je m'en souviens à présent, c'est entre les pages de *Menahem-Mendl le rêveur* que j'ai glissé le document qui précise le nombre et les noms des victimes de l'évacuation... »

Tout en parlant, Sofia s'était enfouie dans cette pétaudière en quoi elle avait transformé sa literie à force de s'y tortiller, tirant les draps sur elle puis les repoussant en pagaille avant de les ramener jusque par-dessus sa tête, et de ce grand fourbi de draps et de couvertures s'élevait une odeur chaude et aigre.

« Tiens ! » dit-elle, essoufflée, en tendant un livre à Yelena.

Et elle profita de s'être redressée pour claquer avec une vigueur inattendue l'assemblage branlant de planches, de bouts de carton, de ficelles, qui tenait lieu de porte. Cela fit un grand bruit, mais Tarik était déjà trop loin pour revenir sur ses pas et offrir aux deux femmes le pétillement de son regard bleu.

Dommage ! pensa Sofia.

Yelena, elle, ne pensa rien. Même si sa rencontre du jour avec Tarik avait été aussi brève que les précédentes, il semblait à la jeune fille que le docker et elle avaient fait l'un vers l'autre un pas plus significatif que les fois précédentes – à cause des confidences de Tarik à propos des noces de sa sœur et de la place qu'il espérait voir Yelena y tenir ? Elle n'en avait pas la moindre idée, et n'avait d'ailleurs même pas souhaité avoir un rôle, aussi modeste fût-il, dans ce mariage ; pourtant, et sans s'expliquer pourquoi, elle sentait qu'elle supporterait mal d'en être tout à fait évincée.

Ce qu'ils avaient vécu tout à l'heure au marché, elle soupesant et flairant un melon tandis que Tarik examinait les ouïes d'un poisson pour s'assurer de sa fraîcheur, avait donné à Yelena envie d'en savoir davantage sur ce bouchkara qui, tout en ayant l'air de rechercher et d'apprécier sa présence, n'avait d'aucune façon tenté de la courtiser ;

la plus grande audace de Tarik – qui avait d'ailleurs bien fait rire la jeune fille quand elle avait enfin compris à quoi rimait son manège – avait consisté à se tortiller dans tous les sens pour tenter d'intercepter ses parfums intimes, celui de son souffle quand elle émettait un long et profond bâillement ou celui de la sueur qui perlait à ses aisselles après qu'elle eut monté les marches d'un escalier d'acier

Yelena ouvrit le livre que venait de lui confier sa tante. Il s'en échappa quelques petites violettes qui y avaient été mises à sécher. Sans doute avaient-elles été cueillies dans les sous-bois de Zagoskine, mais ça n'avait plus d'importance, elles n'étaient pas récupérables, la dessiccation avait fait d'elles de la poussière de fleurs. À leur place, la jeune fille glissa la clé au bout de laquelle était accroché un lambeau de cuir sur lequel était barbouillé le numéro 11.

« Il faudrait vraiment que quelqu'un s'occupe de faire refaire le porte-clés de notre cabine.

– Un simple numéro à deux chiffres, ne me dis pas que tu as peur de ne pas t'en souvenir ?

– C'est un peu plus qu'un simple numéro, ma tante : ex-cuirassé de la Marine impériale *Georguii Pobedonossets*, pont inférieur numéro 3, radiale de l'amiral Rojestvenski, cabine B-11, c'est notre adresse à présent, notre adresse officielle – mais pour combien de temps ?

– Si ça se trouve, soupira Sofia, Dieu lui-même n'en sait rien. »

Yelena s'assit sur le bord du lit et, caressant doucement une main de sa tante, elle l'éleva jusqu'à ses lèvres pour la baiser avec le respect que doit une petite péronnelle à une dame âgée, elle dit qu'il y avait sur les quais de Bizerte un jeune Tunisien, un ouvrier, un manœuvre portuaire, enfin quelque chose comme ça, qui semblait s'attacher à elle.

« En vérité ? fit sa tante.

– En vérité vraie. »

La jeune fille marqua un temps, puis reprit :

« Est-ce que ça t'intéresse d'apprendre ce que ce jeune homme attendait de moi – ce qu'il attend peut-être encore ? »

Sofia Féodorovna garda le silence, c'était une façon de se préparer à recevoir la suite d'une histoire : « Je fais silence comme on fait son lit avant de rêver », aimait-elle à dire.

« D'accord, reprit Yelena, alors écoute. Ce garçon, Tarik, aime passionnément sa mère. Je l'envie, c'est un sentiment que je ne partage pas car je n'ai jamais rien éprouvé de tel pour la mienne – oh, ne m'accuse pas trop vite d'être un cœur sec, comment aurais-je pu aimer une mère que je n'ai pas connue et que tu as si bien su remplacer ? »

Sofia Féodorovna ne répondit pas tout de suite ; elle avait beau être habituée aux silences de sa nièce, elle était déçue par la sobriété dont celle-ci avait usé pour résumer toutes ces années au cours desquelles la tante avait en effet suppléé la mère, faisant preuve d'efficacité quel que fût le problème, et en restant d'une irréprochable discrétion.

« Quoi qu'il en soit, sourit enfin Sofia, il semblerait que tu aies trouvé le compagnon de voyage idéal pour remplacer la vieille bique que je suis en train de devenir : en tant qu'enfant du pays, il te révélera tous les secrets de Bizerte et des environs, il parle suffisamment bien français pour avoir avec toi de longues conversations sur tous les sujets qui peuvent t'intéresser ; et si ce cher Mikhaïl Andreïevitch Behrens, l'amiral désormais en charge de ce qui reste de la Flotte blanche, tient sa promesse d'organiser un grand bal à bord du vieux *Georguii Pobedonossets*, nul doute que ce Tarik voudra sûrement que tu lui accordes toutes les danses.

– Il faudrait pour cela que l'on nous distribue des carnets de bal, dit Yelena avec un air mutin. Mais le bruit court qu'au chapitre des denrées dont nous ne pouvons pas nous passer et qui cependant figurent parmi celles qui manquent le plus, il y a...

– Pas le papier ?... fit Sofia avec une bouffée d'angoisse.

– J'ai bien peur que si !

– Par chance, je me souviens d'avoir vérifié, à l'instant de quitter notre Tri Svetitelja…

– Que nous avions bien soufflé la bougie ?

– Non, mais que je n'avais pas oublié de glisser dans ma valise le carnet de bal de mes dix-huit ans.

– Ma tante ! s'offusqua Yelena. Nous allons peut-être mourir, et toi…

– Moi, je mourrai quand j'aurai fini de vivre. Pas avant. Ce carnet, c'est tout ce qui reste de ma jeunesse, je l'emporte partout où je vais, je te demanderai même de t'assurer, l'heure venue, qu'on l'a bien déposé dans mon cercueil – je serai beaucoup plus tranquille si tu t'engages à l'y mettre toi-même. Oh, tu le reconnaîtras facilement : c'est une délicieuse petite chose en écaille blonde comportant, en guise de pages, de fines plaquettes d'ivoire, si fines que presque transparentes, sur lesquelles j'inscrivais le nom des jeunes gens aux bras desquels j'allais joyeusement, éperdument tourbillonner… Bon ! Il te suffira de gommer les patronymes de mes soupirants d'autrefois et de les remplacer par celui de Tarik. De quoi parlions-nous, mon enfant ? Pas de la mort, j'espère ?

– Nous parlions de l'amour de Tarik pour sa mère. Et de mon désamour pour la mienne – avec l'excuse de si peu l'avoir connue que je ne sais même pas la couleur de ses yeux.

– Ils étaient comme les tiens, Yelena. D'un bleu léger tirant sur un gris tout aussi léger. Douceur sur douceur. Tu as forcément vu son portrait. Peut-être pas sur les murs de Zagoskine, car j'imagine que c'eût été trop douloureux pour mon frère d'être constamment confronté aux images de la femme qu'il avait perdue. Mais je suis certaine qu'un tel tableau existe quelque part : c'est une des lubies de Maksim de faire peindre par des artistes reconnus des portraits de personnes de son entourage, des membres de sa famille en premier lieu, mais pas seulement. Peu de temps avant de nous exfiltrer de Zagoskine, ton père n'était-il pas prêt à brûler ses vaisseaux pour obtenir d'Ilya Répine une étude – on verrait plus tard pour le tableau définitif – de ce fou de Pavlin Antonovitch, le moujik que les bolcheviks avaient infiltré à Zagoskine avec mission de lancer sur nous le Coq rouge ?...

– Qui t'a raconté ça ?

– Eh bien, c'est... oui, c'est ce drôle d'ouvrier, ce bouchkara justement, qui te suit comme ton ombre...

– Tarik Aït Mokhtari, reprit Yelena, est un Amazigh – un Berbère si tu préfères. Son père est mort récemment, maintenant c'est lui qui fait vivre sa famille. Plutôt chichement d'ailleurs : les gens comme lui sont payés un salaire de misère sur les quais. Il a une sœur plus jeune, une fille très belle qui s'appelle Chadia, dont un type, un Américain qui fait des prises de vues pour illustrer des cartes postales, est tombé amoureux au point de la demander en mariage.

– Un Américain ? Alors la famille de ton ami n'a plus de souci à se faire. Ces gens-là sont tous richissimes – enfin, à notre échelle.

– Pourtant, la noce n'aura pas lieu : Tarik et sa mère ont éconduit l'Américain parce que ce n'est pas au fiancé de payer, et parce qu'eux-mêmes ne sont pas assez fortunés pour organiser un mariage dans la pure tradition de leur peuple ; et là-dessus, sur le respect qu'on lui doit, un Amazigh ne transige jamais. Tarik aime trop sa sœur, et surtout sa mère, pour se faire le complice d'une cérémonie bradée. »

Yelena se tut pour reprendre son souffle et lécher ses lèvres devenues sèches : il lui arrivait rarement de parler ainsi tout d'une traite, elle avait un trop grand respect des mots pour les lâcher dans la nature comme la bergère libère ses moutons à l'orée d'un pacage dont l'herbe tendre a aussi la hauteur qu'il faut pour dissimuler le piège d'un loup couché, ramassé sur lui-même, les muscles tendus : dans toute conversation, songeait-elle, il y a un loup embusqué, prêt à fondre sur le mot en trop, le mot qui fait mal, la phrase maladroite…

« Je ne vois pas ce que tu viendrais faire dans cette histoire de mariage, dit prudemment Sofia.

– Tarik pense que je pourrais apporter aux noces de Chadia la dignité et le prestige qui risquent de leur manquer – qui vont *nécessairement* leur manquer – du fait de la situation financière de sa famille.

– Toi ?...

– Moi toute seule, oui. Enfin, c'est ce que dit Tarik.

– C'est absurde », laissa tomber Sofia Féodorovna.

Elle n'eut pas besoin d'en dire davantage : son ton était assez éloquent pour exprimer clairement ce qu'elle pensait de sa nièce en cet instant, et que lui confirmerait le premier médecin venu : les souffrances endurées alliées à l'incertitude de ce qu'allait être son avenir avaient suffi à ébranler la raison de Yelena.

Elle reprit, sur ce ton tout empreint de douceur et de compassion qu'elle employait à Zagoskine pour s'adresser aux moujiks les plus malheureux :

« Mais tout de même, je conçois mal comment tu pourrais rendre à son clan l'honneur que le mariage de sa sœur menace de lui faire perdre ? »

Yelena rapporta à sa tante ce que lui avait raconté Tarik, les nuées de petites bonnes qui trottinaient de-ci de-là, les bras chargés de piles d'assiettes sales, en criant مكان ! مكان ! (Place ! Place !) d'une voix suraiguë, et en croisant d'autres essaims de jeunes servantes déferlant en sens inverse, les narines au ras de la sauce rouge qui tanguait dans l'assiette tout en haut de la pile qu'elles serraient contre leur poitrine en piaillant الإنجاز ! (Chaud devant !)

De temps en temps éclataient les aboiements furibonds de molosses qui se disputaient des reliefs de mouton ou des pattes de poulet tombés à terre, les cris longs et modulés des femmes, la sonnaille des bracelets, le grelot des parures de tête, les hennissements d'excitation des chevaux quand les cavaliers enrôlés dans la fantasia se rassemblaient par groupes de dix aux ordres du *m'qaddem*, le maître du *laâb el-baroud*, ce « jeu de la poudre » comme l'avait baptisé le peintre Delacroix, pour charger ventre à terre avant de faire feu tous ensemble, certains debout sur leurs selles de maroquin rouge ou couchés sur la croupe de leur monture, jonglant avec leurs longs mousquets tandis que crissait sans interruption le vent brûlant chargé des sables du Sahara.

« ... et même en mettant leurs doigts en position crochue pour mieux racler les fonds de tiroir, poursuivit Sofia, jamais Tarik et Zennuba ne parviendront à réunir de quoi rétribuer toute une ribambelle de servantes. Rien n'y fera, malgré les larmes de Chadia, malgré son petit menton qui se mettra à trembloter comme chez toutes les femmes qui vont pleurer, malgré le regard courroucé d'Agustin Ottomar et ses menaces de déposer plainte en justice contre le clan des Mokhtari – plainte pour quoi, au fait ? pour promesse de mariage non tenue ?

« Quoi qu'il en soit, plainte justifiée : sans l'armada des serveuses, quel gâchis que tous ces convives qui n'en finiraient pas d'attendre d'être servis, et les plats à consommer chauds et qui seraient présentés à peine tièdes, et les glaçages au miel – gourmandise incomparable ! – qui auraient fini par fondre et déserter le feuilletage des gâteaux bien avant que ceux-ci eussent été savourés, et sans le *m'qaddem* pour lancer la cavalerie – et il n'est pas bon marché, le maître du *laâb el-baroud*, surtout que la Zennuba exigerait le meilleur – la fantasia devra attendre, la fête devra attendre, l'amour devra attendre, attendre et attendre encore.

« Alors, oh ! alors, honte à Zennuba Mokhtari ! Tu remarqueras qu'on ne l'entend plus chanter, la Zennuba, engluée qu'elle doit être dans le désastre annoncé de cette noce qui vole des années-lumière au-dessus de ses moyens…

« Ah ! c'était bien la peine que son fils, honneur et bonheur de sa vie, s'exténue, s'éreinte, se pourrisse le dos pour arracher le Koken du ventre du *Varthema*, et dresse au-dessus du patio ce donjon écarlate qui domine la ville et d'où la vue peut s'élancer jusqu'au-delà de l'horizon de la mer, mais non, elle a tellement honte, la pauvre vieille

Zennuba Mokhtari, qu'elle n'ose même plus regarder dans la direction où le jour se lève !

– Je vois, devina Yelena. Ce qui va manquer aux noces de Chadia, c'est une sorte de gouvernante en chef, une gouvernante de haut vol capable de gérer une grouillante armée de petites bonnes, de cuisinières, de filles de salle, de préparatrices de ceci, d'apprêteuses de cela, de couturières, de brodeuses, de bijoutières, de coiffeuses, de tatoueuses, de danseuses, de lanceuses de youyous, de trilles et de stridulations…

– Cela et bien plus encore. Car il y a aussi la question du menu des repas. Ce n'est pas à moi, vois-tu, gloussa Sofia, qu'on va apprendre de quoi est fait un mariage. »

Mais si elle faisait pleinement confiance à Tarik et à ses subterfuges pour se procurer les quelques grands crus qui, débouchés et servis aux moments opportuns, feraient croire aux convives que les autres bouteilles étaient « presque » du même acabit, il risquait d'en aller différemment de l'attitude, des manières et du comportement général des jeunes fellahin que Tarik allait devoir recruter comme servantes bénévoles en faisant la tournée des maisonnettes de terre grise groupées autour de petits dômes blanchis à la chaux. Riant et faisant des mines sous leur voile, ces filles étaient souvent jolies, du moins tant qu'elles restaient jeunes et sveltes ; et Yelena imaginait le plaisir qu'elle prendrait si Tarik lui demandait d'aider à habiller ces poupées, à les parer de henné et de bijoux, après quoi viendrait son tour de se faire belle…

« À quoi rêves-tu donc, Yelena Maksimovna ? fit sa tante.

– Je repense à ce que m'a dit Tarik : que ce ne sera pas le même sourire si c'est le mien ou celui d'une domestique.

– Bien sûr que non, ce ne sera pas le même ! Je ne connais personne qui ait ce genre de fossette que tu as au creux des joues…

– D'après lui, reprit Yelena, et dans une telle circonstance, il n'y a que mon sourire qui puisse sauver l'honneur.

– Il a dit ça ? Sérieusement ?

– Le plus sérieusement du monde. Avec gravité, même. Parce qu'il paraît que je ne suis pas n'importe qui.

– Ça, nous le savons », reconnut sa tante en plantant une Makhorka dans un luxueux porte-cigarette en ambre gris qu'elle avait trouvé coincé dans une des mailles du caillebotis métallique de la passerelle qu'on appelait la radiale de l'amiral Rojestvenski et qui faisait plus ou moins office de filet en retenant ce qui tombait des poches ou des aumônières ; Sofia avait signalé sa trouvaille en collant ici ou là des affichettes du genre de celles qu'on placarde pour annoncer qu'on a récupéré un chien errant qui ne portait pas de collier mais savait donner la patte et avait des yeux tendres ; le porte-cigarette n'ayant pas retrouvé son propriétaire, Sofia Féodorovna l'avait gardé pour elle.

Elle approcha la flamme d'une allumette de l'épais cylindre de papier qui renfermait quelques pincées de tabac noir et aspira une profonde bouffée. Elle toussa à s'en arracher la gorge, cracha un peu de sang dans son mouchoir, puis demanda :

« Et toi, qui dis-tu que tu es ?

– C'est surtout Tarik qui le dit.

– Et qui voit-il en toi ?

– La grande-duchesse Yelena Maksimovna Mannenkhova », dit la jeune fille en pouffant.

Sofia voulut rire, au lieu de quoi elle se remit à tousser de façon déchirante en postillonnant des gouttes de salive rouge – elle avait beau prétendre que sa brosse à dents était trop dure et lui blessait les gencives, Yelena soupçonnait sa tante de cacher qu'elle était poitrinaire.

« Il est fini, le temps des grandes-duchesses. Ton ami n'est donc pas au courant de ce qui s'est passé à Ekaterinbourg, cette nuit de juillet 1918, dans le sous-sol de la villa Ipatiev, la "maison à destination spéciale" comme l'ont appelée les assassins du tsar ?

– Au contraire ! Bien qu'il ne soit pas russe, Tarik connaît la tragédie d'Ekaterinbourg comme s'il en avait été le témoin. Il sait pourquoi les filles du tsar ne sont pas mortes dès les premières rafales bien que celles-ci aient été tirées à bout portant : croyant qu'elles allaient être transférées – c'est la fable qu'on leur avait servie pour qu'elles restent sages jusqu'à la toute dernière seconde –, Anastasia, Maria, Tatiana et Olga avaient cousu tous leurs bijoux dans les ourlets et au verso de leurs vêtements. C'est ainsi que, de façon imprévisible, leurs chemises ont fait fonction de gilets pare-balles. Comment Tarik a-t-il eu connaissance de cette histoire, je n'en ai pas la moindre idée !

– Tout traîne sur les quais d'un port, et le vent charrie les journaux et les ordures, c'est d'ailleurs quelquefois la même chose.

– Peut-être, admit Yelena. Il m'a assuré qu'il savait parfaitement que je n'appartenais à aucun rameau de la famille impériale : d'après lui, si ç'avait été le cas, je n'aurais pas quitté la Russie vivante. »

Comme Yelena faisait mine de se retirer, sa tante lui saisit la main et l'obligea à rester près d'elle encore un instant :

« Alors pourquoi insiste-t-il pour te faire jouer ce rôle de servante ?

– Sois tranquille, ma tante, rien n'est encore fait. Et quelle que soit ma décision finale, je n'en dirai rien à personne, tu es et tu resteras la seule à connaître la vérité sur ce que Tarik appelle ma "possible glorieuse humiliation" – est-ce bien trouvé, cela, comme expression ? Je n'ai pas peur, tu sais. Là-dessus, je t'abandonne un instant, je sors, j'ai besoin de respirer l'air du dehors. »

Soulevant les mains de sa tante, Yelena voulut les mettre sous la couverture afin que la vieille dame n'eût pas froid. Peut-être parce qu'elles étaient habituellement surchargées de bijoux dont le resplendissement tapageur faisait illusion, les mains de Sofia Féodorovna avaient vieilli sans que sa nièce en prît conscience. Cette découverte lui fit de la peine, comme si elle avait été directement responsable de l'apparition, sous la peau parcheminée, de ce réseau de grosses veines presque noires.

28

Quittant la cabine, Yelena emprunta l'escalier interminable, pentu comme une échelle, qui permettait d'accéder au pont extérieur. Par un sabord resté ouvert, elle vit que les ténèbres avaient fini par gagner la partie ; la soudaineté avec laquelle, sous ces latitudes, la nuit succédait au jour, continuait de la surprendre, habituée qu'elle était aux longs sursis que s'accordaient les lumières du Nord avant de s'assombrir ou de s'éclaircir.

En s'approchant pour s'octroyer une bouffée d'air frais, elle constata que ce qu'elle avait pris pour un sabord n'était qu'une trouée accidentelle dans la muraille du navire, sans doute consécutive à une collision aggravée par la vétusté et le manque d'entretien du dreadnought.

Elle finit par trouver un panneau d'écoutille qui consentît à s'ouvrir. Elle le franchit pour gagner le pont. Là, agrippée à une échelle de fer, elle fondit en larmes.

Elle ne savait pas trop pourquoi elle sanglotait, elle savait seulement qu'elle pleurait toujours avant de prendre une décision importante, c'était plus fort qu'elle, ça la submergeait sans qu'elle puisse se contenir – elle essayait pourtant, se mordant l'intérieur des joues pour obliger ses mâchoires à rester crispées l'une contre l'autre.

Elle ressentit un soulagement merveilleux à s'abandonner à ce chagrin – chagrin qui d'ailleurs n'en était pas vraiment un car aucune tristesse ne l'alimentait. Yelena le vivait simplement comme la délivrance d'une contention, la disparition d'une dépendance, un joug qui se brisait.

Alors résonnèrent des coups de gong d'une extrême violence : c'était un train de vagues plus fortes que les autres qui se jetait contre la coque, faisant sonner le blindage de 279 mm qui ceinturait le navire.

Dans les entrailles du cuirassé, le bruit courut parmi les réfugiés jetés hors de leurs couchages par le tonnerre de la tempête, que le *Georguii Pobedonossets*, ainsi que d'autres unités particulièrement vulnérables de l'escadre Wrangel, avaient été pris pour cible – et les premiers soupçons se portèrent tout naturellement sur le Destour, le parti nouveau-né issu du mouvement des Jeunes Tunisiens et relais de leurs revendications ; mais les destouriens, qui comptaient parmi eux de nombreux notables indigènes et de riches affairistes proches de la Régence et du Beylicat, redoutaient de passer pour des comploteurs, des séditieux, voire des terroristes, et n'avaient qu'une obsession : se désolidariser de tous ceux qui, de près ou de loin, pouvaient être accusés de conspirer contre le Protectorat.

Dès les premiers assauts de l'orage, plusieurs petites unités avaient brisé leurs amarres et dérivaient sur le plan d'eau, hors de contrôle. Les bâtiments d'importance comme le *Georguii Pobedonossets* tenaient bon sur leurs ancres, mais ils étaient copieusement secoués. Sur le dreadnought, des cabanons récemment érigés s'effondrèrent sur leurs occupants.

Dans son évangile, l'apôtre Luc rapporte qu'à l'heure où Jésus mourut sur la croix, le soleil s'obscurcit et que le voile du temple se scinda par le milieu.

Le pavillon frappé de la croix bleue de saint André, l'emblème de la Marine impériale qu'on accrochait à la porte d'entrée du réfectoire lorsque ce dernier était promu au rang d'église, se déchira lui aussi, tandis que les courts-circuits qui s'enchaînaient à bord des bateaux continuaient d'étendre l'obscurité.

Ce phénomène fut relevé par Sofia qui avait décidé d'aller prier dans la chapelle du bord, bien décorée, tiède, haute de plafond. Un pope dirigeait la prière demandant à Dieu d'apaiser la tempête.

La moitié des passagers se trouvait là, l'autre moitié, curieuse, s'était rassemblée sur le pont et admirait le spectacle de la mer soulevée par le vent. Le pope, lui aussi, avait fait le rapprochement entre les Écritures et les prémices de la tempête qui abordait Bizerte, la lagune et les djebels.

L'annonce de l'annulation du mariage de la sœur de Tarik, dont de nombreuses personnes appréciaient la beauté quand elle défilait sur le quai le long du vieux navire, se déhanchant et envoyant des baisers, se répandit dans tout le bord. Des passagers vinrent en délégation supplier Yelena d'accepter ce que lui demandait Tarik, à savoir se réincarner en Cendrillon pour les servir toutes et tous. Il n'y avait aucune honte, après tout, à jouer les servantes magnifiques.

Du coup, ça bourdonnait autour d'elle :

« J'ai tellement envie de ce mariage !

– Tellement besoin de cette noce, mademoiselle, tellement besoin !

– Est-ce de l'argent qu'il vous faut pour acquiescer à la demande de votre ami le bouchkara ?

– Si c'est le cas, appuya Alexandra Vassilievna, on devrait pouvoir s'arranger...

– Oui, oui, absolument ! Voyons, combien sommes-nous sur ce navire ? À supposer que chacune donne un petit quelque chose... Oh, dites oui, Yelena Maksimovna, dites oui, nous vous assisterons du mieux que nous pourrons, je connais personnellement une femme qui a été vingt-sept ans gouvernante chez la princesse Wassiltchikova, je peux vous la faire rencontrer, elle vous révélera les secrets du métier de gouvernante et tout ce qu'il faut savoir pour faire d'un mariage une réussite inoubliable – je crois d'ailleurs avoir aperçu la princesse à bord du torpilleur *Bezpokoysnioy* qui porte la marque du contre-amiral Behrens... »

Yelena accepta avec reconnaissance, mais un peu plus tard, quand elle se déclara prête à rencontrer la Wassiltchikova, celle-ci s'avéra introuvable.

Le baromètre avait chuté de façon vertigineuse, le vent s'était levé, rabattant sur la lagune, telle une frange sur un front, un dôme de nuages gonflés de pluie. Une passagère, Maria Ivanovna Batchissaraï, une pianiste qui couvait Yelena des yeux comme si elle avait été sa propre fille, confia à Sofia qu'elle devait remercier Dieu d'avoir une nièce qui ressemblât à ce point à un ange, à quoi Sofia, entre deux quintes de toux, lui répondit que les filles au visage d'ange étaient, à sa connaissance, parmi les premières à se faire maltraiter, violer certainement, et assassiner presque aussi sûr.

Quelque part dans les profondeurs du cuirassé, quelqu'un jouait un *Nocturne* de Chopin en *do* dièse mineur. Tarik, qui avait largement contribué à transporter des choses et des choses et encore des choses sur le vieux *Georguii* tentait de se rappeler en vain qui lui avait donné l'ordre de monter ce piano à bord.

Le cosaque Nikola Bissenko errait lui aussi dans le navire, cherchant à qui il pourrait apporter son aide, sa force colossale. Mais nul ne fit appel à lui, c'est tout juste si on consentait à croiser son regard : un cosaque, pensait-on, ces gens sont du côté des Rouges, alors pas besoin de leur pitié.

L'immense navire s'était mis à rouler violemment, heurtant des objets sans nom qui flottaient, invisibles dans la nuit. Une forte odeur de dessous des vagues, de végétation marine, déferla dans les coursives.

Bissenko s'était enivré – du moins espérait-il que les bouteilles qu'il avait dérobées ici ou là et précipitamment vidées en buvant à la régalade contenaient bien de l'alcool : à force d'ingurgiter des flots de vodka, son sens du goût s'était émoussé avant de connaître des phases d'extinction totale ; il n'en continuait pas moins de boire, mais pour la seule satisfaction que lui procurait l'ivresse.

Il avait dégainé sa chachka qu'il faisait tournoyer au-dessus de sa tête, s'amusant à frapper de sa lame les plaques de blindage pour la joie de faire naître des essaims d'étincelles. Il trouva son capitaine, Piotr Antonovitch Kalakine, qui lui conseilla de remettre sa chachka au fourreau : avec les mouvements intempestifs que subissait le vieux cuirassé, un accident pouvait arriver. Mais bien entendu, Bissenko n'en fit rien. Il haussa les épaules, insulta Kalakine et s'enfonça dans les entrailles du cuirassé.

Par un sabord, on apercevait les nuées qui envahissaient le ciel. L'avant du cuirassé se soulevait, puis retombait brutalement. Une montagne d'écume montait alors vers le ciel. Déséquilibré par le mouvement du dreadnought, Nikola Bissenko jura : il s'en était fallu de très peu, cette fois, que sa chachka lui échappât des mains et tombât à la mer.

Le vent avait forci, il dépassait à présent les quatre-vingts à cent dix kilomètres-heure, provoquant des vagues de plus de sept mètres en regard des côtes tunisiennes et promenant sur le front de mer les jeunes arbres qu'il avait arrachés et dont les touffes racinaires balayaient le sol. Se détachait sur l'horizon la silhouette des citadelles de ferraille, sombres et tourmentées, que dominait le *Georguii Pobedonossets*, chef de file de cette horde de guerriers barbares.

Il n'était pas tout à fait 18 heures quand tout s'assombrit d'un coup. Éclairs et tonnerre s'enchaînèrent, déchirant les nuages pour former dans le ciel des archipels tourmentés où s'ouvraient des lacs de lumière comme du métal en fusion.

Lorsque, sur l'échelle de Douglas[1], la houle qui courait la lagune passa d'*assez agitée* à *agitée*, les officiers du *Georguii Pobedonossets* essayèrent en vain de persuader les derniers curieux rassemblés sur le pont pour observer les progrès de la tempête de réintégrer l'intérieur du cuirassé. Alors la pluie se remit à tomber, plus froide et plus drue.

La vue brouillée par l'averse (dans un premier temps, il s'était tamponné les yeux à l'aide de son mouchoir, mais en quelques secondes ce dernier était déjà bon à essorer), Tarik se préparait à regagner l'intérieur du cuirassé où les émigrés échangeaient des propos fébriles et se déplaçaient par groupes compacts d'un point à un autre en bruissant doucement, donnant plus que jamais l'impression d'une colonie d'insectes qui, brusquement

1. Échelle qui exprime l'état de la mer basé sur la hauteur de la houle.

mise en émoi, guettait l'irruption de la menace qui allait fondre sur eux.

C'est alors qu'il aperçut à l'avant du navire une forme blanche qui ondulait avec grâce. Elle est folle, pensa Tarik, cette femme est complètement folle. Sur l'instant, il n'imagina pas que ce pouvait être Yelena. Puis il se dit que peut-être… Et enfin, la quasi-certitude qu'il s'agissait bien d'elle lui tordit l'estomac. Il vomit. Il hurla son nom. Mais le vent soufflait en sens contraire, opposant comme une muraille à ses cris.

Comment la jeune fille avait-elle pu se retrouver si loin des portes donnant accès au cœur du bâtiment ? Et pourquoi ne rebroussait-elle pas chemin ?

La seule hypothèse était qu'elle avait perdu ses repères visuels, comme lui-même lorsqu'il avait découvert la présence du *Georguii Pobedonossets* dans la lagune. Son nez et sa bouche avaient glissé le long d'une muraille d'acier uniformément grise, dont les seules balises étaient un rivet ici, un ruissellement d'eau rouillée là-bas.

Il comprit que Yelena – car il ne doutait plus que ce fût elle – n'avait pas éventé sa présence. Elle se croyait égarée et seule. S'il ne trouvait pas un moyen de l'empêcher de s'éloigner ainsi le long de la cloison, elle arriverait fatalement à un décrochement qui lui ferait perdre un équilibre qui, associé au roulis du dreadnought, était déjà très instable. Il suffirait qu'au lieu de sentir défiler sous ses paumes l'appui rassurant du blindage, ses mains ne rencontrent plus que du vide. Alors, ne reconnaissant plus rien, elle serait prompte à lâcher prise. Elle s'affaisserait sur le pont, petit paquet de linge d'une blancheur salie, mouillée. Puis, prise entre l'acier glissant et la poussée du vent, elle serait entraînée vers le bord de la coque, là où le pont et les superstructures se rejoignaient. Une vague un peu plus forte achèverait de la déstabiliser et de la jeter à l'eau. Le choc incessant des lames contre la coque étoufferait le bruit de son corps percutant la mer. Ensuite, le flot la roulerait pour mieux la dévorer.

« Non, murmura Tarik. Pas ça. Je ne veux pas. »

Sofia s'était approchée de l'espace bordé par l'iconostase, la chapelle où le prêtre et les diacres allaient préparer le pain et le vin des Saints Dons. Fût-elle sacrée, fût-elle divine, toute cette nourriture l'écœurait.

Un des diacres, il était le seul à être encore imberbe et dégageait une odeur rance, la bouscula. Elle tomba. Elle poussa des couinements d'animal blessé. Il ne l'avait pas fait exprès, oh non, et il avait des nausées rien qu'à voir cette femme âgée se tortiller par terre en bavant et en se comprimant le bas-ventre parce que la peur, l'incompréhension, le choc, la froidure du plancher métallique, tout ça conspirait contre elle, tout ça s'était coalisé pour lui faire perdre le contrôle de sa vessie – « Voyez, sanglotait Sofia, mais voyez donc, ça commence à se répandre, j'ai honte comme je n'ai jamais eu honte de toute ma vie ! »

« Passer les plats, servir le couscous à la louche, changer les assiettes, c'est très bien, avait dit Sofia juste avant d'être bousculée par le diacre et de se retrouver par terre, les fesses dans la semoule brûlante – c'est très bien, mais je doute que ce soit le seul chaînon manquant : d'autres questions vont se poser, comme celle du menu...

– Oh pour ça, l'avait rassurée Yelena, j'imagine que, quand on travaille sur les quais, on doit pouvoir se procurer à peu près n'importe quoi. Suffit d'attendre qu'accoste le bon bateau. Ensuite, c'est une affaire de débrouillardise. »

À l'en croire, Tarik n'aurait aucun mal à se fournir en bouteilles de grands crus français, mais personne ne lui en voudrait s'il ne dénichait rien de mieux que des vins de Crimée, il en existait de délectables qui feraient grand honneur aux noces de sa sœur, et puis, la Crimée, c'était plus patriotique que les meursault, les château-latour-pauillac ou les sauternes.

« Tiens, ma nièce, donne-moi donc une de tes cigarettes – ne t'ai-je pas vue têter une Makhorka, tout à l'heure ? »

Yelena approcha la flamme d'une allumette de l'épais cylindre de papier qui renfermait deux ou trois pincées de tabac noir, aspira une bouffée pour entretenir la combustion. Sa tante toussa à s'en arracher la gorge, puis demanda :

« Et toi, Yelena, rappelle-moi… qui prétends-tu être pour qu'on te supplie d'honorer un mariage par ta seule présence ?

– Une jeune fille, répondit-elle en souriant.

– Ce n'est pas grand-chose, ironisa Sofia.

– Mais par les temps qui courent, c'est déjà beaucoup. »

Elle gratifia sa tante d'une révérence aussi délicieuse que respectueuse et disparut à l'angle d'une coursive.

29

Le jour se levait quand Tarik entendit le cri. Par son calme – c'était un cri « tenu » avec insistance et constance par la personne qui l'avait poussé, à la façon de ces chanteurs lyriques capables d'émettre et de contrôler une même note pendant des secondes interminables – en même temps que par l'angoisse atroce qu'il générait, ce cri évoquait irrésistiblement l'œil du cyclone, ce secteur au cœur du tumulte où règnent une quiétude et une sérénité tout à fait hors de propos.

Ce n'était pas la seule anomalie de ce cri : à l'entendre, on aurait juré qu'il s'agissait d'un cri unique, poussé jusqu'à épuiser la totalité du volume d'air qu'un être humain est capable d'emmagasiner puis de chasser de ses poumons en une expiration. C'est ce qu'avait d'abord cru Tarik, alors qu'en réalité il s'agissait d'un bouleversant appel au secours.

C'était quelque chose comme le célèbre tableau peint par Edvard Munch et dont le bouchkara avait admiré une reproduction dans le carré d'un cargo norvégien qui avait fait escale à Bizerte dans les premières semaines de 1904. Comme la plupart des gens ayant eu l'occasion de voir cette peinture, Tarik avait été foudroyé par cette image d'un homme au faciès de mort, aux traits déformés par une terreur sans nom, qui se plaque les mains sur les oreilles pour ne pas entendre le cri d'épouvante que pousse quelqu'un qui n'est pas représenté sur la toile.

Plus tard, en interrogeant les témoins du cri, bien réel celui-là, qui avait pétrifié ceux qui, à bord du *Georguii Pobedonossets*, l'avaient entendu à l'aube de ce troisième jour de tempête en rade de Bizerte, Tarik avait reconstitué les différentes clameurs qui, s'enchaînant les unes aux autres, avaient formé le hurlement pour lui le plus épouvantable.

D'abord, et sur un ton relativement mesuré, un officier du *Georguii Pobedonossets* avait interpellé une jeune réfugiée qui, selon toute probabilité, devait être Yelena Maksimovna, et qui se trouvait à une vingtaine de mètres de lui, à la proue du dreadnought : « Attention, mademoiselle, le pont est glissant, méchamment glissant ! » s'était-il exclamé d'une voix angoissée, comme s'il voyait déjà la jeune fille tomber à l'eau.

Au même instant, un autre membre de l'équipage avait lui aussi, et dans des termes identiques, alerté la passagère : « Holà, mademoiselle, prenez garde : ça dérape ! »

Avec un décalage de temps infime par rapport aux deux premières, une troisième voix – celle, un peu rauque, d'un prêtre – avait à son tour alerté Yelena : « Ne restez pas là, mon enfant, il suffirait d'un coup de roulis pour vous précipiter à l'eau ! »

L'intervalle entre les appels à la prudence avait ensuite légèrement augmenté, mais les mises en garde n'avaient guère varié : « Yelena Maksimovna, à l'intérieur et tout de suite, ou vous allez passer par-dessus bord ! » s'était époumonée Alexandra Egorovna, une femme qui avait acquis sur le bateau une certaine notoriété en donnant des leçons d'échecs – elle avait mis au point un apprentissage par thème (clouage, utilisation de la septième rangée, cases faibles, etc.).

Adossée au bossoir de bâbord, montant et descendant au rythme du dreadnought, Yelena avait d'abord pris du plaisir à sentir le pont s'élever sous ses pieds, la portant comme pour l'offrir au vent de nord-ouest qui soufflait de plus en plus fort, puis redescendre jusqu'à reprendre contact avec la surface de l'eau en faisant jaillir de hautes vagues d'un vert de silex de chaque côté de la coque.

Trempée jusqu'aux genoux (à deux reprises, elle avait même senti la mer franger sa culotte, ça l'avait fait rire, il y avait si longtemps qu'elle n'avait pas ri) par la mousse crépitante qu'abandonnaient les vagues en refluant, Yelena s'était surprise à chanter à tue-tête – la tempête ayant retrouvé de la vigueur, la jeune fille devait en faire autant et monter le ton pour, au moins, entendre sa voix par-dessus le tohu-bohu du vent et des vagues qui assaillaient le dreadnought avec d'autant plus de violence que la faible profondeur de la lagune favorisait l'effervescence rageuse de ce que les émigrés avaient baptisé la « petite mer ».

Le microcosme portuaire et l'univers carcéral ont en commun d'être deux mondes assourdissants.

Tarik se rappelait ce jour brûlant où, portant quelques provisions à un cousin arrêté pour avoir manifesté contre les colons français, il avait accompagné son père à la prison de Tunis, sur un chemin bordé de pins centenaires, de barbelés et de hautes murailles décrépites.

Il s'attendait à un de ces silences d'été qu'éraillent à peine les insectes répétant un concert d'élytres parmi les herbes sèches. À la place, il avait été assommé jusqu'à la nausée par le mugissement continu de la prison. Comme il passait devant la fosse creusée sous la terre où l'on enfermait jadis les détenus en attente d'être interrogés, et donc torturés, une odeur d'eau croupie l'avait pris à la gorge, l'air était devenu irrespirable, et il avait dû s'adosser un moment au mur où rouillaient les chaînes ayant servi autrefois à entraver les condamnés.

Un cri avait retenti quelque part dans les profondeurs de la prison. À vrai dire, c'était davantage un appel qu'un cri de souffrance, aussi Tarik s'était-il étonné que son père n'y réponde pas. Mais l'appel désespéré n'était destiné à aucune créature sur cette Terre, il s'adressait à une instance supérieure, et même très supérieure puisque la liste des personnes qu'il pouvait concerner montait jusqu'à Allah. Dans sa sagesse, Abdul-Salam avait marmonné que ce n'était évidemment pas à l'homme simple qu'il était de répondre à un cri aussi terrible adressé à Dieu.

Tarik n'avait jamais oublié ce cri. Ni le silence de son père.

« Je souhaite seulement que plus jamais tu n'entendes un pareil appel », avait simplement ajouté Abdul-Salam avant de reprendre sa marche vers le quartier, la division, la cellule où était détenu le lointain cousin qu'ils étaient venus visiter.

Or le cri qui lui avait vrillé le tympan, l'appel vibrant qui le renvoyait à son enfance, Tarik venait de l'entendre à nouveau dans la prison flottante qu'était le *Georguii Pobedonossets.*

Il se mit à courir dans sa direction et faillit s'assommer contre une porte fermée. Il y avait longtemps qu'on ne l'avait pas utilisée, car outre le fait qu'elle était passablement rouillée, son mécanisme apparent semblait amputé de quelques engrenages dont seuls subsistaient les pivots.

Le cri retentit pour la deuxième fois.

Tarik se jeta sur le mécanisme de la porte, poussant par-ci, tirant par-là, secouant furieusement le système. S'il avait été dans son état normal, il se fût assis, et, le plus tranquillement du monde, il aurait étudié la façon dont le serrurier qui en était l'auteur avait conçu l'ouverture de la porte. Mais le cri l'avait mis dans un état de rage qui l'empêchait de réfléchir posément.

Venue du plus lointain de l'infini, inaudible mais lancinante, une voix lui répétait que le cri lui était destiné, à lui et pas à Dieu, que le cri avait été poussé à son intention, et qu'il devait se hâter d'y répondre.

Alors il s'élança, son épaule droite en avant, prête à percuter la porte. En théorie, ça ne devait pas être une action suffisante pour provoquer l'ouverture – l'ingénieur qui avait dessiné cette porte blindée en avait fait l'équivalent d'un de ces chefs-d'œuvre que les artisans d'autrefois fabriquaient en y mettant tout leur cœur afin d'être admis dans la fraternité sous la protection de laquelle ils souhaitaient exercer leur métier.

Lorsque son épaule entra en contact avec la porte, elle rencontra une tige de fer, une longue pointe acérée comme un clou ou l'extrémité d'une flèche. Cette tige pénétra dans sa chair, s'y vrilla. La douleur le paralysa tout entier – son corps, sa pensée. Il resta figé, tandis qu'un liquide chaud coulait sur son bras, gagnait son poignet et poissait les cinq doigts de sa main gauche.

Le cri se répéta pour la troisième fois et, comme par miracle, la porte blindée pivota sur ses gonds. Tarik eut à peine à la pousser pour se retrouver à l'extérieur, juste comme une rafale de vent froid et un monstrueux paquet d'eau de mer le giflaient et le jetaient à plat ventre sur le blindage.

Il entendit alors la voix du lieutenant Anatoli Ivanovitch qui s'adressait à un autre officier :

« ... le contre-amiral Tikhmeneff m'a confirmé qu'il avait alerté l'archiprêtre ; je suis sûr que le Père Mikhaïlovsky saura se montrer à la hauteur de la situation et qu'il acceptera de bénir la dépouille quand nous l'aurons retrouvée – si nous la retrouvons !

– Je le pense aussi. À condition que les Français soient d'accord pour nous laisser ensevelir son corps dans le carré russe au fond du cimetière de Bizerte, et pour peu que le soleil revienne, nous pouvons espérer une cérémonie à l'image de cette petite Mannenkhova : lumineuse et douce.

– Lumineuse et douce, répéta Anatoli Ivanovitch en écho.

– Enfin, le plus difficile, le plus périlleux aussi, reste à faire : repérer le corps de la pauvre fille dans ce maelström et le remonter à bord. Il nous faudrait un nageur d'exception.

– Je crois qu'ils ont quelqu'un comme ça, sur le port. Un gars d'ici, un indigène. Un bouchkara, comme ils disent. Le type est jeune et nage comme un poisson. »

Tandis qu'une brume d'un blanc laiteux entourait la proue du cuirassé et semblait faire mouvement vers Tarik, un homme au visage large et plat, aux yeux bridés, doté d'une stature impressionnante et arborant sur l'occiput la touffe de cheveux caractéristique des cosaques, s'efforçait de nager à l'aplomb du navire, ses mouvements rendus maladroits par la chachka qu'il ne se décidait pas à abandonner à la fureur de la mer.

Juste comme il croisait le regard de Tarik, il désigna la proue du cuirassé de la pointe de sa lame :

« Là, tout à l'avant, là-bas, vous la voyez ?... »

Était-ce réellement à Tarik qu'il s'adressait ? C'est en tout cas l'impression qu'eut ce dernier en prenant appui sur ses avant-bras pour se relever – car il y a des paroles et des actes auxquels seul un homme debout peut répondre.

« Cette stupide petite noyée, poursuivit le cosaque, ne dirait-on pas une mouche tombée dans une jarre de crème – une Mouchka comme aimait à dire notre camarade capitaine ? À propos, si jamais vous le croisez, voulez-vous lui faire connaître que Nikola Bissenko, cosaque du Kouban, a rempli en tout point la mission que le camarade capitaine lui avait confiée ? Non, ne me répondez pas, j'aime que les choses s'achèvent sur un point d'interrogation – pas vous ? »

Mais Tarik n'entendait déjà plus : Bissenko n'avait pas fini sa phrase que le jeune bouchkara s'était déjà élancé.

Les mains jointes, les bras tendus, la tête dans l'alignement de son corps qu'il avait raidi à l'extrême pour une meilleure pénétration dans l'eau, Tarik comptait sur la vitesse initiale que lui avait conféré ce plongeon plus que parfait pour rejoindre, à une dizaine de mètres plus bas, le sillage d'eau fortement rougie que laissait derrière elle une créature qui coulait avec des ondulations évoquant la grâce des pavots blancs quand le vent de la steppe dansait sur Zagoskine.

Puis la profondeur écrasa la lumière comme elle oppressait les poumons du bouchkara.

Mais avant que la nuit et l'asphyxie fussent irrémédiables, Tarik eut le temps de voir que la silhouette que lui avait désignée le cosaque n'était qu'une grande raie pastenague qui, suite aux blessures que lui avait infligées Bissenko, avait roulé sur elle-même et exhibait son ventre dont Tarik avait confondu la parfaite blancheur avec celle de la robe que portait Yelena.

Quant au cri qu'il avait entendu, c'était celui de Nikola Bissenko jouissant d'avoir tranché d'un revers de chachka le jeune cou qu'il avait cru voir onduler avec infiniment de grâce, et qui n'était en réalité qu'un long jet d'écume craché par la raie pastenague pour expulser de la vase les petits crustacés, les mollusques et les animalcules dont elle faisait ses festins.

Au lieu de la jeune fille du *Georguii Pobedonossets*, le nageur de Bizerte et le cosaque du Kouban avaient tous deux poursuivi le leurre d'un poisson qui les avait entraînés jusqu'aux algues rouges qui frissonnaient au fond de la lagune, à l'embouchure des oueds où circulaient les courants turbides chargés de matières nutritives.

À force de les tenir crispés pour contrôler son apnée, Tarik Aït Mokhtari sentit que ses muscles se rigidifiaient.

Il voulut ouvrir la bouche pour au moins déglutir – peut-être, s'il desserrait les lèvres, réussirait-il à laisser échapper un long cri qui ne se résumerait pas à un chapelet de bulles mais monterait jusqu'à Allah le Miséricordieux, un long cri qui ferait sens. Il ne parvint qu'à disjoindre légèrement ses mâchoires, juste assez pour articuler le nom de la fille en blanc qu'il continuait de s'imaginer en train de glisser vers le fond de la mer.

Profitant de ce que Tarik entrouvrait les lèvres, un mélange d'eau saumâtre et de sang de poisson s'engouffra dans sa bouche et commença de le noyer en dévalant dans sa gorge et en pénétrant dans ses poumons.

Les recherches qui furent entreprises aussitôt que la mer s'apaisa permirent de retrouver le corps de Nikola Bissenko, mais pas celui du jeune bouchkara qui avait disparu sans laisser de trace.

Le 5 novembre 1924, la France ayant officiellement reconnu l'U.R.S.S., le vice-amiral Antoine Exelmans, préfet maritime de Bizerte, reçut de Paris l'ordre de désarmer immédiatement les navires composant l'escadre russe et de les mettre à la disposition de la commission technique soviétique chargée de les estimer.

Le vice-amiral avait les larmes aux yeux en ajoutant qu'on lui commandait aussi de s'assurer que tous les réfugiés s'abritant encore à bord des vieux navires seraient débarqués le jour même. Ils pourraient, s'ils le souhaitaient, être transportés gratuitement jusqu'à Marseille. C'est ainsi que Yelena Maksimovna et Sofia Féodorovna achevèrent leur périple sous une tente du Camp des Os, ainsi nommé parce qu'il se trouvait à proximité d'un incinérateur de cadavres de chiens.

À 17 h 25 très précisément, après avoir fait rendre les honneurs aux officiers et aux marins russes, le vice-amiral Exelmans donna le signal d'amener pour la dernière fois le pavillon frappé de la croix de saint André.

Quelques jours plus tard, déplorant la façon dont son gouvernement avait dispersé les réfugiés russes et jugeant déshonorant d'avoir à se justifier auprès de la commission d'expertise soviétique, Antoine Exelmans demanda qu'on lui retirât un commandement qu'il jugeait ne plus pouvoir exercer sans faillir à l'honneur.

Il démissionna de la Marine et partit en retraite anticipée.

2 novembre 2022
Chaufour – La Roche

Le lecteur qui voudrait en savoir davantage pourra lire avec profit – et plaisir – les ouvrages suivants :

La Dernière Escale par Anastasia Manstein-Chirinsky (Sud Éditions Tunis)

La Flotte des Russes blancs par Marc Saibène (Marines Éditions)

DU MÊME AUTEUR

AUX ÉDITIONS DU SEUIL

Le Procès à l'amour, *Bourse Del Duca 1966*
La Mise au monde, *1967*
Laurence, *1969*
Élisabeth ou Dieu seul le sait, *1970, prix des Quatre Jurys 1971*
Abraham de Brooklyn, *1971, prix des Libraires 1972, coll. « Points » n° 453*
Ceux qui vont s'aimer, *1973*
Trois milliards de voyages, *essai, 1975*
Un policeman, *1975, coll. « Points Roman » n° R 266*
John l'Enfer, *prix Goncourt 1977, coll. « Points » n° P 221*
L'Enfant de la mer de Chine, *1981, coll. « Points Roman » n° R 62*
Les Trois Vies de Babe Ozouf, *1983, coll. « Points Roman » n° R 154*
La Sainte Vierge a les yeux bleus, *essai, 1984*
Autopsie d'une étoile, *1987, coll. « Points Roman » n° R 362*
La Femme de chambre du Titanic, *1991, coll. « Points » n° P 452*
Docile, *1994, coll. « Points » n° P 216*
La Promeneuse d'oiseaux, *1996, coll. « Points » n° 368*
Louise, 1998, *coll. « Points » n° 632*
Madame Seyerling, *2002, coll. « Points » n° 1063*

CHEZ D'AUTRES ÉDITEURS

Il fait Dieu, *essai, Julliard, 1975, Fayard, 1997 ; coll. « Points Vivre », 2016*

La Dernière Nuit, *Balland, 1978*

La Nuit de l'été, *d'après le film de Jean-Claude Brialy, Balland, 1979*

Il était une joie… Andersen, *Ramsay, 1982*

Béatrice en enfer, *Lieu Commun, 1984*

Meurtre à l'anglaise, *Mercure de France, 1988, Folio n° 2397*

L'Enfant de Nazareth *(avec Marie-Hélène About), Nouvelle Cité, 1989*

Sainte Élisabeth de la Trinité, *Balland, 1991, Le Cerf, 2003*

La Hague *(photographies de Natacha Hochman), Isoète, 1991*

Cherbourg *(photographies de Natacha Hochman), Isoète, 1993*

Lewis et Alice, *Laffont, 1992, Pocket n° 2891, coll. « Points » n° 1233*

Presqu'île de lumière *(photographies de Patrick Courault), Isoète, 1996*

Les sentinelles de lumière *(photographies de Jean-Marc Coudour), Desclée de Brouwer, 1997, réédition, 2009*

La Route de l'aéroport, *« Libres », Fayard, 1997*

Jésus le Dieu qui riait, *Stock/Fayard, 1999, Le Livre de poche n° 15194*

Célébration de l'inespéré *(avec Éliane Gondinet-Wallstein), Albin Michel, 2003*

Chroniques maritimes, *Larivière éditions, 2004*

La Hague *(illustrations de Jean-Loup Eve), Aquarelles, 2004*

Avec vue sur la mer, *NiL Éditions, 2005*

La Ballade de Cherbourg, *Isoète, 2005*
Henri ou Henry, le roman de mon père, *Stock, 2006, coll. « Points » n° P 1740*
Est-ce ainsi que les femmes meurent ?, *Grasset, 2009, Le Livre de poche n° 31786*
Dictionnaire amoureux de la Bible, *Plon, 2009*
Une Anglaise à bicyclette, *Stock, 2011, Le Livre de poche n° 32598*
Je vois des jardins partout, *J.-C. Lattès, 2012*
La Pendue de Londres, *Grasset, 2013, Le Livre de poche n° 33408*
Dictionnaire amoureux des faits divers, *Plon, 2014*
Le Bureau des Jardins et des Étangs, *Stock, 2017, Le Livre de poche n° 34805*
Le Sang des Valois. L'homme du Fleuve (Vol. 1), *bande dessinée, avec Marc Jailloux et Jérôme Clément, Glénat, 2021*
Le Bureau des Jardins et des Étangs, *roman graphique, avec Julia Bourdet, Stock, 2022*
Le Sang des Valois. Le Maître des fous (Vol. 2), *avec Marc Jailloux et Jérôme Clément, Glénat, 2023*

Littérature pour enfants

O'Contraire, *Robert Laffont, 1976 ; Robert Laffont, 2020 (illustrations d'Alexandra Huard)*
La Bible illustrée par des enfants, *Calmann-Lévy, 1980*
Série « Le Clan du chien bleu », Masque Jeunesse, 1983
La Ville aux Ours
Pour trois petits pandas
Les Éléphants de Rabindra
Le Rendez-vous du monstre

Cet ouvrage a été composé
par PCA
et achevé d'imprimer en France
par CPI BRODARD & TAUPIN (72200 La Flèche)
pour le compte des Éditions Stock
21, rue du Montparnasse, 75006 Paris
en décembre 2022

PAPIER À BASE DE
FIBRES CERTIFIÉES

Stock s'engage pour
l'environnement en réduisant
l'empreinte carbone de ses livres.
Celle de cet exemplaire est de :
650 g éq. CO_2
Rendez-vous sur
www.editions-stock-durable.fr

Imprimé en France

Dépôt légal : janvier 2023
N° d'édition : 01 - N° d'impression : 3050739
81-51-1065/3